失踪的女儿

[英] 卡拉 · 亨特 ——— 著
王璇 ——— 译

CARA
HUNTER

CLOSE TO HOME

北京联合出版公司
Beijing United Publishing Co.,Ltd

献给西蒙

引　子

天色渐暗，小女孩觉得很冷。刚刚还是那么美好的一天——绚烂的灯光、华美的衣饰以及流星雨般的焰火，犹如童话故事一样神奇。但是现在，一切均已化为泡影，所有事情都乱了套。她透过树间的缝隙向上看，树枝低垂得似乎要压到头顶。然而，现实并不像《白雪公主》，亦不像《睡美人》。这里并没有王子，没有骑着帅气白马的人前来英雄救美。这里只有一片漆黑的夜空和暗影中的妖魔鬼怪。她听到灌木丛中小动物们发出的沙沙声，还有向她渐渐走来的沉重的脚步声。她擦了擦依然挂着泪痕的脸颊，虔诚地祈祷她能像《勇敢传说》中的公主一样，孤身一人处于深林之中依然不会感到害怕。但黛西还是害怕了。

实际上，黛西吓坏了。

“黛西？”有一个声音传来，“你在哪里？”

那个脚步，步步逼近；那个声音，满是愤怒。“你躲不了多久的。我会找到你的。黛西，你知道的，不是吗？我一定会找到你的。”

在故事开始之前，我要先声明一点。你不会喜欢我要说的话，但是相信我，这类案子我办过很多件了，多到我懒得强迫自己来记住。像孩子失踪这样的案件，十之八九与他家附近的人有关，包括家人、朋友、邻居和同一社区的人。请别忘记这一点。不管他们看上去多么忧心如焚，案情多么令人难以置信，他们知道是谁干的。他们可能没意识到，或尚未意识到，但其实他们知道。

他们知道。

2016年7月20日，凌晨2时5分
牛津运河区庄园

人们说购房者进门只需三十秒就能决定是否要买下这栋房子。相信我，普通警察连十秒都用不了。实际上，我们中的大多数人在走进房门前早已展开判断。我们不是在考量房子，而是在考量人。所以，当我们把车停在巴治克洛兹街区5号门外时，我对将要发生的事情已经心里有数。人们过去常把这里称为“行政级别豪宅”。据我所知，现在依旧如此。他们这些人有钱，但并没有理想中那样多，否则他们就会买一栋真正的维多利亚式别墅，而不是在位置不佳的运河这一侧买一栋毛坯的新庄园复制品。这些房子有同样的红砖、同样的落地窗，然而花园很小，车库很大，也并不完全是复制品。

身着制服在前门站岗的警察告诉我，他们已经对这栋房子和花园做了必要的搜查。我们曾无数次在床下或衣柜中找到了孩子，次数如此之多，你一定会感到震惊。他们不是丢了，而是藏了起来。那些案件的结局多数令人不太愉快。不过，我们在这里所面对的案件似乎与上述所说不同。执勤的巡警一个小时前叫醒了我，告诉我说：“一般情况下我们不会这么早给你打电话，但是在这么晚的夜里，当事人又是那么小的一个孩子，感觉一切都不对劲儿。因为那个孩子的家里正在办一场聚会，所以人们在报案前早就开始找她了。我真的不愿意惹你发火。”事实上，我没有。我是说，没有发火。坦白地讲，换作是我，我也会做同样的事。

“警探，房子后面恐怕是焰火燃放区域。”门口巡逻车上的警察说，“人们一定游荡了一晚上。到处都是燃尽的烟花，还有孩子们。警探，我没看到取证官在那里有什么鬼收获。”

这下好了，我心想，太他妈妙了。

吉林厄姆按响了门铃，我们站在门口，等待着。他紧张地将重心从一只脚挪到另一只脚。出警多少次都没用，你永远不会习惯这种紧张的情绪。当你习惯了，你也该辞职了。我疲惫地深呼几口气，回头环顾克洛兹街区周围。尽管此时是凌晨2点，但几乎家家户户都亮着灯，有些人站在自家楼上的窗边往外看。两辆巡逻车停在对面有自行车轮压痕的矮草丛上，车灯闪烁着，几位疲惫的巡逻人员正尽力让围观群众保持适当距离。各家门阶上还分别有其他六名警察，他们正在和邻居谈话。然后前门开了，我猛地转过身。

“梅森夫人？”

她比我想象中要胖。双下巴正在成形，而她一定还不到……大概三十五岁？她在礼服外面套了一件羊毛衫，一件暗橘色的印着豹纹的袒肩露背羊毛衫，颜色和她的头发十分不搭。她向下望了一眼街道，然后把身上的羊毛衫裹得更紧了。不过天气一点儿也不冷，今天气温高达90华氏度[1]。

“梅森夫人，我们是英国刑事调查局的。我们能进去吗？”

“你们能脱掉鞋吗？我刚打扫过地毯。”

我一直不理解人们为什么要买奶油色的地毯，尤其是在有孩子的情况下，但是现在争论这个似乎并不合时宜。于是我们像两个学龄儿童一样，弯下腰解着鞋带。吉林厄姆递给我一个眼神：门边有一排挂钩，上面分别贴着写有家人名字的标签，一家人的鞋按照大小和颜色整整齐齐地摆放在地毯边。我的天。

脱掉鞋子竟会影响我的大脑，这真是个奇怪的念头，但只穿着袜子走路的确让我觉得自己是个业余警察。这可不是个好开始。

客厅里有一个拱门，穿过它就可以去到设有早餐吧台的厨房。厨房中有几个女人正在窃窃私语，对着茶壶大惊小怪，她们的聚会妆容在霓虹灯下黯淡无光。梅森一家坐在一张长沙发的边缘上，沙发大得几乎占据了整个房间。他们是巴里·梅森、莎伦和儿子利奥。利奥凝视着地板，莎伦凝视着我，而巴里已经一塌糊涂。他打扮得像个千篇一律赶时髦的老爸——下身穿着工装裤，留着稍显夸张的刺头，上身穿着略微扎眼的花衬衫，并未塞进裤子中。他大概想装扮成三十五岁，但他深色的头发是染过的，我怀疑他至少比妻子大十岁。并且很显然，一家人的衣服都是妻子买的。

当一个孩子走失时，你的心情会变得五味杂陈：愤怒、恐慌、否定和内疚。无论是单一的情感，还是多种情感混合，我都见过。但是，巴里·梅森脸上的表情是我从未见过的。那是个无法用言

[1] 约32摄氏度。

语形容的表情。至于莎伦，她把拳头攥得紧紧的，导致指关节都发白了。

我坐了下来。吉林厄姆则依旧站着。我想他是担心沙发无法承受他的体重。他一边把衬衫领口拉得离脖子远一点儿，一边希望没人注意到他。

“梅森夫人，梅森先生，”我张口说道，“我理解你们现在的心情，但关键是我们要收集尽可能多的信息。我确定你们对此已经有所了解，前几个小时真的非常关键，我们知道得越多，越可能将黛西安然无恙地找回来。”

莎伦·梅森拉扯着一根从羊毛衫上脱出的毛线：“我不知道还能对你们说什么。我们都已经告诉另外那位警官了……”

“我知道，但或许你们可以再跟我说一遍。你说今天黛西和往常一样去上课，之后回到这栋房子里，直到聚会开始。她没有出去玩吗？”

“没有。她在楼上自己的卧室里。”

“关于聚会……你能告诉我来访者都有谁吗？”

莎伦瞥了一眼她的丈夫，又瞟了一眼我：“住在克洛兹街区的人。孩子们的同学，还有同学的父母。”

那么是孩子们的朋友，不是莎伦的朋友，也不是他们夫妻俩的朋友。

“那就是……大概四十人参加？这个人数合理吗？”

她皱了皱眉：“没那么多。我有个名单。”

“如果你能把它交给吉林厄姆警官，那会非常有帮助。”

吉林厄姆短暂地从他的笔记本里抬起头看了一眼。

“你上次见到黛西，准确地讲是什么时候？”

巴里·梅森还没有说过一句话。我甚至不确定他是否听到了我说的话。我转向他。他一直拧着他手中的玩具狗。我懂他的悲痛欲绝，但他看上去像是在拧绞那只狗的脖子，这景象令人胆寒。

“梅森先生？”

他眨了眨眼。“我不知道，”他没精打采地答道，“也许是11点？我整晚都稀里糊涂的。忙得团团转。你懂的，客人很多。”

“但是直到午夜你才发现她不见了。”

“那时我们觉得该让孩子们上床睡觉了。客人开始离开。可我们找不到她了。我们到处找，给能想到的每个人打电话。我的小女儿……我漂亮的小女儿……”

他开始哭泣。即便时至今日，面对哭泣的男人，我依然束手无策。

我转向莎伦：“梅森夫人，你呢？你上次见到女儿是什么时候？是在放烟花之前还是之后？”

莎伦突然抖了一下：“之前，我想。”

“烟花是什么时候开始放的？”

“10点。趁着天黑就开始了。我们不想搞得太晚，因为会惹上麻烦。别人会向政府举报你。”

“这么说你上次见到黛西是在10点以前。那是在花园里，还是在屋内？”

她迟疑了一下，皱着眉说道：“在花园里。她整晚都在到处跑，活脱脱的舞会之花。”

顺便一提，我好奇自己有多久没听到有人使用那个短语了。“那么，据你所知，黛西情绪很好，没有什么令她感到烦心的事情？”

“没有，没有任何事。她一直很开心，大笑着，跟着音乐跳舞。

女孩子就那样。”

我很好奇黛西哥哥的反应，于是瞟了他一眼。但是他没有任何反应。他一动不动地坐着，做思考状。

“你最后一次见到黛西是什么时候呢，利奥？”

他耸了耸肩。他不知道。“那时我在看烟花。”

我对他微笑：“你喜欢烟花吗？”

他点点头，并没有直视我的眼睛。

“你知道吗？我也喜欢。”

他抬起头，用飘忽的眼神瞥了我一眼，然后再次低下头，开始用一只脚摩擦地毯，在绒毛地毯上画圈。莎伦伸出手拍了拍他的腿。他停了下来。

我再次转向巴里：“我得知，花园的侧门当时是开着的。”

巴里·梅森坐直回去，突然戒备起来。他用力地抽了抽鼻子，然后用手抹了它一把：“你不能每隔五分钟就跑上跑下地去开门，不是吗？侧门更方便人们出入，这样屋内不会那么混乱。”他瞟了一眼他的妻子。

我点点头：“当然。我看到花园背靠着运河。你们有门通向纤道吗？”

巴里·梅森摇摇头：“没门儿！政府不会允许人们这么做的。他不可能从那儿进来。”

“他？”

他再次移开目光：“不管是谁。就是那个劫走她的混蛋。那个掳走我的黛西的混蛋。”

我在笔记本上写下“我的”，并在旁边标记了一个问号：“但你其实并没有亲眼看见一个男人？”

他深吸了一口气，呜咽起来，之后望向别处，眼泪再次流了下来：“没有，我没有看到任何人。”

我粗略地浏览了一遍我的文件：“我有一张黛西的照片，是你给戴维斯警长的。你能告诉我，她昨晚穿的什么吗？”

一时间，他默不作声。

“是一件化妆裙，”终于，莎伦说话了，“孩子们穿着化装舞会的衣服，我们觉得那么穿很漂亮。黛西打扮得和她的名字一样。”

“对不起，我没理解你的意思。”

“雏菊。她穿得像一朵雏菊[1]。”

我察觉到了吉林厄姆的反应，不过我故意没有看他：“我明白了。那么她穿的是……”

“一条绿色裙子，以及绿色连裤袜和鞋子，还戴着一条印有黄蕊白花图案的头巾。这套衣服是我们从冯特奥维尔大街上的一家商店租到的。即使只是租用，也花了大价钱，还支付了押金。”

她支支吾吾的，叹了口气，然后握紧拳头捂在嘴上，肩膀颤抖着。巴里·梅森伸出一只胳膊搂住妻子。她在呜咽，身体在前后摇晃。她告诉丈夫一切并不是她的错，她并不知情。他开始抚摸她的头发。

又是一阵沉默。突然，利奥缓缓向前移动，从沙发上溜了下来。他身上的所有衣服对他来说似乎都显得略大，以至于你很难从袖口看到他的手。他走到我面前，递给我他的手机。手机上是一个视频的定帧画面。画面上黛西穿着她的绿裙子。毫无疑问，她是一个漂亮的小孩。我按下播放键，观看她在镜头前跳舞的画面，视频

[1] 原文daisy，有雏菊之意，用作女性名字，音译为黛西。

持续了大约十五秒。她浑身上下洋溢着自信和活力，透过两英寸[1]的屏幕都能感受得到。视频停止时，我查看了录像标签。这个视频是三天前拍摄的。我们的第一块幸运拼图。我们不常得到这样的最新资料。

“谢谢你，利奥。”我抬眼看了看正在擤鼻涕的莎伦·梅森：“梅森夫人，我把我的手机号给你，你能否把这个发给我？”

她无力地摆摆手：“噢，我不指望那些东西了。利奥可以发给你。”

我瞥了他一眼，他点点头。他的刘海儿有些长，不过他似乎并不在意。他的眼睛是深色的，和他的发色一样。

“谢谢你，利奥。你这个年纪的人一定很精通手机。你多大了？”

他的脸上泛起一丝红晕：“十岁。”

我转向巴里·梅森：“黛西有自己的电脑吗？”

“想都别想。如今，关于孩子们上网的问题，相信你也有所耳闻。有时候我会让她用我的电脑，不过我得和她在同一个房间里。”

“所以她不用邮件？”

“不用。”

“那手机呢？”

这次是莎伦回答了我的问题：“我们觉得她还太小。我告诉她圣诞节的时候可以拥有一部手机。那个时候她就九岁了。”

这样的话，找到她的机会又少了一个。不过这一点我不会说出来。“昨晚你有看到黛西和什么人在一起吗，利奥？”

他张了张口，又摇了摇头。

[1] 1英寸约等于2.5厘米。

“或者在昨晚之前……有没有什么人在附近徘徊？任何你在上学或放学路上见过的人？”

“我开车载他们上学。”莎伦厉声说道，仿佛那么说能解决我的疑问。

然后门铃响了。吉林厄姆合上笔记本：“是犯罪现场执法官。抱歉，我是说犯罪现场调查官。我总忘记我们都换了现代化的名字了。”

莎伦困惑地看了看她的丈夫。“他是说取证官。”巴里说。

莎伦问我：“他们来这儿干吗？我们什么也没做。”

“我知道，梅森夫人。请你不要惊慌。他们只是例行孩子失踪时的标准流程。”

吉林厄姆打开前门，让他们进了屋。我马上就认出了艾伦·查洛。他在我工作几个月后就开始了目前这份工作。他老得很快，上身瘦小，腰间赘肉横生。但是他很专业，相当专业。

他朝我点头示意。我们之间不需要寒暄。“霍尔罗伊德去车里取工具箱了。”他迅速地说，身上的塑胶外衣咯吱作响。太阳出来时穿着那件衣服简直就是炼狱。

“我们先从楼上开始，”他一边说着，一边戴上手套，“天一亮再出去。我看到媒体还没来，祈祷他们有点儿怜悯之心吧。”

莎伦·梅森摇摇晃晃地站起身来：“我不希望你们在她的房间里东摸西碰……乱翻她的东西……把我们当成罪犯……”

“这不是完整的取证搜索流程，梅森夫人。我们不会弄乱任何东西。我们甚至不需要进入她的房间。我们只需要她的牙刷。”

因为牙刷是最好的DNA获取来源。因为我们可能需要用DNA来匹配她的身体。但是这一点，我依然没有说出来。

“我们会将搜索范围扩大至花园，以防劫走她的人留下了任何可能帮助我们识别他身份的物证。我相信你会同意我们那么做吧？”

巴里·梅森点点头，然后伸手推了一下妻子的手肘：“我们最好让他们做他们的工作，嗯？”

“我们会尽快安排家庭联络官陪同。”

莎伦问我：“你说‘陪同’是什么意思？”

“他们会来这儿，确保我们得到任何消息时能及时通知到你们，并且在你们有任何需要时随叫随到。”

莎伦皱了皱眉：“什么，这儿吗？在房子里面？”

“是的，如果你同意的话。他们训练有素，没什么好担心的，他们不会打扰到——”

然而她已经在摇头了：“不。我不希望任何人来这儿。我不想让你们这些人监视我们。明白了吗？”

我瞟了一眼吉林厄姆，他微微耸了一下肩。

我深吸了一口气：“当然，这是你们的权利。我们会指派我们团队中的一员作为你们的联系人。如果你改变了主意——”

“不，”她马上说，“我们不会的。”

牛津新闻@牛津新闻在线 **02：45**

突发新闻：据报道，警方出动了大量人员进入运河区庄园开发区……目前尚无更多细节信息……

朱莉 · 希尔@牛津的朱莉 · 希尔 02：49

@牛津新闻在线　我住在运河区庄园。昨晚那里在开派对，警察现在正在那里向邻居了解情况。

朱莉 · 希尔@牛津的朱莉 · 希尔 02：49

@牛津新闻在线　似乎没人知道发生了什么。那里大约有15辆警车。

安吉拉 · 贝特顿@安吉拉 · G. 贝特顿 02：52

@牛津的朱莉 · 希尔@牛津新闻在线　我参加了聚会。是他们的女儿，她失踪了。她和我儿子在同一个班级。

朱莉 · 希尔@牛津的朱莉 · 希尔 02：53

@安吉拉 · G. 贝特顿　噢，那太可怕了，我原以为肯定是毒品或别的什么事情。@牛津新闻在线

牛津新闻@牛津新闻在线 02：54

@安吉拉 · G. 贝特顿　那个小女孩叫什么名字，多大年龄?

安吉拉 · 贝特顿@安吉拉 · G. 贝特顿 02：55

@牛津新闻在线　黛西・梅森。应该八九岁的样子?

牛津新闻@牛津新闻在线 02：58

突发新闻：最新消息，运河区庄园开发区内可能发生了一起儿童绑架案。知情人士称一个八岁的小女孩从自己的家中失踪了。

牛津新闻@牛津新闻在线 03：01

如果你听到更多有关牛津绑架案的消息，给我们的推特[1]留言。我们将持续向你播报牛津当地的新闻和其他资讯。

---

[1] 推特（Twitter），国外的一个社交网站。

三

时间刚过3点，媒体团队的人给我打电话，说消息已经泄露，我们倒不如干脆充分利用它。二十分钟后，第一辆室外转播车就到了。我在厨房，梅森一家仍在客厅。巴里·梅森正躺在一把扶手椅上，闭目养神。当我们听到汽车声接近时，他并没有挪动身体。莎伦·梅森则从沙发上起身，向窗外张望。她看到记者从车里出来，后面跟着一个身穿皮夹克、手握话筒和相机的男人。她凝视了一会儿窗外，然后望向窗玻璃，伸出一只手摸了摸自己的头发。

“福莱督察？”

说话的人是查洛团队的成员之一，站在楼梯的半道上。是个女孩，但我想她一定是新来的，因为我认不出她的声音。我也看不到她的脸，因为她戴着塑胶浴帽和口罩。法医取证时的穿着比鸡肉打包工好不了多少，这与《犯罪现场调查》[1]之类的电视节目让你相信的内容恰恰相反。那些该死的电视剧快把我逼疯了，因为一位取证官最不想做的事就是让他们该死的头发乱飘而弄脏犯罪现场。女孩向我招了招手，我跟着她走上楼梯平台。我们面前的门上挂着一块小牌匾——

❀❀❀ **黛西的房间** ❀❀❀

上面还用蓝丁胶粘着一张纸，纸上写着几个潦草的大字——

禁止入内！！

[1] 《犯罪现场调查》（*CSI*），美国刑侦类电视剧。

“我们所需的东西已经到手，”她说，“但是我觉得你会想要查看一下她的房间，即便我们不进去。”

当她推开门时，我便明白了她的意思。没有哪个孩子的房间是这个样子的，如同从外面看情景喜剧中的房间。地板一尘不染，家具表面空无一物，床下没有塞任何东西；梳子与毛刷整齐地并排摆放；毛绒玩具坐成一排，用亮晶晶的小眼珠盯着我们。这种室内效果令人困惑万分。绝不仅仅是因为录像片段中精力充沛、活泼可爱的孩子和异常整洁的房间并不搭配。空房间能显示出居住者的痕迹，这个房间却像是一直是空的，从没有人住过一样。唯一能显示她在这里住过的迹象是门后的迪士尼海报。海报上是《勇敢传说》中的公主，她披着亮红色的头发，只身一人在森林中。海报底部有一行很大的橘色文字——“改变你的命运”。杰克也爱那部电影，我们带他去看了两次。这电影对孩子来说寓意很好——做自己没什么不好，你只是需要勇气去成为真正的自己。

“太可怕了，不是吗？”身边的女孩打断了我的思绪，对我说道。

至少她懂得要压低声音。

“你是这么想的？”

她现在没戴口罩，我可以看见她皱着鼻子说：“你说有多夸张。我的意思是，所有东西都搭配得那么天衣无缝？不会有人那么喜欢自己的名字的，相信我。”

听她说到这里，我明白了她的意思。整个房间全都是雏菊。不计其数的雏菊布满了墙纸、床罩、窗帘和靠垫，尽管样式不同，但全是雏菊。绿色陶盆里的塑料雏菊盆栽，挂在梳妆台镜子上的亮黄色雏菊头巾，闪闪发光的雏菊发饰，雏菊灯罩，挂在天花板上的雏菊风铃。与其说这是一间卧室，不如说这是一个主题公园。

“也许她喜欢那样？”不过，即便这样说，我也不信。

女孩耸耸肩：“也许吧。我又知道多少呢，我又没有孩子。你有吗？”

她不知情。没有人告诉过她。

“没有。”我答道。

再也不会有。

英国广播公司《今日中部地区》

2016年7月20日，星期三，上一次更新于06：41

警察求助，寻找失踪的八岁牛津女孩

一个八岁的女孩从牛津的家中失踪。黛西·梅森最后一次被看到是在周二午夜自家的花园中，当时她的父母巴里和莎伦·梅森正在举办一个聚会。

黛西有着一头金色头发和一双绿色眼睛，穿着花朵形状的化妆裙，梳着双马尾辫子。邻居说她开朗却敏感，不太可能自愿跟一个陌生人走。

警方表示，任何人如果看见黛西或掌握任何有关她的信息，应致电泰晤士河谷区刑事调查局案件调查室，电话号码为01865－0966552。

截至7时30分，法医团队基本完成了他们在花园里的工作，警察已经开始对克洛兹街区及其四周展开新一轮搜索。现在，搜索的每一步行动都被一大堆电视台的摄像机监视着。当然还有运河区域，不过我甚至不愿意去想。还不到时候。在我确认这个女孩还活着之前，所有关于她还活着的想法都只是假设。

我站在小露台上向下望着后花园。烟花燃尽后的碎屑零星地散落在花圃里，干枯的夏季草皮被踩得很平。那个警察是对的，得到一个像样的脚印或其他任何有点儿用的东西，概率基本为零。我看到查洛在后篱笆旁，弯着腰，沿着灌木丛小心翼翼地走着。在他的头上方，一只气球被纤道沿路的灌木丛钩住了，银色的饰带在晨风中轻轻飘扬。至于我，我迫切希望来根烟。

运河在这里略微弯曲，这意味着梅森家的花园比克洛兹街区其他人家的花园略长，但对于聚会上那么多客人来说，它仍然很狭小。我无法断定是因为角落里的秋千，还是因为乱糟糟的蒲苇草，又或者是因为我自己缺乏睡眠，但它就像我小时候家里的那个花园，这令我感到惊悚。和所有其他枯燥乏味的房子一样，我的家位于一个凄凉的带状开发区，这个区域的存在全要仰仗中央铁路线。那里是线路尽头的一个站点，曾经是一片草地，但我们搬到那里时，房子已经建成很久了。我的父母选择它，是因为它安全，并且他们买得起。时至今日我都找不到反驳他们的理由。但是那房子很可怕，一直都是。它一点儿也不像有生机的地方，只是处于一座方圆几英里[1]的城镇的南面。我去这个城镇——去上学，去朋友家，然后去酒吧，去和女孩子约会。我从来没有带过一个朋友回家，我从来没有让他们看到过我真正住的地方。也许我不应该对这些运河区庄园的人如此刻薄，我知道选错了地方是什么感受。

梅森家花园的最深处，烧烤架仍在冒烟，金属冷却发出微弱的咔嗒声。秋千的链条用强力胶带绑得紧紧的，所以无法继续使用。园子里堆着一堆花园椅、一个凉亭（折叠着的）和一个盖着条纹布的支架桌（也是折叠着的）。下面还有一些贴着“啤酒”“葡萄酒”“软饮料”标签的冷藏箱。我后面的露台上有两个滚轮垃圾箱，回收箱的盖子大敞着，里面装着罐头和瓶子，另一个垃圾箱则装满了黑色的袋子。我突然想到——仿佛我本应该立刻就想到一样——莎伦·梅森将所有的事情都做完了，包括清洁和折叠。她在这个花园中四处走动，将它弄得像模像样，而且是在得知她的女儿失踪了之后。

吉林厄姆从厨房里出来加入我：“艾弗莱特警官说，到目前为止，挨家挨户调查并没有得到有用的信息。参加聚会并和我们谈过话的人中，没有人记得曾看到任何可疑的人。不过我们还是收集了他们相机里的照片，这应该对理清时间轴有帮助。这座房子没安装监控摄像头，不过我们会看看在房子周边能发现什么。我们正在对半径十英里内已知的性犯罪者展开追踪调查。”

我点点头：“干得不错。”

查洛站起身，向对面的我们挥了挥手。秋千后面的篱笆板松了。从远处看足够结实，但是如果用力推，一个成年人也能从中挤

[1] 1英里约等于1.6千米。

身而过。

吉林厄姆看懂了我的心思："但是真的有人能进到屋子里，带走孩子，然后在没人注意的情况下溜出吗？在一个如此狭小，人却如此之多的花园里？小孩子大概会挣扎吧？"

我环顾四周："我们需要查明凉亭的大小以及当时所在的位置。如果他们把它摆在了花园深处，有可能没有人注意到篱笆间的缝隙，或者是否有人从中穿过。再加上那天的烟火……"

他点点头："大家都在朝另一边看，有很多声巨响，孩子们都在尖叫……"

"并且多数人是孩子的家长。我敢打赌梅森一家人并不是每一个人都认识，尤其是孩子们的父亲。你可能需要勇气，但你只需走进这里，并假装是一名父亲，就有可能侥幸逃脱。实际上，人们还会希望你和那些孩子说话。"

我们从草坪出发向房子走去："克里斯，你收集的那些照片，我们不仅能从中获得时间轴。开始标注他们的名字吧。我们不仅需要知道这些人当时在哪儿，还要知道他们都是谁。"

7时5分，在克洛兹街区，艾弗莱特警官正在按另一扇门的门铃，等待门被打开，等待重新摆出她的职业微笑，询问里面的人她是否可以进去和他们说一会儿话。这是她第十五次这么做。她正被挨家挨户的调查拖累，而此时，吉林厄姆却能待在那栋唯一重要的房子里，直指事件核心，她告诉自己不要因此而恼怒。毕竟，你一

只手就能数得过来邻居目击儿童绑架案的概率。但公平地说，梅森家的女儿失踪时，有一些邻居实际上就在梅森家的花园里。尽管考虑到在那个狭小的空间里会有不少潜在的目击者，然而到目前为止，艾弗莱特几乎没有得到任何有用的信息。人们说那是“一次不错的聚会”“非常愉快的一夜”。然而在聚会中的某个时刻，有一个小女孩消失了，甚至没有被注意到。

她又按了一次门铃（第三次），然后退后一步，抬头望着房子。窗帘是收起来的，但是没有居住的迹象。她检查了一下名单。住户名叫肯尼斯和卡洛琳·布拉德肖，一对六十几岁的夫妇。他们很可能在学校放假之前就去度假了。她在他们的名字旁做了附注，然后沿公路回到人行道上。一名警员跑到她面前，有点儿上气不接下气。艾弗莱特在局里见过她，但她刚结束在萨汉斯蒂德[1]的训练，她们还没有说过话。艾弗莱特试图回忆她的名字。辛普森？诸如此类。不，是索梅尔。就是这个名字。艾丽卡·索梅尔。她比大多数新员工年龄大，所以她此前一定做过其他工作。就像艾弗莱特，她一开始从事的是护理工作，那本身就是个错误。但她一直对这件事保密，她知道，这件事唯一能带给她的就是给男同事又一个理由，让她宣布坏消息，或者挨家挨户敲门。

“其中一个垃圾箱里有东西，我想你应该看看。”索梅尔指着她来的地方说道。她开门见山，没有半句废话。艾弗莱特立刻喜欢上了她。

她们讨论的垃圾箱位于克洛兹街区岔道拐弯的角落里。一个取证官已经到场，正在那里拍照。他看到艾弗莱特时点了点头，两个

---

[1] 萨汉斯蒂德，原文为Sulhamstead，英国波克夏西区一村庄名字，地处布里斯托尔和伦敦之间。

女人看着他把手伸进箱子里，拿出最上层的那个东西。它光滑得像蛇皮一样，有弹性，内部是空的，颜色是绿色的，很绿很绿。

这是一双连裤袜，其中一只的膝盖部位已经撕破，大小正适合小孩子穿。

与菲奥娜·韦伯斯特的谈话
地点位于牛津巴治克洛兹街区 11 号
2016 年 7 月 20 日，上午 7 时 45 分
参加人员：V. 艾弗莱特警官

艾弗莱特：韦伯斯特夫人，你能告诉我们，你是怎么认识梅森一家的吗？

韦伯斯特：我的女儿梅根和黛西在克里斯学校是同班同学，爱丽丝比她们高一级。

艾弗莱特：克里斯学校？

韦伯斯特：抱歉，是克里斯托弗主教学校。这里的人都叫它克里斯。当然，我们也是邻居。我们借给他们聚会用的凉亭。

艾弗莱特：所以你们是朋友？

韦伯斯特：准确地说，我不会用“朋友”这个词。莎伦一直很自我。就像我和你说话一样，我们在学校大门口交谈。有时候我会和她一起去跑步。对于跑步，她比我更上心。她每天早上都会跑，即使是冬天，在开车送孩子去学校后。她很在意自己的体重。我的意思是，她没有真这么说出来，但是我看得出来。我们一起在城里吃过一顿午饭，可以说纯属偶然，我们在高街的比萨饼店外偶然撞到了，她无法拒绝。但是她基本什么都没吃，只点了一份沙拉……

艾弗莱特：如果她每天早上都跑步，那么是说她不工作吗？

韦伯斯特：不工作。我想她曾经有工作，但我不知道她是做什么的。天天关在家里，要是我就疯了，但她的精力似乎都放在了孩子们身上。

艾弗莱特：这么说她是个好妈妈吗？

韦伯斯特：我记得那顿午饭期间，她一直说黛西在各种考试中得了很高的分数，还说黛西想成为一名兽医，并且询问我是否知道哪一所大学的兽医专业最好。

艾弗莱特：所以她是个有些急于求成的家长？

韦伯斯特：这事只限你我知道，我的丈夫欧文无法忍受她。他说她揠苗助长，你知道这种说法吗？但是，我个人认为，你不能因为人们希望自己家的孩子最好，就怪罪于他们。莎伦只是表现得比我们大多数人要明显些。事实上，我认为梅森一家人来这儿就是为了这里的学校。我觉得他们支付不起私立学校的费用。

艾弗莱特：准确地说，这些房子不算便宜……

韦伯斯特：是不便宜，但我就是觉得他家的财政有些紧张。

艾弗莱特：你知道他们之前住哪儿吗？

韦伯斯特：我觉得是伦敦西区的某个地方。莎伦对过去或是她的家庭向来三缄其口。说实话，对于你为什么想知道这些事情，我有点儿困惑了。你们不是应该在外面寻找黛西吗？

艾弗莱特：我们有几个团队的警察正在搜索这片区域，并且查看当地的监控录像。但是对于黛西和她的家人，我们了解得越多越好。你从来也想不到哪条信息可能是重要的。我们还是再说说昨晚吧。你几点到的？

韦伯斯特：刚过7点。我们是最早到达的客人之一。邀请函上写着7点开始，6时30分到。我觉得莎伦期待人们6时30分到。我们到那儿时，她真的很着急。我觉得她可能在担心没有人露面。她事必躬亲。我告诉她，大家会很高兴出一份力，带东西过来，但是她想一切都由她自己来准备。所有食物都摊在花园的桌子上，用保鲜膜覆盖着。真是可怕，你不这么认为吗？我是说——

艾弗莱特：你说她很着急？

韦伯斯特：噢，是的，但她只是在担心聚会。一旦聚会开始，她就正常了。

艾弗莱特：那么巴里呢？

韦伯斯特：噢，巴子一如既往地是聚会的灵魂人物。他总是很善于社交，总能找到话题。我敢肯定聚会是他的想法。他溺爱黛西，是正常父女之间的那种爱。他总是抱起她，把她架到肩膀上，带着她到处玩儿。她穿着那条化妆裙看起来确实很甜美。当孩子们长大，不愿意再乔装打扮的时候，那真的很让人伤心。昨晚我想让爱丽丝穿化装舞会的裙子，但是她直截了当地拒绝了我。她只比黛西大一岁，但现在她只穿露脐上衣和运动鞋。

艾弗莱特：你一定很了解巴里·梅森吧？

韦伯斯特：你说什么？

艾弗莱特：你刚才叫他“巴子”。

韦伯斯特：（大笑）噢，上帝，我那么说了吗？我知道这很糟糕，但我们就是那么叫他们的，嗯，我们中的一些人。“巴子”和“莎子”，巴里和莎伦的简称，懂吗？但是，看在上帝的分儿上，不要把这事告诉莎伦，她绝对不喜欢我们这么叫。曾经有人说漏嘴，令她大发雷霆。

艾弗莱特：但是巴里不介意吗？

韦伯斯特：似乎是不介意。他为人很随和，比莎伦随和得多。如果不是那样，事情就复杂了。

艾弗莱特：那么，你最后一次见到黛西，是什么时候？

韦伯斯特：我一直在绞尽脑汁回想这件事。我想是在放烟火之前。整个晚上有很多小姑娘跑来跑去的。她们玩得很开心。

艾弗莱特：你没有见到任何人和她搭话，或者任何你不认识的人？

韦伯斯特：聚会上的客人我基本都认识。我想他们都是从这个庄园来的。至少，我不记得有另一边来的客人。

艾弗莱特：另一边？

韦伯斯特：你知道的，运河对岸那个豪华地段。你几乎不会看到他们跑来这边过清苦生活。无论如何，根据我的印象来看，黛西整个晚上都和她的朋友们在一起。成年人到了一定岁数就变得乏味无趣。

艾弗莱特：那你丈夫欧文呢？他在那儿吗？

韦伯斯特：你为什么问这个？

艾弗莱特：我们只是想知道当时大家都在哪里。

韦伯斯特：你是在暗示欧文和这件失踪案有关吗？因为我现在就可以告诉你——

艾弗莱特：正如我说的，我们只是需要知道都是谁参加了聚会。（停顿）我们可能找到了黛西穿的连裤袜。你能想起来你最后一次见到她时，她是否还穿着它吗？

韦伯斯特：抱歉，我真的想不起来了。

艾弗莱特：据你所见，她在聚会上没有摔倒或受伤吗？

韦伯斯特：没有，我确定有的话我会记得。但是你为什么这么问？有什么区别吗？

艾弗莱特：连裤袜上有血迹，韦伯斯特夫人。我们正在查明血迹的来源。

8时30分，我在车里，把车停在了水景新月别墅区。这绝对是个自抬身价的社区，全是三层的联排别墅，甚至说出来你都不信，入口处还有两只带底座的石狮子。我正在吃某个人从主路的加油站买给我的馅饼。光是看看它，我都觉得自己要心肌梗死了。但是我10点钟有一个新闻发布会要参加，如果不吃东西，我会晕过去的。我坐在福特车里狼吞虎咽地吃着。如果你好奇的话，我不是很能喝酒，不喜欢穿厚厚的针织毛衣，不是操着一口怪异职业腔的贵族，也不做什么该死的填字游戏。

有人轻敲了一下我旁边的车窗，我摇下玻璃，看到是艾弗莱特警官。她的名字叫作维里蒂，我曾告诉她，叫那种名字的人天生就适合这类工作。她也不会放弃寻找它，我是说，真相。别让她那略显迟钝的外表欺骗了你，她是我见过的最雷厉风行的警察之一。

“怎么了？菲奥娜·韦伯斯特说了些什么？”

“很多，但我不是要说这个。是住在36号的老太太。她看见了些什么，就在十一点零几分的时候。她很确定，因为她正准备给政府噪音专线打电话投诉。”

我记得莎伦·梅森说过担心有人举报她。也许我对她的判断有误，她不是患了妄想症，而是她的邻居真的很差劲。

“那么这位……”

“班普顿夫人。”

“班普顿夫人说了什么？”

“她说她看到一个男人从梅森家走出来，怀里抱着一个孩子。是一个小女孩，她在哭。班普顿夫人说，实际上她听上去更像是在尖叫，所以她第一时间走向了窗户。”

我摇摇头：“那是一个聚会。我们怎么知道他有罪，怎么知道那不是一位正要回家的父亲？”

我之所以质疑她，并不是因为我怀疑她所说的话，而是因为我真的不希望她说的是真的。但她的脸颊是粉色的，她一定知道些别的什么。“班普顿夫人说，离得太远，她看不清那个男人的脸，所以她无法向我们描述他的样子。”

“那么她怎么知道他带走的是一个小女孩呢？”

“因为那个小女孩穿着化妆裙。她穿着一件花套装。”

———

泰晤士河谷区警察局@泰晤士河谷区警察局 **09：00**

你能帮忙寻找八岁的黛西·梅森吗？她最后被人看见是周二午夜在运河区庄园#牛津。

如果你知道任何信息，请致电01865－0966552。

转发829次

英国广播公司《今日中部地区》@英国广播公司中部地区突发新闻09：09

今天上午10点，警方将举行新闻发布会，介绍失踪的八岁女孩黛西·梅森的情况。

转发1,566次

ITV**新闻**@ITV**直播突发新闻** **09：11**

突发新闻：牛津警方将于上午10点详细说明寻找八岁的黛西·梅森一案的进展，并将提供目击者关于嫌疑犯的细节信息。

转发5,889次

———

新闻发布会的前十五分钟相当波澜不惊。惯常的问题，惯常的沉默以对，发言充斥着“调查的早期阶段”“尽一切可能”和“任何知道信息的人”，你知道规矩的。听众烦躁不安，他们知道这件事可能很大，但是找不到切入点，一切毫无进展。可能的目击报告引发了一阵短暂的骚动，但是没有一张照片，也没有解释说明，所以并没有掀起什么风浪。其中一名满腹疑问的听众试图挤入讲台中心，想要粗暴地把此事变成个人恩怨（“福莱督察，你真的是负责这个儿童绑架案的合适人选吗？”），其他人则避之不及。我看看自己的手表，一个小时的新闻发布会才过了一刻钟，此时后面有人站了起来。那个人看上去十七岁左右，有着浅棕色的头发。因为每个人都转过头看着他，所以他那苍白的脸突然涨得通红。我知道，他不是本国人。可能是某个当地小媒体的实习生。但我低估了他，我不应该如此轻敌的。

“福莱督察，你确定你们在犯罪现场附近找到了一件可能属于黛西的衣服吗？这是真的吗？”

一时间，整个会场仿佛遭到电击，二十多个人突然兴奋地警醒起来。

我犹豫了，当然，这是致命的反应。

有人举起手来，有人愤怒地敲打着平板电脑的屏幕。有六七个人想抢话，但是这个脸色苍白的人站着不动，坚持等我的回答。

在要回答他的那一瞬，我注意到，他故意没有提我们具体发现了什么。但并不是因为他不知道，而是因为他想把它作为独家新闻。

我深吸了一口气：“是的，是真的。”

“那这个‘物品’沾满了血迹吗？”

我刚要开口纠正他的说法，但为时已晚。整个房间陷入一片哗然。

———

10时15分，安德鲁·巴克斯特警官在搜查队所在的班伯里路上的教堂大厅前放置了一个活动挂板，并撑起了一张巨大的牛津北部地图。随着搜索范围覆盖临近地区，以及一些当地人不断来访或打来电话询问是否可以提供帮助，下一步行动显然需要合理组织。

“好的。”他的声音盖过人群的喧嚣。他们能听到头顶的警用直升机声。“听着，我们需要清楚各自的工作，这样才不至于竹篮打水或水中捞月。如果这些话并不能令你们满意，那么请随便选择你们的陈词滥调吧。”

他拿起一支红色的马克笔：“我们将接下来的搜索地区分成了三个区域。每一个搜索小队包括至少十二名警员，还有一名受过培训的搜索顾问，他会负责整理证据，并确保过于热心的普通市民不会带来不良影响。”

他拿笔在地图上的某个区域画了一条线：“一组，由埃德·米德警长领导，负责格里芬学校几百英亩[1]的区域。幸运的是，这里多数是开放空间，但仍然包括一大片杂草树林区域，以及运河东岸的矮树丛地带。学校召集了一群强壮的六年级学生加入调查，体育组长曾是一名军人，所以我确定他知道流程。我没有影射什么。二组，由菲利普·麦恩警长领导，负责运河一带的纤道以及运河西部

[1] 1英亩约等于4046平方米。

的自然保护区。当地野生动物基金会的志愿者会在那儿和你们碰面。显然，有一些鸟儿还在筑巢，所以他们会去现场确保我们不会造成不必要的破坏。该区域还有居民的运河船，我们需要询问船只的所有者。”

他在地图上画了更多条线：“三组，由本·罗伯茨警长领导，负责休闲娱乐区、平交路口的停车场以及伍德斯托克路附近的大学体育场。那里也有很多当地人乐于提供帮助。”

他啪的一声盖上笔帽：“有问题吗？好吧。保持手机开机，如果搜索范围需要扩大，或者直升机有所发现，我们会再次召开会议。但希望我们没有那么做的必要。”

我走出记者接待室不远，手机响了，是亚历克斯打来的。我盯着手机，不知是否应该接起这个电话。手机屏幕上是一张系统自带的枯燥图片，上面有树木、草丛和天空。这不是我选的，我真的并不在乎图片是什么，我只是不得不摆脱曾经拥有的东西。去年夏天，我拍了那张杰克骑在亚历克斯肩上的照片，他们身后的阳光让他深色的头发变成了闪闪发光的红色。我刚告诉他，他年龄够大了，不适合骑在别人背上了，但他咧嘴对我笑着，还是那么做了。这张照片总是令我想起一首我们在学校读过的诗，叫作《喜出望外》。那就是杰克在照片中的样子，喜出望外，就好像快乐令他措手不及。

我接起了电话。

“你好，亚当？你在哪儿？”

“我在警察局，有个新闻发布会。发生了一些事情……我不想吵醒你……”

“我知道，我听说了……新闻播了。他们说有一个孩子失踪了。”

我深吸了一口气。我知道我们迟早要面对这样的事情，只是时间问题。但是，知道事情注定会发生，当它发生时，我们却并不总会感觉好过一些。

“是一个小女孩，”我说道，“她的名字叫黛西。”

我几乎能听到她的心跳声。“可怜的父母。他们情况怎么样？”

这本该是一个简单明了的问题，我却没有简单明了的答案。而到目前为止，这个问题比其他任何事都能让我感到梅森夫妇的表现是多么令人费解。

“很难说，”我选择开诚布公地告诉她，“我觉得他们最大的感受应该是震惊。现在他们的女儿只是失踪，还没有证据表明她受到了伤害。我们有可能会把她平安地找回来。”

她沉默了片刻，然后说：“我有时想知道那是不是更糟。”

我转过身，放低声音说：“更糟？你是指什么？”

“希望。无论是否更糟。抱有希望比知道真相更糟。至少我们……”

她没再说下去。

她之前从不会这样讲话。我们从没有如此聊过天。他们希望我们谈一谈，他们告诉我们必须那么做。但是我们一直避而不谈。一直回避、回避，再回避，直到我们无法再提及。直到现在。一直到现在。她在哭，在默默地流泪，因为她不希望我听到她哭。我无法肯定她是因为自尊心，还是因为不希望我担心。我抬起头，看到一名警员正在向我示意。

“抱歉，亚历克斯。我得挂了。”

“我知道，对不起。”

“不，该说对不起的是我。我会给你打电话的。我保证。”

2016年7月19日，下午3时30分
黛西失踪当天
牛津克里斯托弗主教小学

放学铃响了，孩子们吵吵嚷嚷地走出教室，走到阳光下，家长们启动着汽车在大门口等候。有些孩子奔跑着，有些雀跃着，有一两个孩子落伍了，还有一些年龄大点儿的孩子成群结队地聊着天，用苹果手机分享见闻。两个老师站在楼梯上，看着他们离去。

“感谢上帝，又到期末了。”年龄大一些的老师一边说，一边抓起一件运动衫还给它的主人，“我都等不及了，这个学期可不只是让人疲惫不堪。”

旁边的女人苦笑着说：“可不是嘛。”她班上的一些学生正结队路过，其中一个女孩停下脚步道别。女孩泪眼汪汪的，因为她第二天就要和家人一起去度假，而她的老师下学期不会再教她了。她喜欢她的老师。

“祝你在南非玩得愉快，米莉，”女人轻抚她的肩膀，温柔地说道，“希望你有机会看到小狮子。”

米莉的同学赶了上来，跟她一起走出去，包括几个男孩、一个扎辫子的高个儿女孩，还有一个看起来像是中国人的学生。最后，一个金黄色头发、肩上披着浅粉色开襟羊毛衫、背着迪士尼公主书包的小女孩匆匆跑来。

“慢点儿，黛西，”老师一边大喊，一边向楼梯下猛冲几步，“你可不想摔倒受伤。”

“她今天很神气啊。”年龄大一些的女人注意到，她们看着黛西跑向她前面的两个女孩。

“她家今晚有个烤肉聚会。我想她只是兴奋过度了。”

年龄大一些的女人扮了个鬼脸：“我希望我还够年轻，能为湿乎乎的生菜和烤煳的汉堡包兴奋不已。”

她的同事大笑：“他们今晚还会放烟火。那个东西可不分年龄。”

“好吧，被你说中了。我依然是个烟火迷，即便是到了这个岁数。”

两个女人相视一笑。年轻女人转身返回学校，另一个则在原地留了几分钟，望向操场。金黄头发的小女孩正站在大门口的阳光下，开心地和她的一个朋友聊天。在未来的几周里，这一场景将变成她的梦魇。

———

“是谁他妈的一直给媒体透露信息？”

10时35分，案件调查室里很热。窗户开着，有人从储藏室之类的地方找出了一台古老的电风扇。它从左向右，又从右向左，缓慢地摆头，发出嗡嗡的声响。有一些人正趴在桌上小憩，其他人则倚靠着桌子。我缓慢地扫视他们，从左向右，又从右向左。多数人都可以轻而易举地直视我的眼睛。有一两个人看起来很尴尬。但就这样了。如果你问十年的审讯经历教会了我什么，那就是不要把人逼到绝境。

“我严令禁止向公众透露任何信息，无论是有关连裤袜，还是我们在连裤袜上的发现。而这个家庭却在该死的新闻上听到了这些。你们觉得这会带给他们什么感受？那条信息是从这间屋子里传出去的，我要彻查此事。但是现在，黛西·梅森仍然下落不明，我不会因为这件事浪费宝贵的时间。”

我转身面向白板，上面有一张用彩色图钉固定的地图，还有一组明显是从手机中采集到的模糊照片，这些照片被钉在白板上，以一条基本的时间轴为中心。多数照片附带名字，有一两张照片上标着问号。在这些照片旁边，是黛西本人的照片。看到黛西和她母亲长得那样神似，我第一次感到大吃一惊。她们看起来如此相同，又如此截然不同。然后我觉得奇怪，既然我从来没见过黛西，怎么会如此相信照片中的内容？

“关于查找目击者，我们调查到哪一步了？”

我身后有几个人清了清嗓子。“我们从两英里以内的摄像头获取了监控录像。”

这个声音来自加雷斯·奎恩。你能想象出他的长相，他穿着笔挺的制服，胡子拉碴的。在吉尔·墨菲休产假期间，他担任代理侦缉警长，工作十分卖力，力争每一秒钟都对得起这个职位。我私下认为他有些惹人厌，但他并不笨，当你需要有人看起来不那么像警察的时候，他就派上用场了。他在警察局的太太团中被称为“时尚先生”，这一点不足为奇。他佯装鄙视这个称谓，表现得有点儿过于戏剧化。我听到他跟在我身后继续说。

“运河位于这栋房子的东侧，”他说道，“出门必须经过两座桥之一，而两座桥都没有摄像头。但是从这里向北的伍德斯托克路上有个摄像头，”他指着一颗红色的图钉，“还有一个位于环路附近。如果他想快速脱身，他会走那条路，而不是穿越市区去南边。”

我看了一下地图，在向西延伸的广袤田野上，有三百英亩一千年以来未经开垦的土地。即便是这个季节，这片土地仍有一半处于水中。从运河区庄园到这片田野用不了五分钟，但是要先穿过铁路。

“梅多港怎么样？那里的平交路口有没有摄像头？我不记得见过任何摄像头。”

奎恩摇摇头：“没有。但不管怎样，那里在修建人行桥，并重铺部分铁路线，路口已经禁止通行两个月了。施工每天会持续数个小时，昨晚那里有一队工作人员。旧的人行桥在被拆除之前就是封闭的，所以没有人能够从那里穿过，去往梅多港。”

“那么如果那个方案不予考虑，还有其他选择吗？”

奎恩指着一颗绿色的图钉说道：“基于我们是在这里发现连裤袜的，嫌疑犯最可能选择的路线似乎是从桦树大道走上环路，就像我说过的那样。这与老太太称她见过黛西的说法相吻合。”

他向后退了一步，把钢笔别在耳后。这是他的嗜好之一，我发现办公室后面的几个小伙子也在做同样的事情。他们在嘲笑他，不过没有恶意。他是其中的一员，但他也是一名警长，至少目前是，而这使他成为可以抨击的对象。“我们检查了那条公路上所有摄像头的连拍，”他继续说道，“但啥也没找到。昨晚的那段时间几乎没有交通堵塞，到目前为止所有与我们交谈过的司机都接受了检查。

虽然还有一两个司机没能成功追查到，但当时他们车里都有其他人。而且绝对没有带小孩儿步行的人，也没有人携带任何从远处看像是一个小孩子的东西。也就是说，我们只有两种可能：要么那个老家伙看走眼了……”

“要么黛西仍然在运河区庄园里。”

那一刻，我一定不是唯一一个想到莎农·马修斯的人。莎农被她的母亲藏起来并借助公众的同情心骗取钱财，而那时警察正四处寻找一个根本从未失踪的她。不是有一个邻居说梅森家经济拮据吗？但这个想法瞬间就被击破了。不仅仅是因为梅森一家人没那么傻，还因为即使他们真的就那么傻，事发的时间也匹配不上。

我深吸了一口气：“好吧，让我们沿着纤道和庄园附近任何有可能藏人的地方继续寻找。但是，既然媒体牵扯进来了，就请大家谨慎行事。我们现在处理的仍然是人口失踪案，而不是谋杀案。好吧，暂时就这样吧。除非发现新情况，否则6点集合。”

“我想我们发现是谁了，长官。”

此时是下午3点，我正打算离开自己的办公室去庄园。警司因为新闻发布会上发生的事情将我一顿臭骂，骂得我可以说是神清气爽。门口的人是安娜·菲利普斯，她是从商业区一个新成立的软件公司借调来的。她逼着我们这些埋头苦干的笨蛋迈进二十一世纪，从而提高她所在公司的地方社区参与度。她穿着恨天高的高跟鞋和一条超短裙，在警察局大受欢迎，这一点丝毫不会令人感到意外。

我和亚历克斯第一次见面的时候，她的头发和安娜的一样短，这让她看起来活泼又俏皮。而过去这几个月，她失去了一切。自从安娜来了以后，我愣神了好多次，总是在看到她微笑后，才知道自己认错人了。我记不清上一次看见我的妻子笑是什么时候的事了。

“抱歉，我没听明白。什么是谁？”

如果我说话有点儿严厉，那是因为我耳朵里仍然充斥着“不称职”和“后果”这样的词语，也是因为我找不到车钥匙。不过她看起来并未受到我的影响。

“走漏消息的人。加雷斯……奎恩警长让我去调查。”

我抬起头看她。“加雷斯”，对吗？她脸有些红，我很好奇他是否告诉过她自己有女朋友。对于这件事，他向来很健忘，已经不止一两次了。

“然后呢？”

她走到我的桌边，打开网页，键入了一个地址，然后后退几步，以便我能看见。那是一个脸谱网专页。最新的帖子是我们向媒体发布的黛西视频的截图。我并不担心这个帖子，越多的人分享它越好。我担心的是其他所有东西，包括门阶上的警员的照片、几张查洛小组的人进入梅森家中的照片，还有一张我抢一根香烟的照片，这也不会给警司留下什么好印象。从角度来看，这些照片全部是在克洛兹街区的某所房子中拍摄的。安娜向下滚动网页时，我看到七小时前发布的一个帖子。帖子声称警方找到了一双血迹斑斑的绿色连裤袜，他们认为它是黛西失踪时穿的连裤袜。

还没等我开口问，她便说道：“这个专页是托比・韦伯斯特的。”

“谁？”

“菲奥娜・韦伯斯特的儿子。就是今天早上艾弗莱特警官询问的那个邻居。我想她向韦伯斯特询问了关于连裤袜的事情。他一定是从她那里听到了这个消息。他才十五岁。”

好像有道理。在某种程度上，我想，确实能解释得通。

“那个记者并不需要费多大力气就能找到这个网页，”她继续说道，“实际上，我很惊讶其他记者居然没找到。”

她是在暗示说“我觉得你该向你的队员们道歉”。显然我是该那么做。

“还有一件事——”

手机又响了，我接起来，是查洛。

“你希望我们快速检查一下那双连裤袜？”

“情况怎么样？”

“不是黛西的。上面的血迹和牙刷上的DNA不匹配。”

“你确定它不可能是黛西·梅森的？”

“DNA不会说谎。你知道这一点。”

“他妈的。”

然而他已经挂了电话。安娜盯着我，表情怪异。如果她像我一样熟练地爆粗口的话，她在这儿待不久的。

“我又看了一遍照片，”她开口说道，“聚会上拍的那些照片。”

“抱歉，我得走了。我已经迟到了。”

“不，等等。我只需要一分钟。”

她再次弯下腰对着电脑，然后打开共享服务器上的图片文件夹。她选定了三张照片，又打开一张黛西的视频定帧照，并仔细地将它和其他三张照片排成一行。

“花了我一番功夫才看出来，不过一旦看出来，你会发现它真的很明显。”

对于她来说明显，也许吧，但对于我不是。她满怀期待地看着我，我却耸了耸肩。

她拿起一支钢笔指着屏幕："右边这三张照片是我们仅有的拍到黛西的照片。至少到目前为止，我们只有这三张。但都不清晰，她要么背对着镜头，要么被别人挡住了一半。但是有一点我们可以看清楚。"

"哪一点？"

她指着三天前拍摄的视频定帧画面："看看这张照片中裙子的长度，绝对在她的膝盖之上。你再看看其他三张照片。"

现在我看到了。看得一清二楚。聚会上穿那条裙子的女孩一定比黛西矮至少两到三英寸。她根本不是黛西。

那是另一个孩子。

———

牛津新闻@牛津新闻在线 15：18

运河区庄园#绑架案最新消息：有消息称，警方发现带有血迹的衣服。任何知情人士请联系@泰晤士河谷区警察局。#寻找黛西

埃尔斯佩斯·摩根@埃尔斯佩斯·摩根959 15：22

可怜的家庭。无法想象他们正忍受着怎样的煎熬。#寻找黛西

英国广播公司《今日中部地区》@英国广播公司中部地区突发新闻 15：45

#今日中部地区 6点我们会发布#黛西·梅森失踪案的最新消息。@泰晤士河谷区警方早些时候公开了一张她的照片。

威廉·基德@那个比利这个基德 15：46

如果你知道黛西·梅森的下落，请给警察打电话。#寻找黛西#黛西·梅森

安妮·梅里韦尔@安妮·梅里韦尔 15：56

我是唯一一个认为黛西·梅森失踪这件事有蹊跷的人吗？一个小孩子怎么可能从自家的花园消失而不被人看到？

卡罗琳·托利斯@谁的托利斯 16：05

@安妮·梅里韦尔 我同意。我第一时间就跟我丈夫这么说了。这件事不像看上去那么简单。#黛西·梅森

丹尼·查德维克@查德维克·丹尼PJ 16：07

什么样的父母会让孩子熬夜到凌晨两点钟？显然是他们没看好她，只能怪他们自己。#黛西·梅森

安格斯·科德里@安格斯·科德里先生 16：09

@安妮·梅里韦尔@谁的托利斯@查德维克·丹尼PJ 记住我说的话：罪犯一定是家长之一。时刻关注#黛西·梅森。

安妮·梅里韦尔@安妮·梅里韦尔 16：10

@安格斯·科德里先生 很奇怪，他们两个谁也没露面。@谁的托利斯@查德维克·丹尼PJ#黛西·梅森

埃尔希·巴顿@埃尔希·巴顿1933 16：13

@安格斯·科德里先生@安妮·梅里韦尔@谁的托利斯@查德维克·丹尼PJ 上帝啊，我讨厌你们怀疑一切的态度。#寻找黛西

安妮·梅里韦尔@安妮·梅里韦尔 16：26

@埃尔希·巴顿1933 你不得不承认整件事听起来很奇怪。#黛西·梅森

埃尔希·巴顿@埃尔希·巴顿1933 16：29

@安妮·梅里韦尔 我只知道有一个小女孩丢了，我们要集中精力寻找她，而不是谴责她的父母。#寻找黛西

安吉拉·贝特顿@安吉拉·G.贝特顿 16：31

@安格斯·科德里先生@查德维克·丹尼PJ@安妮·梅里韦尔@谁的托利斯 你们不知道自己在说什么，你们根本不了解这个家庭。#寻找黛西

丹尼·查德维克@查德维克·丹尼PJ 16：33

@安吉拉·G.贝特顿 我知道我他妈的应该看好自己的小孩。不管怎么说，你怎么就成专家了？#黛西·梅森

安吉拉·贝特顿@安吉拉·G.贝特顿 16：35

@安格斯·科德里先生 我参加了聚会，黛西的父母一整晚都在那儿，他们中的任何一个人都不可能犯罪。#寻找黛西

卡罗琳·托利斯@谁的托利斯 16：36

@安吉拉·G.贝特顿 有没有关于沾有血迹的连裤袜的新闻？警方证实了吗？#黛西·梅森

安妮·梅里韦尔@安妮·梅里韦尔 16：37

@谁的托利斯 新闻上什么也没说。但是这证明有人在晚上伤害她了，不是吗？#黛西·梅森

卡罗琳·托利斯@谁的托利斯 16：39

@安妮·梅里韦尔 可怜的孩子，我觉得她已经死了。#黛西·梅森

安妮·梅里韦尔@安妮·梅里韦尔 16：42

@谁的托利斯 我知道。我觉得现在唯一的谜就是谁杀了她。#黛西·梅森

二

我推开案件调查室的门，气氛很活跃。我走到白板旁，用一根手指指着其中一张聚会的照片，大家都转过脸来看着我。

“你们应该也听说了，照片中的女孩很可能不是黛西·梅森。”

屋里更加热闹了，我提高嗓音：“你们还不知道的是，我刚刚得到实验室的确认，连裤袜上的血迹不是——我再说一遍，不是——黛西·梅森的。这意味着，那块血迹可能是这个女孩的，照片中的这个女孩。如果老班普顿女士确实看见了一个抱着孩子的男人，那么几乎可以肯定照片上的女孩是别人，而不是黛西·梅森。”

然后我猛然被回忆击中，以前也这样过。它令你毫无准备，防不胜防。你从未想到你随意的一组言辞或想法会导致那样的结果，突然之间，你那小心翼翼关上的大脑就被不想记起的回忆给淹没了。我抱着杰克，他睡着的脑袋依偎在我怀中，头发散发着洗发水的味道，皮肤洋溢着夏日花园的气息，他的温度，他的重量……

我突然惊恐地意识到屋里陷入一片沉寂。他们都在盯着我。反正有一些人在盯着我。我认识最久的那些人则盯着别处，没有看我。

“抱歉。正如我说的，我并不认为我们有两个孩子失踪，我怀疑这仅仅是身份混淆了。看看连裤袜的裂口，上面的血迹可能只是摔破膝盖导致的，而不是什么凶兆。但是，我们仍然需要找到另一个女孩，并确保她的安全。我们需要查出她是怎么得到那件雏菊衣服的。两个孩子可能交换了服装，所以，她也许能告诉我们黛西那晚究竟穿的是什么衣服。同时，艾弗莱特，你能否和安娜·菲利普斯一起再检查一遍聚会上的所有照片，看看是否能找到其他可能会是黛西的金发女孩？”

加雷斯·奎恩站了起来。他拿着自己的平板电脑，疯狂地向下滚动屏幕：“我觉得我可能知道照片上的女孩是谁，头儿。我确定监控录像的车中有一辆四轮驱动车是属于克洛兹街区某一家人的。没错，在这儿，大卫·康纳和朱莉娅·康纳。他们有一个和黛西同级的女儿，叫米莉，也在克里斯小学上学。他们一家人都在聚会名单上，但显然他们提早离开了，因为他们要开车去盖特维克机场搭乘今天很早的一班飞机。晚上11时39分，我们的摄像头拍到他们正向环路驶去的画面。这就是我们目前还无法和他们对话的原因。老实说，在这之前，这件事并不是首要的任务。但是我给大卫·康纳的手机留了言，请他回电。”

他走到地图前，然后转向我，眼神很热切地用手指着地图：“康纳家在这儿，54号。他们从梅森家回来时一定会经过班普顿女士家的正对面。我觉得班普顿夫人看到的是正带着女儿回家的大卫·康纳。”

房间内现在有一种奇怪的氛围，我之前见过这种气氛。这不是真正意义上的突破，因为它并没有让你更接近真相，而是封死了一种可能性。你感觉所有拼图正渐渐合到一起，却依然没办法看清整张图片的内容。而现在，我们突然发现有一块拼图看上去非常黑暗，毫无希望和可能。

吉林厄姆率先打破沉默，陈述事实是他的惯用伎俩。但是，嘿，每个团队都应该有这样一个人。尤其是从事这种工作。“所以我们真的是在说，”他说，“梅森夫妇看到这个小女孩装扮成这样到处乱跑了一晚上，却没有认出那不是他们的女儿？”

“头巾的确盖住了她的大半张脸，”艾弗莱特说，“我是说，我们之前也没有意识到那不是她，虽然我们一直在使劲盯着照片看，看得够认真了。”

“但我们不是她的父母。”我平静地说道，“相信我，如果是我自己的孩子，就算是给他套上滑雪帽和塑料编织袋，我也认得出。你就是能认出来。你了解他们的行为举止，包括他们走路的样子……”

杰克移动的样子，杰克走路的样子。时间停滞了，仅仅是一小会儿，跳过回忆的鸿沟，又开始计时。

“那是当然，还有他们说话的方式，”吉林厄姆说，“如果梅森夫妇真的和那个女孩说过话，他们一定会立刻发现——”

“也就是说有两种可能，”奎恩插话说，“要么那晚他们压根儿就没有和自己的女儿说过话，这种可能性很小，要么就是发生了更令人担心的事情。”

“不只是他们，”我平静地说道，“还有利奥。他肯定知道聚会上那个女孩不是黛西。黛西的父母可能声称他们太忙，但利奥是个观察力敏锐的孩子。他一定知道。那么他为什么不告诉他们？他为什么不告诉我们？他要么是有所隐瞒，要么就是在害怕。而现在，我不确定哪一种情况更糟。”

“头儿，那我们现在该做什么？告诉梅森夫妇米莉·康纳的事？找他们问话？”

“不，”我不慌不忙地说道，“咱们说服他们通过电视呼吁人们帮他们寻找女儿。我想看看他们三个人会如何应对这一切，确保男孩也在场。这么做反正不会有什么坏处，毕竟，黛西依然可能在外面的某个地方，而也许她的失踪和梅森家毫无关系。”

人们开始挪动，起身，拿起手机，但是我还没有说完。

“我知道这一点我没必要提起，但是对于聚会上的女孩不是黛西这件事，我不想让这个房间外的任何人觉察到蛛丝马迹。同时，确保康纳一家不会透露消息。因为我们可能从中得到与假设完全不同的时间轴。黛西·梅森可能根本没在聚会上。”

与大卫·康纳的通话

2016年7月20日，下午6时45分

参加人员：代理侦缉警长G. 奎恩，

（旁听）警探C. 吉林厄姆

奎恩：感谢通话，康纳先生。很抱歉打扰你度假。

康纳：没关系，很抱歉之前没回复你。听到发生的事，我感到很震惊。我妻子在酒店房间的英国广播公司全球新闻上看到的这条新闻。

奎恩：你之前知不知道你女儿在聚会上穿的花朵化妆裙应该是黛西·梅森穿的衣服？

康纳：我不知道，但是我妻子好像知道。米莉邀请了一些朋友来家中，在前一天下午——

奎恩：所以是星期一下午？

康纳：呃，是星期一吗？抱歉，我有点儿时差。你说得对，那天一定是星期一。总之，朱莉娅说她们把她们的化妆裙带来试穿了。她们还互相试穿了别人的裙子，你知道那个年龄的女孩子都什么样。一片混乱之后，黛西似乎更喜欢米莉的衣服，于是米莉说她们可以交换。

奎恩：黛西的妈妈知不知道衣服交换过了？你知情吗？

康纳：我不知道。我问一下朱莉娅。（模糊的噪音）朱莉娅说，黛西向她保证她妈妈不会介意的。但是显然，她不知道黛西是否跟她妈妈说过了。

奎恩：我们在一个垃圾箱里发现了连裤袜，但是上面的血迹和黛西的DNA不匹配。

康纳：啊，是的，很遗憾。米莉摔倒了。天色渐暗，她有点儿烦躁，我们决定回家。因为连裤袜已经破了，所以我们决定扔掉它。如果给你们添了麻烦，很抱歉。

奎恩：康纳先生，你女儿最开始打算穿的是什么化妆裙？

康纳：我妻子告诉我是美人鱼装。我从没见过，不过显然上衣是肉色的，有一个带有蓝绿色鱼鳞的亮晶晶的尾巴。

奎恩：有没有戴什么头饰或面具？

康纳：稍等。（更多模糊的噪音）没有，没有那样的东西。

奎恩：那么，如果黛西在聚会上一直穿着那样的化妆裙，她应该会很显眼？

康纳：我想是这样的。你是在暗示……

奎恩：我只是在陈述事实，康纳先生。你昨晚看到黛西了吗？

康纳：经你这么一问，我现在才想起来，我没看到过她。我是说，新闻说她在聚会上，之后失踪了，所以我只是假设她在……天哪，这会改变好多事情，不是吗？

奎恩：米莉知道些什么事吗？任何她在聚会上可能听到或看到的事情？

康纳：老实说，我们现在也不太懂她想说什么。她只是在哭，一直在哭，并且拒绝谈论。我真的不想逼她。但是，等她平静下来了，我会让朱莉娅去问问的。如果有任何有用的消息，我会给你打电话。

奎恩：谢谢你，康纳先生。提醒你一下，请不要和任何人透露我们之间的对话，这一点非常重要，尤其是对媒体。

康纳：当然不会。有任何我们可以帮得上忙的地方，请尽管告诉我。我们要齐心协力揪出那个干这件事的混蛋，不是吗？

2016年7月18日，下午4时29分
黛西失踪前一天
巴治克洛兹街区54号，康纳家

朱莉娅·康纳倒了六杯橙汁，用托盘将它们送到女儿的房间里。她从楼下能听到楼上传来的各种吵闹声，而邻居们可能在大街上就能听到。屋里，各种日常穿着和聚会服饰散落一地。

“我希望你们能区分出这些化妆裙都是谁的，”朱莉娅放下托盘，说道，“我可不想给你们的妈妈添麻烦。”

其中的三个女孩正在一面长镜子前，陶醉地自我欣赏。她们分别装扮成了一个身穿粉色衣服的公主、一朵花和一只蝴蝶。

“谁是她们中最美丽的人？”扮成公主的女孩对着镜子问道，金色的纸皇冠滑到了眼角，“你难道不认为我看上去很美？”

朱莉娅偷笑，多希望自己和这个女孩一样大的时候能有她一半的自信。然后她关上房门，走回厨房，打开收音机，开始切菜，准备晚餐。电台在播放安妮·蓝妮克丝唱的《姐姐妹妹站起来》[1]，于是她调高音量，跟着音乐哼了起来。由于音乐声音太大，实际上，她没有注意到楼上突如其来的混乱，所以，她从未听到过“我恨你！我希望你去死”的哀号声，她从未看到过穿花裙子的小女孩被按在墙上，另一个孩子愤怒地攻击她，猛戳她金属面具下苍白的小脸的画面。

截至下午6点钟，搜索小组一无所获。从庄园向北一英里的纤道沿线已经拉起警戒带对外封闭，他们正沿着纤道，一点一点地用杆子分开灌木丛，将任何可能有用的东西收集到塑料袋中，包括糖纸、啤酒罐和一只童鞋。艾丽卡·索梅尔很好奇为什么那里只有一只鞋，她挺直疼痛的背部，看了看自己的手表。丢鞋的人是跛着脚回家的吗？无论如何，怎么能只弄丢一只鞋呢？当它不见了，你很难不注意到。接着，她对自己这种无意义的思考摇了摇头，并归咎于自己的低血糖。

[1] *Sisters are doing it for themselves*.

几码[1]之外，六七个自然保护志愿者正蹒跚着穿过水道，那里已经被腐蚀的叶子和白天乘船的人丢弃的垃圾掩埋了一半。一连数日炙热的天气后，水位很低，臭气熏天。他们已经搜索了几百码的自然保护区。艾丽卡甚至从不知道这里有个保护区，尽管她是在不到五英里外的地方长大的。她上的学校并不注重实地考察或自然研究，老师们光是应付学生造成的混乱，就够手忙脚乱的了。她不知道距离市中心这么近的地方居然如此荒凉，如此杂草丛生，一半被水淹没，无路可走。她看见三只河鼠和一窝黑水鸡，然后，突然不知道从哪儿冒出来一只公天鹅，拍打着洁白的翅膀，嘶叫着保卫藏起来的小天鹅。

但过去了这么多个小时后，他们有什么拿得出手的收获？除了背疼和光荣的捡垃圾事迹外，别无选择。不论是在船上生活的人，还是那些靠水岸生活的人，都没有目击过任何事情。梅森家办聚会时，他们当中有些人正在自家的花园中烧烤，有两三个人甚至还记得烟火，但是没有人看到过一个小女孩。她好像凭空消失了。

晚上7时25分，她接到巴克斯特打来的电话。

“你可以停止行动了。我们打算明天早上进行水下打捞。”

艾丽卡皱了皱眉：“真的吗？如果是我说了算，我不会费功夫水下打捞的。这里水并不深，不像一条河，再加上所有的轮渡运输一直搅动着水面，如果她在水里，我们早该发现她了。”

“听着，我不是在反对什么，这只是咱们私下的对话，我怀疑这些只不过是做做样子。助理警察局长想向公众证明我们正千方百计地寻找孩子，包括动用那架该死的直升机。”

---

[1] 1码约等于0.9米。

“这正合媒体的胃口。”

“是的，”巴克斯特说，“我认同你的想法。”

我坐了下来，准备第二场新闻发布会，而就在二十四小时前，在第一次新闻发布会上，我也是这么做的。一天当中可能发生很多变故。网上到处都是黛西的肖像，有人告诉我“寻找黛西”上了推特的热门。这个案子已经彻底闹大了，这意味着警司会主持发布会，地点选在基德灵顿的新闻办公室，只有经验老道的记者能参加，甚至有个站位就不错了。天空新闻台会对发布会进行现场直播，另外还会有至少十二台摄像机在现场，其中包括加雷斯·奎恩和安娜·菲利普斯的手持数码相机，他们不显眼。我想确保我们拿到所有镜头，每一帧都不放过。

上午10时1分整，我们准时将梅森一家带上了讲台的聚光灯下。利奥·梅森在刺眼的闪光灯下面色发青。有那么一刻，我觉得他好像快要在镜头面前吐出来了。而他的父亲立刻将椅子拉得要多远有多远，在我看来明显得像是在亲口告诉我什么信息。为了他着想，我只希望他永远不要轻易说话。当我昨晚去告诉他们关于电视呼吁的事时，他一直追问我这样做是否真的有必要，会取得什么效果，是否曾经奏效。可以肯定地说，我从没遇到过哪一个家长劝说我不要为了寻找失踪的孩子而把他们自己曝光了这种事，并且这个失踪的孩子是他的小公主，他心爱的女儿。事实上，我并不觉得他是假装的，至少在这件事上不是，而这更加令人费解。我在那里时，莎伦一个字都没说。虽然我一直在说话，但我知道她什么都没听进去。现在，看着会场上的她，我突然明白了她昨晚为什么心事重重，她在想第二天的穿戴——衣服、妆容和珠宝。她脑子里想的全是搭配，十全十美的。她看上去更像是来这儿面试工作，而不是为了找回她的孩子。

10时2分，警司清了清嗓子，读着面前的纸。考虑到我们现在所知的一切，我们不得不比平常更谨小慎微地注意我们的措辞。我们无法承担堂而皇之说谎的代价，但我们也无法承担直言不讳说出事实的代价。

“女士们，先生们，感谢各位出席此次发布会。梅森先生和夫人将要针对他们的女儿黛西失踪一案发表简要声明。这是今天新闻发布会的全部内容。我们的重点是将黛西安全而健康地找回来，并把她送回家人身边。我们现在无法向你们透露更多信息，无论是梅森夫妇，还是福莱督察，都不会回答问题。感谢你们对此的理解，这个家庭正处在艰难时期，我恳请大家给予他们所需的隐私。”

闪光灯下，人们移步到自己的座位上。他们并不关心梅森夫妇要说什么，因为如果有小孩失踪，大家都会说同样的话，但是他们非常想听到梅森夫妇是如何表达的。他们想以此推断梅森夫妇是什么样的人。他们经得起审查吗？他们说的话听上去令人信服吗？我们喜欢他们吗？一切都关乎性格，以及可信度，还有英国人无比痴迷的社会等级，这一点毋庸置疑。

警司转向他左边的巴里·梅森。巴里张开嘴正要说什么，却又将头埋在了手上，开始抽泣。我们差不多能听到他喃喃自语着关于他的“小公主”的事。这个字眼真的开始让我抓狂了。我有意识地不表现出来，但是我不确定自己之后会怎样。至于利奥，他瞪大双眼，极度痛苦地看了一眼他的母亲，而她正盯着摄像头，没有看他。桌下的这一幕没有人能看到，除了我：利奥将一只手慢慢放到她的腿上，然而她并没有移动，没有任何反应。

警司清了清嗓子："梅森夫人，你是否可以读一下这则声明？"

莎伦动了动，然后伸手去摸头发，就像在房子里当她看到电视台的人来了时那样。随后她转向摄像机。"如果有任何人知道关于我们小女孩下落的任何消息，"她说道，"拜托，拜托请告知。黛西，如果你在荧幕前，亲爱的，你没有惹上麻烦，我们只是希望你回家。我们想念你，你爸爸和我都是。当然，还有利奥。"

接着，她用一只手臂环抱儿子，将他揽到了镜头中央。

我和布莱恩·戈夫一起观看了视频片段。布莱恩·戈夫是我们邀请的负责此类案件的咨询顾问。或许我们可以称他为分析机器，但是他们这类人对黄金时段的分析节目总是嗤之以鼻。极其讽刺的是，布莱恩本身非常适合上那种节目，他是机车号牌搜集狂，当地智力竞答俱乐部的中流砥柱和业余数学家（别问我他是怎么办到的，如此自相矛盾的说法总令我惊愕不已）。

我们将录影带完整地看了一遍，之后他要求再看一遍。

"那么你怎么看？"我最后问道。

他摘下眼镜在裤子上擦拭："说实话，我不知道从何说起。孩子的父亲绝对不想去那儿，而且那么夸张的哭泣，我才不信呢。"

"我也不信。实际上，我怀疑那只是他趁机将手放到脸上的借口。"

“我同意。他在隐瞒着什么，但是和孩子没有必然联系。我需要调查一下他的背景。他可能有婚外情，或者卷入了某些其他事情，而不希望别人在电视上看到他。”

“他经营一家建筑公司，”我干巴巴地说，“我想他可能要回避很多人。你怎么看那个孩子？”

“更难说。他正为某事苦恼，不过也许只是他妹妹失踪后的创伤。所以我需要调查一下他最近的行为，查清他妹妹失踪的前些天是不是发生了别的事，还有他在学校的情况。”

“那莎伦呢？”

戈夫做了个鬼脸：“爱丽丝说‘越奇越怪，越奇越怪’[1]。她是从理发店直接过来的，还是只是看起来就这样？”

“关于这一点，我让艾弗莱特问过她了，是以轻松的口吻问的，以免刺激到她。据说她的回答是‘我可不想让他们误会’。”

“‘他们’？”

“我之前注意到了。显然她很介意别人的看法，却从不明确‘他们’是谁。”

戈夫皱了皱眉：“我明白了。将画面倒回到她谈论女儿的那一部分。”

屏幕上出现莎伦·梅森的脸部特写，然后定格在这里，她的嘴微张着。

“你听说过一个叫保罗·艾克曼的人吗？”

我摇了摇头。

---

[1] 出自《爱丽丝梦游仙境》，爱丽丝吃了蛋糕后开始疯长，她惊叹“Curiouser and curiouser”（越奇越怪，越奇越怪）。

“但你看过《别对我说谎》[1]吧？”

“没有，但我知道你说的是哪部剧。剧中的那个人能从人们的肢体语言中判断出谁在说谎吧？”

“对。那个角色的原型是艾克曼。他的理论就是某些情感是不能伪装的，因为面部肌肉不受人的意识控制。比如，悲伤只和眉间距有关。如果你真的很痛苦，而不是伪装的，你的眉毛会皱到一起。假装痛苦一到两分钟都是非常困难的，我知道，我试过。如果你看到过在电视上大呼冤枉最终却认罪的人，你就会知道我的意思。眉毛总是出卖他们，脸的上半部分和下半部分不和谐。下次上网时试着搜索一下特雷西·安德鲁斯。经典案例。现在快看莎伦·梅森。”

看到了。她在流泪，嘴唇在颤抖，但是她的眉毛很平，一点儿都没有受到影响。

我起身要离开，他却叫住我。

“我能料想到在网络上事情会变得令人作呕。”他重新戴上眼镜，说道，“像这样的情况，人们常常是基于他们见到的视觉线索作判断，就像我们之前说的这种线索，即使大多数人都不清楚他们在做什么。我怀疑梅森一家会被推特上的网友推上虚拟法庭，不管他们该不该上。”

我出来的时候给圣奥尔代茨案件调查室打了电话。艾弗莱特告诉我，聚会照片中没有任何一个孩子穿着人鱼装，这意味着我们不得不重新安排所有的调查。我们要明确黛西最后被目击的时间，以及目击者和地点；我们需要确认她那时候穿的确切服装；我们需要

[1] 《别对我说谎》(*Lie to Me*)，是美国福克斯广播公司于2009至2011年播出的电视剧。该剧每集剧情为一个简短的故事，主角通过对人的面部表情和身体动作的观察，探测人们是否在撒谎，来还原事件真相。

质问梅森一家。此消息一旦泄露，定会引发轩然大波。

———

ITV新闻@ITV**直播突发新闻** **10：02**

观看直播：失踪的黛西·梅森——家人呼吁#寻找黛西

转发6,935次

斯科特·沙利文@敏捷的快乐勇士 **10：09**

#黛西·梅森 正在观看警察的新闻发布会。她爸爸看起来惭愧得要死了。她妈妈怎么了，看起来冷若冰霜。

英答吉特·辛格@辛格先生700700700 **10：10**

黛西·梅森的父母一点儿说服力都没有。警察为什么不让媒体提问？可疑。

斯科特·沙利文@敏捷的快乐勇士 **10：11**

#黛西·梅森 今天结束之前她的父母就会被捕。坐等。早见过这种事了。

丽萨·詹克斯@世界最大制造商 **10：12**

@敏捷的快乐勇士 无法想象你做法官和陪审员是什么样子。他们还没找到她呢，你是认真的吗？#寻找黛西

斯科特·沙利文@敏捷的快乐勇士 **10：12**

@世界最大制造商 你是说真的吗？！任何人都看得出来哪里不对劲。看看那个男孩，都吓傻了。

丹尼·查德维克@查德维克·丹尼PJ **10：14**

发生这种事的时候，从没见过哪个父亲哭得比母亲还惨。事情绝非看起来那么简单。#黛西·梅森

罗布·奇尔特恩@摇滚罗布1975 **10：15**

#黛西·梅森 希望警方搜查过那座该死的房子了。我感觉有个警察搞砸了。这不会是第一次。

莉莲·张伯伦@莉莲·张伯伦 **10：16**

@摇滚罗布1975 父母不知道她在哪儿。难怪他们看起来饱受打击。人们对待压力的反应是不同的。

莉莲·张伯伦@莉莲·张伯伦 **10：16**

@摇滚罗布1975 他们不是犯罪嫌疑人，只是孩子的父母。我对他们充满同情。#寻找黛西

卡罗琳·托利斯@谁的托利斯 **10：17**

警方有没有想过问问小女孩的哥哥？#说说而已#黛西·梅森

盖瑞·G@剑和凉鞋 **10：19**

你们知道我怎么想的吗？是小女孩的父亲杀了她。搞定。#黛西·梅森

———

新闻发布会后，我们要求梅森一家待在基德灵顿。我们和他们说了一堆关于流程和文书工作的废话，然后把他们载到了莫林·琼斯家，她是不幸被选中负责该案的家庭联络官。但我这么做的真正用意是避免他们面对全世界的质疑，尤其是脸谱网[1]专页上异常活跃的讨厌鬼。

[1] 脸谱网（Facebook），又叫脸书，国外的一个大型社交网站。

我叫上奎恩一同离开，并按警司要求，顺路去了他的办公室。即便我刻意装出一副十分匆忙的模样，他还是询问我是否可以和他私聊片刻，并且告诉我关上门，所以我知道要发生什么。不过，首先来的是坏消息。

“我不会申请搜查证来对梅森家进行司法取证，至少现在还不到时候。在去找地方法官前，皇家检控署需要更有力的证据和更多未解的谜题。”

“噢，看在上帝的分儿上……”

“我知道你的初衷是什么，但是整个案件已经被媒体曝光，我可不想看到什么火上浇油的事情发生。据我所知，我们甚至不确定这个梅森姑娘最后被人看到的地点。她很可能在放学回家的路上就被人拐走了。”

“但是莎伦·梅森说她开车接送孩子，这降低了有人把黛西带到南边或者别处去的可能性。”

“很好，但是在你查明这是一个绝对事实之前，我拒绝批准你的搜查证。谁知道呢，我们甚至可能根本不需要这个。你真的征求过孩子父母的意见吗？”

“我就是觉得他们不会同意，长官。他们甚至不让家庭联络官进入他们的房子，而这本身——”

“根本远远不足以构成我们怀疑他们的合理理由。礼貌地问问他们是否同意做取证搜索，之后我们再聊，好吗？”

我叹了一口气：“好的。”

我转身要走，他却指了指椅子，又坐了回去。他交叉十指，摆出一副表情，人力资源专员会毫不犹豫地称之为“恰如其分的怜悯”。

“亚当，接手这个案子，你确定自己没事吗？我的意思是，我知道你比多数督察有经验，但是这件事对你而言不会容易，尤其是在那件事之后。”

“我很好，长官。真的。”

“但是你失去了孩子。我是说，在那种情况下，任何人都会受影响。你也不例外。”

我张开嘴，然后又闭上。我发现自己突然火冒三丈。我低头看着自己的双手，决心不要说出什么可能令自己后悔的话。比如，他怎么敢坐在那儿，轻松地撕裂我花费数月去抚平的伤口。我的手掌上现在都还有指甲掐入肉中留下的青灰色痕迹和深红色划痕。看着它们令我不适。

我抬起头时，发现他还在注视我。“亚历克斯呢，”他说，依然在试探，“她现在怎么样？”

“很好。亚历克斯很好。拜托，我只是想好好工作。”

他皱皱眉头，表现出“恰如其分的担忧”。我开始好奇他是否被派去接受过什么培训。

“我知道，”他说，“没有人暗示你的工作不出色，一刻也没有。只是，距离那件事发生才过了大概六个月？对于那种事情来说，这段时间太短了。并且，这是你自那以后第一次要应对一个孩子——”

我站了起来：“感谢您能这么想，长官，不过真的没必要。我宁愿花更多精力在寻找黛西·梅森上。时间紧迫。您和我一样了解现在的处境，距离案发时间已过了将近三十六个小时了。”

他犹豫了一下，然后点点头：“好吧，如果你确定的话。但是我们可能要面对媒体的强烈反应。他们一定会再次刨根问底。你准备好了吗？”

我做了个鬼脸，希望能给人留下“完全冷漠”的印象：“他们马上就会发现更值得去做的事情。无论如何，我也没什么好刨的。”

“没有，”他马上说，“当然没有。”

看到我来，奎恩投来戏谑的一瞥。

“是警司。”我说。他太聪明了，什么也没问。我开始沿着走廊走。“调查学校进行到哪一步了？”

“艾弗莱特和吉林厄姆已经在那儿了。我想克里斯可能会需要女警官做后援。”

“搜索队还是毫无收获吗？”

“没有。我们在扩大搜索范围，但我们没有情报指明要去哪儿找，这就像大海捞针。”

顺便一提，“情报”是另一个让我心烦意乱的词语。

在家庭休息室门前，我停下了脚步。

“单独，还是一起？”奎恩问道。

“单独。但是两个人我都想见一下。”

“那么，他先来？”

“是的，”我回答道，“他先来。”我敲了敲门，莫林·琼斯打开门，退后一步让我们进去。

我知道如今的警察应该更努力，但这绝对不是我心目中令人宽慰的环境。我得承认，这里比圣奥尔代茨的会谈室高级一点儿，但是靠在墙边的廉价家具仍让它压抑得像医院的候诊室，这更加使人感到来这里只能听到坏消息。巴里·梅森坐在长靠椅上，闭着眼睛，双腿分开。他在流汗。他的皮肤看上去油油腻腻的，就像有一层薄薄的油脂覆盖在上面。但是对于7月来说，今天算是冷的了。莎伦坐在一把硬背椅子上，双脚并拢。她把手提包放在了自己的膝盖上。那是一款高仿包，棕色的手提包上印有乳白色的图案。那把椅子坐上去很令人不舒服，我本以为她会坐立不安，但她稳坐如钟。当我们进来时，她连头都没抬一下。不过利奥抬头了，他正坐在地上摆弄他的玩具火车。我们进来后不久，他站了起来，然后慢慢坐回到他妈妈身旁。在此期间，他的眼睛一直盯着我看。

我清了清嗓子："梅森先生，梅森夫人，谢谢等候。我现在有一些消息要告诉你们。对于任何事，我们都希望有绝对把握的时候再说出来。"

我停顿了片刻。这个停顿令人煎熬，而我是故意的。我知道他们在想什么，但是我需要看看他们的反应。

莎伦慢慢地将手放到脸上，巴里则喘着粗气，眼泪已经顺着脸颊流了下来。"我的小公主，"他悲恸地说，"我的黛西……"

利奥攥着妈妈的袖子，瞪大了双眼，惊恐万分："妈妈，他们在说什么？和黛西有关吗？"

"现在别这样，利奥。"她并没有看他。

我无法再拖延了。我无法再维持体面的状态。他们正期待我坐下来，但是我并没有那么做。

"我们已确定的是，"我慢慢说道，"黛西并不在星期二的聚会上。"

巴里吞了吞口水："什么意思，她不在？我看到她了……我们都看到了呀……"

莎伦转向丈夫，抓着他的胳膊："他们在说什么？他们说她不在是什么意思？"

我偷瞥了一眼利奥，他将凝滞的目光转移到了自己破旧的鞋上。他的脸红了。我是对的，他一直都知道。

“我们和米莉·康纳的父母谈过了，他们确定聚会上穿雏菊装的是米莉，不是黛西。据我们所知，你的女儿根本就没参加聚会。”

“她当然去了！”莎伦哭喊着，“我告诉过你，我见过她。不要试图告诉我说我不认识自己的女儿。我还从没听人说过如此……如此垃圾的话。”

“恐怕这已是既定事实了，梅森夫人。而且我确信你们能意识到，这将会改变整个案件的调查流程，我们现在不得不重新回顾那天发生的事情，从而最终确定你们的女儿最后被目击的线索，包括黛西最后一次被目击的时间、地点和目击者。我们还需要将问询范围从聚会的客人扩大到黛西的同学、老师以及任何在她失踪前的那几天里可能会有联系的人。作为问询的一部分，我们不得不再次约你们面谈，查明星期二那天你们在哪儿。你们听明白了吗？”

巴里眯起眼睛，就好像切换了开关一样，或者比作关上水龙头可能更贴切吧，因为他不再流泪。“我们被捕了吗？”

我沉着地望向他：“不，梅森先生，你们没有被捕，我们是向你们询问情况，我们把你们当作‘重要证人’。我们在这儿有一间特别套房，是用于那种面谈的，你们要知道，我们会对此次谈话进行录像，记录下你们能告诉我们的所有事情很重要。现在你可否随我来，梅森先生？稍后我们会和梅森夫人谈话。”

莎伦拒绝看我。她换了个坐姿，抬起下巴，这是一个略带挑衅的动作。

“我们还希望你能同意我们对你的家展开取证搜查行动。”

巴里·梅森看了看我，充满敌意：“我可是看电视的。我知道那是什么意思。你们觉得我们是作案凶手，不过你们没有足够的证据来获得搜查许可令。是不是？”

我没有接他那故意挑起的话碴儿："那种搜索可能会提供非常有价值的——"

但是他已经在摇头了："没门儿，绝不可能。我不会让你们给我加上莫须有的罪名。"

"我们不会乱给人加罪名，梅森先生。"

他哼了一声："得了吧。"

我们互相瞪着，僵持着。

"我安排了一位合适的社工参与进来，"我最终说道，"他十分钟后应该就到了。"

"噢，滚蛋吧，"巴里厉声说，"如果我需要有人握住我的手来安慰我的话，我他妈的会叫我的律师。"

"他不是为你而来的，"我心平气和地说道，"是为了你的儿子。我们也要询问利奥，他需要有个能保护他利益的人。恐怕你们俩都无法成为这个人。"

我带着巴里离开房间，正准备关门时，我听到有人干呕的声音。我将目光转向利奥，看到他正靠着墙，难受万分。莫林马上站了起来，伸手去拿卫生纸抽盒，她用胳膊环住他的肩膀，安慰他说没关系。我关上门前看到的最后一件事是，莎伦·梅森从她的包里掏出湿巾，弯下腰擦拭鞋上微小的呕吐喷溅物。

———

英国广播公司《今日中部地区》

2016年7月21日，星期四，上一次更新于10：09

黛西·梅森：警方将搜索范围扩大至梅多港

牛津警方正借助直升机搜索八岁的黛西·梅森。她最后一次被人看见的时间是星期二晚上。位于城市西部的古老的梅多港占地面积1.2平方千米，从未被开垦。亚当·福莱督察告诉英国广播公司："这是一片广阔的开放区域，区域边界树木丛生。使用直升机为我们的地面小分队提供帮助，可以让我们更快速高效地执行任务。"关于直升机是否装有红外线摄像机，福莱督察拒不透露，但是他强调说，警方依然将该案件视为人口失踪调查。

警方也曾要求梅多港附近的土地所有人查看他们的棚屋和附属建筑物。

如掌握任何有关黛西的信息，请致电泰晤士河谷区刑事调查局案件调查室，电话号码为01865 — 0966552。

———

艾米·凯里@言不由衷的女孩 **10：41**

我住在梅多港北部，我能看到寻找黛西·梅森的直升机。祈祷他们尽快找到她。#寻找黛西

丹尼·查德维克@查德维克·丹尼PJ **10：43**

事情变得越来越奇怪了。警察是在暗示一个八岁的小孩子可能在黑暗中穿越了铁路吗？#黛西·梅森

艾米·凯里@言不由衷的女孩 **10:44**

@查德维克·丹尼PJ 我也觉得奇怪。而且从这儿已经到不了梅多港了。你得绕到沃尔顿威尔路上。

萨曼莎·韦斯顿@想念我们的散点图 **10:46**

我觉得这件事会以悲剧收场。安息吧，可怜的小天使。#黛西·梅森

艾米·凯里@言不由衷的女孩 **10:47**

确切地说，帮助寻找黛西的人超过一百个。#寻找黛西

斯科特·沙利文@敏捷的快乐勇士 **10:52**

#黛西·梅森 就像我说过的，她的父母是凶手。我打赌她的父亲虐待她，他看上去就像那种人。

詹尼弗·T@56565656詹尼弗 **10:53**

@敏捷的快乐勇士 那么说太恶心了。像你这样的怪物令我作呕。#寻找黛西

斯科特·沙利文@敏捷的快乐勇士 **10:54**

@56565656詹尼弗 这样的事情要发生多少次，你们这些蠢蛋才能明白他们面对的究竟是什么？#黛西·梅森

詹尼弗·T@56565656詹尼弗 **10:54**

@敏捷的快乐勇士 你看黛西失踪三天前拍的照片，被虐待的孩子拍不出那样的照片。#开心

凯西·拜恩斯@满满南方暖意 **10:55**

#黛西·梅森 我是一头雾水。我只知道这件事令人心碎。伤心欲绝。

吉米·楚斯@小屋下的一抹红 **10:56**

我听说孩子失踪二十四小时后被发现时的死亡概率是80%。#黛西·梅森这件事估计是要悲剧了。

J. **基德@迟到的乔尼** **10：56**

所有人都在怀疑孩子的父母，这反映了我们现代媒体界的悲哀。就好像孩子失踪这件事还不够糟！

凯西·拜恩斯@满满南方暖意 **10：59**

@迟到的乔尼 同意。希望大家不要对所有事情都大肆渲染。事情已经很可怕了。#黛西·梅森

JJ@**果酱瓶狂欢88** **10：59**

我一点儿也不相信这件事，讲不通，很可疑。#黛西·梅森

凯文·布朗@土生土长牛津人 **11：00**

#寻找黛西#黛西·梅森#牛津#黛西你在哪儿#失踪

埃迪·萨恩克里夫@多佛的鹰 **11：01**

刚刚看到关于黛西·梅森的电视寻人请求。黛西的父母绝不可能是无辜的。糟糕的肢体语言。

莉莲·张伯伦@莉莲·张伯伦 **11：02**

推特有时候很可恨。别去烦那两个可怜的父母了。他们的遭遇已经够他们受的了。闭上嘴，让警察来处理吧。#寻找黛西

斯科特·沙利文@敏捷的快乐勇士 **11：03**

@莉莲·张伯伦 简直不能相信会有你那么天真的人。等着吧，你会明白我是对的。#黛西·梅森

二

面谈的套房比家庭休息室舒适一点儿，仅仅是一点儿而已。这两者之间最主要的区别似乎是那两张相框内的金毛猎犬照片。奇怪的是，我不止一次觉得它们传达着某种潜意识的信息。巴里·梅森大步流星地走了进来，步履中充满了原始的大男子主义气息——肩膀后伸，髋关节大开。亚历克斯称之为公鸡的走姿。他抬头看看墙上的摄像机，在确定我看见他这么做了后，他拉出一把皮制手扶椅，放到离桌子不能再远的地方，坐下来，跷起二郎腿。

“我想知道的是，”还没等我和奎恩坐好，他便说，“你们应该在外面寻找我的女儿才对，为什么要把时间浪费在我身上？”

我坐了下来，奎恩随即也坐了下来。

“正如你所说的，我们是‘在外面’，梅森先生。我们有一百多名警察正在寻找黛西。我们正在尽最大努力——”

“如果真是这样，你们怎么还没找到她？我不相信在像豆粒儿一般大的地方，没有人看到任何东西。所有人都爱打探别人的事情。你们一定问错了人，你们一定找错了地方。”

虽然我非常不喜欢他，但我内心深处有一部分竟忍不住赞同他的观点。我从来没见过这样的绑架案，没有目击者，没有线索，什么都没有。就好像有人挥了挥魔法棒，黛西就凭空消失了一样。当然，这完全是一派胡言。但是像这样的情况，流言蜚语会不胫而走，来填补信息的空缺，而现在我们没有一条可靠的消息来取代那些流言。

“正如我说过的，梅森先生，我们有一个大团队在处理这个案子。在我印象中，这个团队是我来这儿工作十年以来最大的。但是你可能是对的，在我们准确获悉黛西失踪时间之前，可能我们确实找错了地方。而在这一点上，只有你们能帮助我们，你和你的妻子。”

他知道这场对峙是我赢了。他凝望着我，然后耸了耸肩，把目光转向了别处。

我拿出我的笔记本：“那么，你刚才告诉我们你不知道聚会上的女孩不是你的女儿。我得告诉你，这很难令人信服。”

“你们爱他妈的相信什么就相信什么吧。我说的是事实。”

“你那晚没和她说过话？你没有接她回家？你的一位邻居说你经常把她扛在肩上。”

他对我做了个鬼脸，认为我很愚蠢：“已经好几个月不那么做了。她说那么做让她在朋友面前像个小婴儿，而且现在她已经重得让我扛不动了。自从今年2月我伤了后背，就没扛过她了，背至今没完全好。”

我问了一个简单的问题，他却给了我三句话的复杂答案。说谎者向来欲盖弥彰，至少凭借我的经验来说是这样。

“你在聚会上没和她说过话？没有叫过她的名字？一整晚都没有？”

“我那时在烤肉。你烤过肉吗？哪怕你他妈将视线从烤肉上移开一分钟，要么火灭，要么烧焦。我记得她在到处乱跑，但是既然你提起来了，我不记得和她说过话，也没有靠近过她。我曾大声喊她，问她要不要吃香肠，不过她只是咯咯地笑了两声，就跑开了。”

然而你并没有意识到那不是你女儿的笑声。甚至是现在，我都还能听到那个笑声，我之前只听过一次，从廉价的手机里传出来的。

“你这得是喝了多少酒？”

他愤怒地昂起头。他知道这是个很合理的推论。“我喝了两瓶。老天，那可他妈的是个烧烤聚会。我又不用开车。”

我做了一两点笔记，纯粹是为了停顿期间找点儿事做。

“那么，在那之前，你记得自己什么时候见过黛西吗？”

“应该是5时30分左右，我是那个时候进屋的。我下午本该休息，但是我在沃特林顿的一个工地发生了突发事件，水管爆裂，半吨瓷砖都泡在了水下，客户暴跳如雷。返程途中，交通状况很糟糕。”

又是三句话的答案。

“当你到家时，黛西绝对在屋里吗？”

“是的。楼上放着音乐，泰勒·斯威夫特的歌。黛西总放她的歌。”

这一点，至少听上去是真的。那正是视频中的她跳舞时放的歌。我看了一眼奎恩，他缓缓地倾身向前：“先生，你上楼了吗？”

“去她的房间？没有。莎伦吵着要我摆好烧烤架，一直嫌我回来晚了。我和黛西打了声招呼就返回花园了。我都没来得及换衣服。”

他似乎根本不知道他的话暗示着什么。

“所以，”我说，“你实际上从没见过你女儿，也没听见过她的声音？”

他脸红了：“嗯，没有。应该是没有。我觉得她大叫过，不过我不敢肯定。”

“也就是说，你最后一次见到她是在那天早上吃早餐的时候？之后你们没再联系过？”

很显然，是这样的。他终于动摇了。

“这一切都没有任何意义，”他终于说，“她在哪儿？”

“这个，梅森先生，也是我们想弄清的。”

回到走廊里后，我让奎恩去查沃特林顿的故事：“核实一下他是否真的如他所说在那儿，应该不难办到。我知道我对他那种职业的讨厌鬼心存偏见，但是那个家伙说的鬼话我一句也不信。”

奎恩扮了个鬼脸，我没有理由怨他。他可能受够了我对建筑工人的抱怨。我家里那个该死的小房间里的水槽依然在漏水。

“好的，头儿。要我叫梅森夫人吗？”

“她可以再等几分钟。我要去抽根烟。”

2016年7月5日，下午4时36分
黛西失踪前两周
巴治克洛兹街区54号，康纳家一楼平台

米莉·康纳和黛西·梅森正在玩米莉的毛绒玩具。黛西的表情就像是知道了圣诞老人并不存在，但又被要求对小孩子们保密一样。与她截然相反，米莉正深深地沉浸在安吉丽娜芭蕾舞女郎、小猪佩奇和独眼泰迪熊的错综复杂的虚构故事中。黛西不时提出建议，然后坐回去，观察米莉如何做。不管她的想法是否会被米莉编入故事，每次她都会偷偷笑一笑，仿佛那并不重要。过了一会儿，门外传来钥匙开门的声音，朱莉娅·康纳试了几次终于推开了门，并将三个大手提袋丢到地板上。她穿着运动衣，脸红红的，头发湿漉漉的。

“米莉！”她大喊，“你在家吗？要喝果汁吗？”

米莉把头枕在楼梯栏杆上：“不，谢谢。我就在楼上自己玩。”

“你哥哥还没回来？”

米莉耸了耸肩：“他说放学要踢球。”

朱莉娅·康纳笑了：“我现在想起来了。海威科姆的足球队，是吧？让我们一起祝他胜利吧。否则在雨中踢球，他的脾气甚至会比平时更差。”

她重新提起手提袋，拿着它们走进厨房里，然后打开收音机，开始整理买回来的东西。

半个多小时以后，前门的门铃响了。两个小女孩相互看了一眼，之后黛西小心地退开一点儿，躲了起来，米莉则探出身子，观察楼下的动静。磨砂玻璃上出现一个人影。朱莉娅·康纳从厨房走了出来，用毛巾擦着手。

“噢，是你啊，”她打开门说道，“我们已经很久没——”

“很抱歉打扰你，康纳女士。”

“噢，请叫我朱莉娅，你让我听上去像我的婆婆。”

“这太令人尴尬了，不过你有没有碰巧见过黛西？她4点应该准时到家的，可现在还没回来，天又快要黑了。她爸爸会很着急的。”

朱莉娅一副担忧的样子：“噢，亲爱的，太糟糕了。不过我相信没什么可担心的。她可能在回家的路上顺便去了朋友家，然后就忘了时间。你有试过给她朋友打电话吗？”

莎伦·梅森摆了摆手，看上去心灰意冷：“我好像都不清楚她最近和谁是朋友，更不要说他们的电话号码了。我都不记得她上次带人来家里是什么时候的事了。你是唯一一个我能想到的人。”

朱莉娅伸出手轻触莎伦的手：“我帮你问问米莉，她可能知道。”

米莉听到自己的名字，抬头看了看。黛西马上抓住她的胳膊，把手指压在自己的嘴唇上，然后慢慢地摇头，瞪大了眼睛急切地看着米莉。

“米莉，你还在上面吗？”米莉的妈妈喊道，“你今天放学看到黛西了吗？”

米莉站起来，走到楼梯口，以便两个女人看见自己：“没有，妈妈。我不知道她在哪儿。”

朱莉娅转过身抱歉地看着莎伦：“不好意思，我真的不知道可以给你什么建议。也许你可以留下手机号码，有任何消息，我就给你打电话？很遗憾这耽误了你今晚的活动。”

莎伦皱了皱眉：“什么活动？”

朱莉娅脸红了：“就是……手提包，鞋子……我以为你今晚有活动，要外出。抱歉，我没别的意思。”

“我当然不外出。我的小姑娘还没找到呢。”

朱莉娅张开嘴，却不知道说什么好。她还是负责任地记下了莎伦的电话号码，目视莎伦小心翼翼地走下不平坦的碎石路，回到克洛兹街区。然后她再次关上门，回了厨房。楼上走廊里，米莉对黛西说：“你惹上大麻烦了。”

“没关系。我会趁你妈妈不注意时迅速下楼，然后溜出去。”她轻松地笑着，“别担心。她甚至都不会注意到我。”

一一一

纽伯里市中心的“豆之山”咖啡店里，艾米·卡斯卡特正坐在吧台旁看着墙上的电视，等待朋友。她二十七岁，金发，瘦小，有幽默感，喜欢孩子和动物，喜欢在乡村长途行走。至少她的档案上是这么描述的。现实中的她近乎中等身高，厌恶走路，且幽默感正渐渐消失。而此时的罪魁祸首就是已经迟到了十五分钟的玛西亚。不过她的工作、她的世界以及她本人同样令人厌倦、令人失望。就在这天早上，她又收到了一份婚宴邀请，在又一家漂亮的酒店里举行。她的衣柜开着一条缝，里面塞满了不能在同样一批人面前穿第二次的衣服。她渐渐地厌烦了做那个站在集体照最左边、十年后没人记得起她名字的人。

玛西亚推开门时，依然在目不转睛地盯着手机。与此同时，她将一缕金红色的头发别在耳后，按了几下，然后终于抬起头来。

“艾米！真抱歉我来晚了。我整个早上都在打电话。该死的撰稿人从不按要求做事。他们都在忙着幻想自己是下一个丹·布朗[1]，没时间写一份小小的简报。”

她们相互亲吻后，玛西亚提起身子坐到高脚凳上：“你要喝什么？”

“美式咖啡。不过该我请你了。”

---

[1] 丹·布朗（Dan Brown），美国作家，代表作《达·芬奇密码》。

玛西亚挥了挥手，表示不容拒绝："我能买的啦。那么告诉我，你最近在忙什么？遇到什么有趣的人了吗？"

艾米加入约会网站已经六个月了，说好听点儿，那里就是一个大杂烩。她开始觉得自己正处于一个尴尬的年龄，一边是因离婚而伤心欲绝的男人，另一边是因为显而易见的原因从未结过婚的男人，她的选择少得可怜。去年圣诞节，她妈妈送了她一块冰箱贴，上面写着："男人就像一盒巧克力，放得太久，就只剩下坚果[1]了。"这番恶毒又准确到令人发指的言论正是她妈妈会说出口的话。不过这一次，情况可能不同以往。

"嗯，"她开始说，"我一直在和一个男的发邮件。我们还没见过面，但是他听起来比其他男人有戏，但也说明不了什么。"

"姓名、年龄、收入、负担？"这是标准的玛西亚式提问。

"他叫艾丹，三十九岁，在本市工作，离异但无孩子，感谢上帝。"

咖啡来了，玛西亚搅了搅卡布奇诺的奶沫，接着舔了下咖啡匙："那你打算什么时候去见他？"

"大概下周。他手上有一个大额收购案要忙，所以没有那么多时间。不过他给我发了很多短信，有的还是在开会的时候发的。短信里说会议好无聊，所有银行家都在玩'我爸爸比你爸爸更有地位'那一套。不过我不会对此抱太大希望，至少在见到他之前不会。我的意思是，你还记得里奇先生吗？"

玛西亚睁大了眼睛："哦，我的天啊。命运比死亡还糟糕啊。继续，让我看看那些短信。"

艾米开始拒绝她，理由是太快了，它们是私人信息。但是玛西

[1] 英文nut，有坚果之意，在俚语中也指疯子。

亚依然坚持："来嘛，难道是色情短信吗？"

"不，当然不是！"

"好吧，那既然这样，看一下有什么关系？给我。来嘛，来，给我。"

艾米将手机递给了她，然后坐回原处，玛西亚开始翻阅短信。艾米表现出一副介意的样子，但实际上她很愿意身边有一个像玛西亚这样的人。对玛西亚来说，找男人从来不费吹灰之力，且令人嫉妒的是，向来都是她甩别人，而不是被别人甩。当然，终有一天，好事情也一定会发生在艾米身上。即使白马王子希望渺茫，至少在一段关系灰飞烟灭之前，她还可以好好享受它。

但现在正是灰飞烟灭的时候。就是现在，10时6分整，当她举起杯子放在唇边，看着电视的时候。

与莎伦·梅森的谈话

2016年7月21日，上午11时49分

参加人员：督察A. 福莱，代理侦缉警长G. 奎恩

福莱：抱歉让你等待，梅森夫人。你要喝杯茶吗？

莎伦：不，谢谢。我之前喝过，很难喝，像是加了炼乳。

福莱：就像我们之前解释过的，我们正在努力确定黛西最后被人看到的精确时间和地点。你告诉过我们，你没意识到那晚穿雏菊装的人是米莉·康纳？

莎伦：我那时很忙，忙着分食物和饮料。人们总是问你要你没有的东西。而且天黑了，到处都是乱跑的孩子。我就以为那是她。如果是你，你也会像我一样。

福莱：实际上，梅森夫人，我不觉得我会像你一样。但是我们不是来谈论我的。你知道黛西和米莉交换的那件人鱼装怎么样了吗？你在家里见过它吗？

莎伦：没有，我从没见过它。它肯定不在她的房间里。

福莱：黛西那天上学和往常一样穿着校服吗？她的校服是不是在家，你有没有确认过？

（停顿）

莎伦：没有。我没有查看过。

福莱：也许你需要查看一下，梅森夫人，既然你不允许我们进行适当的搜索。

（停顿）

奎恩：你几点从学校接孩子？

（停顿）

莎伦：事实上，我并没有接她。

福莱：你说什么？你是说你根本就不接他们放学？你特别告诉过我们你接送他们！

莎伦：不，我没有那么说。我说我开车送他们去学校。我确实是这么做的。我开车把他们送去学校，然后自己回来。只是周二我没有这么做。

福莱：你意识到这件事有多么严重吗？我们浪费了多少时间？如果你告诉过我黛西是一个人回家的——

莎伦：她不是一个人回家的。利奥和她在一起。那天早上我告诉过他俩，他们这次要一起走回家。

福莱：那你之前为什么没告诉我们？

（停顿）

莎伦：因为我知道你们会误会我，然后开始怪罪我。而这又不是我的错。我不能同时出现在两个地方，不是吗？你知道办那样的聚会工作量有多大吗？巴里本该帮我的，他说他下午休假，可又打电话来说会晚回来。又是这个老样子。

奎恩：那是几点，他打来电话时？

（停顿）

莎伦：我不确定。可能是4点。

奎恩：我们可以和电话公司确认，这个不难。

福莱：那天早上你告诉利奥他要和妹妹一起回家了吗？

莎伦：告诉了，早餐时我就告诉他们俩了。我告诉黛西务必去找利奥，别急着自己走。

奎恩：她有自己走的习惯？

莎伦：不是像你想的那样。她总是很理智。但是她对一切事物都很感兴趣。动物之类的，还有昆虫。有时候她会分神，就是这样。

福莱：我听说她长大后想成为一名兽医？那可要经过漫长的训练。

莎伦：黛西知道在学校努力学习对找一个好工作来说多重要。她特别聪明。上学期数学考试满分100分，她考了97分。排名第二的学生只考了72分。

福莱：再说说星期二下午。孩子们几点从学校回到家的？

莎伦：黛西大约是4时15分进门的。我当时在厨房。门砰的一声关上了，然后她就上了楼，回了自己的房间。

福莱：你看见她了？

莎伦：没有。就像我说过的，我很忙。她上楼时动静很大，所以我猜她在放学回家的路上一定和人吵架了。

福莱：孩子们经常吵架吗？

莎伦：有时候会。我敢说，也不如其他家的孩子吵得多。（停顿）最近可能多一些。

福莱：为什么会这样呢？

莎伦：孩子的事情，谁知道呢。要弄清楚他们为什么这么做，又为什么那么做，你会把自己逼疯的。

福莱：这两个孩子中，谁更调皮？

莎伦：嗯，是利奥。绝对是利奥。青春期的男孩子很情绪化。

奎恩：他才十岁。

（停顿）

莎伦：巴里觉得利奥可能是在担心SATs[1]考试。

福莱：但距离考试还有一年的时间。他现在才读五年级，不是吗？

莎伦：他不像黛西那样聪明。

（停顿）

福莱：我明白了。再回到星期二下午。黛西4时15分到家。那之后你是什么时间见到她的？

莎伦：我大喊着问她需不需要什么东西，可她没有回答。我猜她在生闷气。

福莱：所以你实际上并没有见过她？在她到家后、到家时和到

[1] SATs，全称Standard Attainment Tests，标准成绩考试，是由英国政府启动的旨在评估学生对基础学科掌握情况的考试。按规定，所有七岁、十一岁以及十四岁的英国学生都需要参加SATs考试。

家之前都没有见过？

（停顿）

莎伦：没有。

奎恩：你叫她的时候，那时是几点？

莎伦：我不记得了。

福莱：那她什么时候下楼参加聚会的？

莎伦：客人陆续来的时候。那时场面有些混乱。正如我告诉过你的，我记得看到她和朋友们跑来跑去的。

（停顿）

福莱：我明白了。那利奥呢？黛西从学校回来的时候，他和黛西在一起吗？

莎伦：没有。我之后才看见他。

福莱：多久之后？

莎伦：我不知道。大约十五分钟之后。大概那么久。

福莱：也就是4时30分左右。发生了什么事，梅森夫人？他们为什么没有一起回来？（停顿）梅森夫人？

莎伦：他说他们吵架了，之后黛西就自己跑了。

奎恩：他们具体在吵些什么呢？

莎伦：就像我说过的，肯定没什么要紧事。他也不会跟我说的。

福莱：所以你并没有上楼和黛西谈谈？

莎伦：没有，当然没有。我告诉过你了。显而易见，她很好，难道不是吗？她并不需要我去烦她。她总是说讨厌我那么做。而且不管怎样，我觉得那么做没有任何意义。（停顿）怎么了？你那样看着我干什么？又不是我的错。不管发生了……什么……那件事，那一定是之后发生的，不是吗？一定有人把黛西从聚会上带走了。

福莱：我们已经确定黛西从没去过聚会，梅森夫人。（停顿）我想，第一批客人大约是7点到的？

莎伦：是的，7点左右。虽然邀请他们来的时间更早。有的人挺不懂礼貌的。

福莱：所以你的观点是，黛西到家的时间是4时15分左右，第一批客人到你家的时间是7点，然后你女儿就在这段时间内，从你眼皮子底下，从她自己的房间里消失了？

莎伦：你怎么敢用那种口气和我说话？你说“我的观点”是什么意思？那不是我的观点，而是事实。她那时就在自己的房间里。她的房间里放着音乐，我回来的时候音乐还在播放。你去问问巴里，他也听到了，就在他终于肯露面的时候——

福莱：等一下。你说“我回来的时候”是什么意思？

（停顿）

莎伦：好吧，如果你必须要问，我出门了二十分钟。我得去买蛋黄酱。聚会前一天我买了一些，但做三明治时，我发觉一定是有人打碎了蛋黄酱的罐子。而因为没有人提前告诉我，所以我只好再出一趟门。

福莱：你之前究竟为什么没告诉我们这件事？

莎伦：巴里不喜欢让孩子们独自待在家里。

福莱：所以说你不希望他知道你做了什么。

（沉默）

福莱：梅森夫人，你还有什么事瞒着我们吗？

（沉默）

福莱：那么你这次外出购物的准确时间是几点？

莎伦：我没留意时间。

福莱：但那是在你丈夫回来之前？

莎伦：他是在我回来十五分钟左右之后进门的。

福莱：当时前门锁着？

莎伦：门当然是锁着的。

福莱：侧门呢？

（停顿）

莎伦：我不清楚。

奎恩：你说过聚会期间侧门是开着的。由此可知举办聚会的前一晚，当韦伯斯特先生拿来凉亭的时候，侧门也是开着的。星期一他走之后你锁门了吗？

莎伦：我不记得了。

奎恩：你丈夫呢？他帮韦伯斯特先生搭凉亭了吗？

莎伦：他没在家。他回家晚了。又晚了。

奎恩：在你去商店买蛋黄酱时，院子的门是开着的吗？

（停顿）

莎伦：我想是开着的，是的。我就出去了一会儿。

福莱：所以你离开家时院门是开着的，侧门可能也没锁。而房子里只有两个不超过十岁的孩子。

莎伦：你不能怪我。不是我的错。

福莱：那是谁的错，梅森夫人？（停顿）你说的蛋黄酱，是在哪儿买的？

莎伦：我在哪儿都找不到。我去过格拉斯屋大街上的那家奇怪小店，可他们的蛋黄酱已经卖光了。我又去了位于环路中央环岛上的马莎商店，然而他们也没有蛋黄酱。

奎恩：做那些事肯定不止花了你二十分钟。停车，进商店，开车，再停车，开车回来。要我说，你至少要半小时，甚至要四十分钟。尤其是在一天当中的那个时段。

福莱：这段时间足够某个人闯进你家，掳走你的女儿。

莎伦：我告诉过你，我回来的时候楼上的音乐还响着。

福莱：可你不知道她是不是还在那儿听啊，不是吗，梅森夫人？

当艾弗莱特和吉林厄姆到达克里斯托弗主教学校时，午餐的铃声刚刚响起，两百多个孩子涌出门。

“他们哪来的那么多精力？”吉林厄姆冲着喧闹的人群喊道。

“碳水化合物，”艾弗莱特咧着嘴笑道，“你知道的，就是珍妮特不许你再吃的东西。”

“别提醒我，”他抱怨，悲伤地看着自己的肚子，“人类不能只靠低脂奶酪活着，艾弗莱特。反正我不想靠它活着。”

他沉默片刻，看了看周围大喊大叫的孩子：“他们似乎并不担心他们的小伙伴，对吧？我想如果事情发生在中学，情况就不一样了。中学有辅导员、教育心理学家提供整套的服务。我想年纪轻轻的他们无法理解这种不幸的遭遇。”

艾弗莱特追随吉林厄姆的目光：“他们中的大多数人理解不了。但是那边的那些女孩，她们知道发生了什么。我打赌她们和黛西是同一班的。”

三个女孩坐在同一张长椅上，她们的头紧靠彼此。有两个女孩梳着长辫子，另一个女孩看起来像是中国人。当艾弗莱特和吉林厄姆注视她们时，其中一个女孩开始哭泣。艾弗莱特看到值班老师走了过去，坐在哭泣的女孩身边。

学校里安静得只听得到从走廊传来的回响。吉林厄姆停下来，深吸一口气："为什么所有的学校都是一个味道？"

"袜子的汗臭味、屁味和脂肪味，还有一股熟透的霉味和消毒水的味道。噢，是的，绝对不会错。"

她看了看周围，发现对面的墙上有一张校内地图："我想知道去校长办公室要怎么走。"

吉林厄姆做了个鬼脸："我的天，回到我的学生时代了。我在那儿的时间比在班里还多。闭上眼睛都能找到路在哪儿。"

"吉林厄姆，你怎么成了一名警察呢？我一直很惊讶。"

他耸耸肩："他们觉得我待在警察局里总好过我待在外面。"

校长办公室在建筑物的背面，俯瞰一片灌木丛生的方形草地、金银花覆盖的六角形铁丝网以及一排细长的白杨树。

艾莉森·史蒂文斯起身迎接他们。她是一位优雅的黑人妇女，完美的装束令她既威严又不乏亲和力：及膝海军裙、柔软的粉蓝色羊毛衫，还戴着小巧的圆形耳环。

"艾弗莱特警探，吉林厄姆警探，请，请坐。这位是黛西的班主任。"

年轻女性向前倾着身体和他们握手。她大概不到二十五岁，有着蓬松的螺旋状红色卷发，轻薄的花连衣裙盖住了裸露的小麦色的腿。艾弗莱特看见吉林厄姆把胸挺直了一点儿。老天，她心想，男人全都一模一样。

"凯特·马迪根。"年轻的老师温柔地用爱尔兰口音说着，眼神忧虑，"我甚至无法想象梅森夫妇的遭遇。这对每一位为人父母的人来说都是最恐怖的噩梦。”

艾莉森·史蒂文斯清了清嗓子：“我让门卫下载了大门摄像头的监控录像。这是你需要的片段。”

她敲击几下键盘，然后让笔记本电脑屏幕面向他们。屏幕上显示的时间是下午3时38分，黛西正在学校大门旁和刚才他们在操场见到的那个中国女孩说话，另一个女孩站在离她们几步远的地方。黛西的一只手里拿着书包。

吉林厄姆瞥了一眼艾弗莱特：“妈的。有没有人想过查看一下那个书包在不在房间里？”

“应该没人查看过。他们现在不会让我们进去寻找它的，据我所知。”

“另外两个女孩都是谁？”艾弗莱特瞥了一眼凯特·马迪根，继续说道。

“金黄色头发的那个是鲍西娅·道森。她的父母是大学医院的顾问医师。另一个是南希·陈。她是美国人。她爸爸是教授，我想是政治学教授。他们圣诞节之后才搬到这里。”

“从这点看，黛西有一群强大的伙伴。”吉林厄姆说。

艾莉森·史蒂文斯谨慎地看着他，不确定他是在质疑，抑或是暗示：“警探，这是我们学区的特点。我们很多孩子的父母都是学者，有一个还获得了诺贝尔奖。”

“我觉得我们刚才在外面看到南希了，”艾弗莱特说，“走之前我们能和她说几句话吗？”

“我会给她母亲打电话，确认是否可以。”

“那鲍西娅·道森呢？”

“她的父母从周三起就把她关在家里了。显然她非常沮丧。不过，因为这学期要结束了，她不会落下很多课程，所以我没有反对。我会给他们打个电话。”

屏幕上黛西一直在和南希说话，直到3时49分南希的妈妈来把南希接走。3时52分，利奥出现在屏幕上。他低着头，手揣在兜里。根据他们的观察，他并没有和黛西说话。黛西看着利奥从她身边走过，一直等他走到半路上，她才将书包搭到肩上，跟着他消失在了屏幕外。这是他们最后一次见到她。而这是学校和运河区庄园之间唯一的一个监控摄像头。

“史蒂文斯夫人，”艾弗莱特说，“你还知道关于黛西的任何事吗？她最近过得如何？据你所知，她有没有遇到什么麻烦？”

“我觉得凯特比我更适合谈论这个问题。”

吉林厄姆将脸转向黛西的班主任：“马迪根小姐，如果你能告诉我们关于黛西的任何事，我们将感激不尽。”

艾弗莱特内心哼了一声：“我的上帝，他甚至注意到了她没戴戒指。”

凯特看起来一副茫然若失的样子：“我无法告诉你们，我们所有人有多崩溃。有些孩子哭了一早上。黛西是一个非常善良的小女孩，她机灵，懂礼貌，人缘非常好。做她的老师我感到很开心。”

“但是？”

“你说‘但是’，这是什么意思？”

“对不起，我只是想我接下来可能会听到‘但是’，仅此而已。”

凯特·马迪根看了一眼校长，校长在点头。

“好吧，”她继续说，“我注意到最近她的成绩有点儿下滑。不是很明显的下滑。她依然很容易就能挤入前三名的。但是她看起来比平时安静了很多。要我们说，她有点儿心事重重。”

“你和她谈过这件事吗？”

“我确实试着找她谈过。就很平常地，路过她身边的时候，防止吓到她。但是她说她一切都好。”

“你相信她的话？”

凯特看起来很困扰。“我想，我确实怀疑过。从她之前说的一两件事中，我怀疑她在家并不是那么开心。没有严重的问题，”她飞快地说道，“无论如何，没有任何迹象表明她有危险。”她脸红了，“我过去常常和她讨论关于书的事。我觉得梅森家的其他人对那种东西并不是很感兴趣。不过我确信黛西很期待这次聚会。”

“上次我和她谈话时她还兴高采烈的，”校长插话说，“她告诉我想到假期要做的事情就非常兴奋。”

“我希望我能帮到你们更多，”凯特说，“但是说实话，我接管这个班才几个月，我对每个孩子都不太了解。”

“以前的班主任基兰·詹宁斯复活节滑雪时腿部骨折了，我们让凯特做了代课老师。”校长说，“我们很高兴能请她来，也很遗憾她要离开。”

“离开？”吉林厄姆说。

凯特·马迪根微笑着说：“回爱尔兰。我在戈尔韦找了份工作，离我家人更近。”

“所以说，”艾弗莱特快速地说，“你曾为黛西的事感到忧虑。”

凯特·马迪根再一次望向对面的校长：“不，我不会用那么夸张的字眼。我注意到一个细小的变化，仅此而已。一个非常细小的变化。我把这件事告诉艾莉森了，她说，当基兰回来的时候，她会告诉他这件事，让他留意一下。我们绝对没有遇到什么异常情况，如果有，我们早就采取进一步行动了。”

几分钟内，这两个女人第三次交换了一下眼神。

艾弗莱特再不需要过多言语："还有一些事，对吧？你们还有事没告诉我们。"

艾莉森·史蒂文斯深吸了一口气："老实说，警探，我们担心的不是黛西。"

社工是一个男人。我不知道为什么，但我觉得很惊讶，出于某种原因，我总以为从事社会服务工作的人都是女性。但是，当我在监控画面上看到他和利奥在一起时，我发现男人做社工这个主意更好。五分钟后，他们就在一起看球赛了。十分钟后，我们已经断定切尔西会再次夺得英格兰足球联赛下个赛季的冠军。外界对韦恩·鲁尼评价过高，路易斯·范加尔留着一头滑稽的头发。当我打开门加入他们时，利奥比我之前任何一次见到他时都更像个普通的小孩。

"利奥，我只是要问你几个关于周二下午的问题，非常简单，可以吗？"

他僵住了，我暗道不好。

"没什么可担心的。你希望你妹妹平安回家，不是吗？"

他点点头，但有些迟疑，也没有直视我。他伸过手，拿起加雷斯·奎恩给他的罐装可乐，摆弄起来。就算你不是儿童心理学家，你也会意识到他在转移自己的情绪。或者说那件事——无论是什么事——在困扰着他。而我却在这里，毫不留情地逼迫他。"那天放学你和黛西一起走路回家的，我说得没错吧？”

他点点头：“妈妈太忙了。”他依然低着头。厚厚的深色刘海儿使我很难看清他。

“你们一路都在一起吗？”

他又点点头。

“你确定吗？因为我们听说你们俩可能吵架了。”

这时他看着我：“谁告诉你的？”

“你妈妈。她说你和黛西分开回来的。她觉得你们一定是吵架了。”

他又摆弄起可乐罐：“她看到几只破蝴蝶，想让我帮她拍照，但是我不肯。”

“为什么不呢？这个要求看起来并不过分啊。因为她自己没有手机，不是吗？”

“妈妈不允许她有手机。”

“那你为什么不拍照呢？”

他耸耸肩：“不知道。”

“那接下来发生了什么？”

“我把她留在那儿看蝴蝶。我告诉她，我们得回家参加聚会，妈妈会生气的，但她就是不愿意跟来。所以我把她留在那儿，自己走了。”

“我明白了。”

我停顿了一下，然后问道：“那么，你支持切尔西咯？”

他飞快地瞟了我一眼，然后点点头。他有一双漂亮的紫罗兰色的眼睛和长度不可思议的睫毛。他的脸有一种我不敢触碰的精致。

“我的一名警员支持切尔西。他对他们很痴迷。你最喜欢的球员是谁？”

“埃登·阿扎尔。”

“他是比利时人，对吧？他踢什么位置？”

“他是中场。”

“你是不是也踢中场？”

“爸爸说我更适合踢后卫。他说我的速度不够快，不适合中场。”

“你爸爸带你看过比赛吗？”

“没有。他说太贵了，而且去看比赛的路上要花很多时间。”

“真的吗，伦敦不是太远吧？”

他耸耸肩：“我和本，还有他爸爸一起去过一次。我们以三比零的比分击败了斯托克。感觉真的很好。他还给了我一条围巾。”

“本是你最好的朋友？”

他又耸了耸肩：“过去是，但他搬家了。”

“那现在谁是你最好的朋友？”

沉默。

我开始意识到这个孩子有多孤独。我内心深处的一部分想伸出胳膊抱住他，安慰他。但是我不能，因为另一部分的我要让事情变得更糟。有时候我真恨这份工作。

“利奥，我有很多问题，我需要你的帮助。”

他全神贯注地盯着那个空可乐罐，右腿上下摆动。我和社工相互看了一眼。

“你看，我的问题是，你妈妈说周二那天黛西在你回家之前就到了好一阵儿了。也就是说，你说你把她留在那儿看蝴蝶的话讲不通。你明白我的意思吗？”

停顿片刻后，他点了点头，动作很不明显。他脸红了。

“你只需要告诉我发生了什么，仅此而已。你不会惹上任何麻烦的。”

社工倾着身体，温柔地把手放到利奥的胳膊上：“没关系，利奥。你可以告诉警官们。说实话总是好的，嗯？”

就这样，利奥把一切都告诉了我们。

吉林厄姆推开四年级教室的门。下午的阳光透过窗户斜射进来，落在一张印有动物形字母表的海报和一幅写着“假期我们要做什么”的横幅上。横幅下面有孩子们写的字和从杂志上剪下来贴上去的画。有两三个孩子要去迪士尼，还有一个要去新西兰。黛西看上去对即将首次乘渡船而兴奋不已。南希·陈则会去纽约的堂兄妹家做客，不过此刻，她正和凯特·马迪根、维里蒂·艾弗莱特一起坐在教室最远的角落。

吉林厄姆示意艾弗莱特，她起身走了过来。他放低嗓门。“我给头儿留了条信息。他们正在审问那个男孩。”他看了一眼表，“妈的，我二十分钟后要去接珍妮特。今天是她第十八周产检的日子。”

虽然他没有说，但是艾弗莱特知道这是他和他妻子的第一个孩子。他的妻子流产了三次，而且正处在四十二岁的高龄，她需要他在那儿陪着。

“别担心，”她说，“你去吧，这里的工作交给我来完成。艾莉森·史蒂文斯说道森一家下午2点有空和我们见面，所以这边工作结束后我先四处转转，之后和你碰面。”

“你能找到道森家吧？”

她微笑着说：“走路才十分钟。我觉得我可以的。”

如果艾弗莱特曾担心南希·陈不会向她畅所欲言，很快她就很明显地发现她要面对的问题恰恰相反。南希拥有的自信心是同龄人的两倍，还有着美国人特有的直率。在她看来，黛西·梅森“超级聪明”和“漂亮”，做手倒立是班上最好的一个（对于这一点，凯特·马迪根只能苦笑），并且她讲的故事都是最精彩的，尽管鲍西娅更擅长绘画。黛西一点儿也不擅长跳舞，虽然她觉得自己很擅长。米莉·康纳是最擅长跳舞的，但是她有点儿傻（她的老师温和地反对了这一点，并且有些脸红）。

“你擅长什么，南希？”艾弗莱特问道。

“噢，数学。我爸爸想让我和他一样，进入MIT[1]。”

艾弗莱特不知道MIT是什么，不过她听懂了大意。

“那黛西最近在学校怎么样？她有没有遇到什么烦心事？”

南希想了一会儿：“哦，我想是有一件事。但那是个秘密。她只告诉了我们，因为我们是她的闺密。”

艾弗莱特尽最大的努力使自己看上去不那么迫不及待：“什么秘密，南希？”

南希突然一副疑心重重的样子，好像意识到自己说了太多，但是凯特·马迪根鼓励她说：“没关系，南希。我保证艾弗莱特警官不会告诉任何人的。”

“黛西没有告诉我具体是什么事。她说有一天她去见了某个人，还说那是个秘密。起初她看起来很兴奋，之后又说那不值一提，她

[1] MIT（Massachusetts Institute of Technology），麻省理工学院的简称，坐落于美国马萨诸塞州剑桥市，是世界著名私立研究型大学。

不会再去见他了。”

“她没有告诉你，她见的是什么人吗？是个成年人？还是其他孩子？”

她猛烈地摇了摇头。

“那她见了这个人后很难过？”

南希想了一下：“不，不是难过。她并没有哭。我想她只是有点儿生气[1]。”

正如艾弗莱特自己提醒自己的，“疯狂”这个词在美国有着非常不同的意思。

“黛西在家时快乐吗，南希？”

南希做了个鬼脸：“说真的？你去看过他们家吗？”

凯特立刻插话说：“南希，那样说可不礼貌哟。我们不以金钱多少来衡量别人，不是吗？”

南希看起来像是认为金钱是你唯一能找到的可靠标准一样，不过她什么都没有说。

“我其实是想问，黛西和家人在一起时是否快乐？”

“哦，利奥有点儿古怪。他是个有点儿懦弱的孩子。她的妈妈只关注她的成绩。”

“那她爸爸呢？大家都说他们关系很好。”

“噢，我猜是吧，只是……”

“只是？”

“他过去就像是她的英雄或是白马王子之类的人物。但她不再那么称呼他了。她甚至不愿意喊他爸爸。”

[1] 原文mad，一般指疯狂，口语中也指愤怒、生气。

“那她怎么叫他，南希？”

南希突然用一种了解一切的眼神看了看艾弗莱特：“她叫他公猪。”

几分钟后，当艾弗莱特起身准备走时，她发现自己站在一块钉板前，板上展示着很多幅画，主题为“我们的童话故事”。也许是因为南希提到了白马王子，反正有某种因素促使她凑近去看。不出意外，大多数画结合了《童话故事集》和《哈利·波特》，上面有男孩巫师、绿色的龙以及长发飘飘的公主。公主被关在与自己身高相差无几的高塔里。浏览时，她发现南希是对的，鲍西娅显然是全班最出色的艺术家。但最让她印象深刻的还是黛西的作品。她把凯特·马迪根叫过来。

“这些画背后是不是都有相应的故事？”

凯特笑了：“你的观察力真好。是的，我们先写了故事，之后我让他们画出他们写下的东西。”

“你还留着那些故事吗？”

“是的，我想它们还堆在某个地方。”

她走到桌旁。桌上堆着没拆封的小礼物。

“显然，孩子们喜欢你。”艾弗莱特读着其中的几条留言，说道。有一张上面写着“给世界上最棒的老师，我们会想你的，亲亲老师”。

“什么？噢，那个啊。是的，他们带东西来我很开心。我还没拆封。因为似乎，你懂的，时间不合适。”

此时，她找到了一堆散文，翻阅起来。一缕红色的头发滑落到她的肩上。她翻到最后，皱了皱眉，然后抬起头，有些慌张。

“奇怪，真是奇怪。黛西的那份似乎不在这儿。”

这下轮到艾弗莱特皱眉了：“真的吗？那它可能在哪儿？”

凯特·马迪根看上去很困惑：“我觉得可能在我家。我确实曾把它们带回公寓批阅。但是我不知道黛西的那份怎么会和其他人的分开。”

“有没有可能是别人拿走了？我的意思是，从这儿？有没有可能有人进了教室？”

“好吧，我觉得有可能。教室白天不锁门。但究竟为什么会有人想要它呢？”她现在看上去很烦恼，“我不懂，毕竟，它只是一个童话故事而已。”

艾弗莱特也搞不懂，不过她依然为之心神不宁。

寻找黛西·梅森的脸谱网专页

我们决定将页面整合到一起，以便所有人分享关于黛西的信息，或许能帮忙找到她。那么，在你的头像上添加一朵雏菊来支持我们吧，在脸谱网和推特网上都可以。我们要试着建立一个强大的“黛西链”，将黛西带回家。

洛琳·尼古拉斯、汤姆·布洛迪、爱丽丝·雪莉等33人点赞

置顶评论

约翰·斯托克：让我们将这条黛西链建立起来。谁知道呢，或许有人看见它，甚至能想起什么事。社交媒体哪怕有一次能做点儿有意义的事，也总比刷着骇人听闻的推特强。

7月21日14：32

简·波茨：这是一个很棒的想法。我同意，那些推文让我觉得反胃。

7月21日14：39

寻找黛西·梅森：大家别忘了，如果你们知道任何消息，甚至是某些看起来与案情毫不相干的消息，也请联系泰晤士河谷区刑事调查局，电话01865－0966552。

7月21日14：56

二

虽然道森一家住在离巴治克洛兹街区仅一英里的地方，这里却俨然是另一座城镇。维里蒂·艾弗莱特在道森家对面的人行道上停住脚步，想在敲门之前先了解一下这个地方。道森家的房子有四层，包括地下一层，即使是从她站的位置，也能清楚看见楼上摆满了书的两个房间。房子的正面由褪色的红砖和最近翻新过的石板组成，在一面低矮的墙上有一排黑色的栏杆，旁边还有一条铺着整齐的砾石的车道。街道两边的两排树应该是房屋盖好的时候种植的，至少有一百年了。

一位系着围裙的漂亮女人打开门，她解释说自己只是做清洁的，道森夫人在屋外的花园里。艾弗莱特顺着一段楼梯走进一间大厨房，从厨房的前门跑到后门，再从厨房出去，进入一座长有苹果树的花园。鲍西娅的妈妈看见她来了，上前接应，她的一只胳膊上挎着一个用柳条编织而成的篮子。她瘦高瘦高的，有着厚厚的棕色头发，留着时髦的不对称发型，穿着长款的乳白色紧身上衣和卡其色紧身长裤。这种女人总会让你觉得自己不入流，即使是在她摘天竺葵的时候。艾弗莱特没有那么贵的衣服，她最好的衣服也没那么贵。

“你有一座漂亮的房子，道森医生。”

“噢，请叫我埃莉诺。我在医院被人叫医生都叫烦了。”

她之前肯定说过同样的话，不过她说话时露出的微笑似乎很真诚。

“花园很漂亮，对吧？”她继续说道，“你真应该看看我们搬进来时它的样子。那时这里是一片施工工地。我们不得不摧毁整栋房子的内部。维多利亚时期的人建造房子可能是出于耐久性考虑，但是这些地方冬天冷得就像冰窖一样，因此我们不得不让石砖露出来，重新换上合适的隔热材料。光是清扫石灰粉就花了我好几个月。”

“我更倾向于认为你的清洁工打扫了石灰灰尘。”艾弗莱特想，但是她并没有说出来。

“现在它看起来很漂亮。”

“你真贴心。我们去凉亭吧。鲍西娅一直在那儿读书。我们为黛西的事感到十分不安。她是那么漂亮活泼的一个小女孩。我记得她问过我莱昂纳多是谁，她也不知道忍者神龟。”

她微笑着说：“听听我，一直在啰唆。我早该问你的，你想要喝茶吗？”

艾弗莱特本来打算像往常一样随口拒绝，但是她突然决定让那个想法见鬼去吧：“是的，那太好了。”

“我去告诉艾米莉把茶壶放在炉上，然后来陪你。”

她的法语口音很完美。茶端来的时候，还附带一盘柠檬片和一罐牛奶。显然，道森家不喝纸盒装的牛奶。

鲍西娅坐在摇椅上，身边放着一本《黑骏马》，膝盖上有一只大虎斑猫。看上去她没怎么读书。录像中的她看上去很精神，但现在的她并不像那样。她的眼眶下挂着黑眼圈，艾弗莱特猜测她也没怎么吃东西。

“这位是艾弗莱特警探，亲爱的。”埃莉诺·道森放下托盘，说道，“你记得吗？她想问你有关黛西的事。”

“鲍西娅，你同意吗？时间不会很长。”

“我没问题。”鲍西娅轻抚着猫，说道。虎斑猫眨了眨琥珀色的眼睛，叹了口气，然后就不动了。

“我们看过学校大门外摄像头里的录像，上面显示那天黛西放学回家前，你和南希可能是最后见到她的人，对吗？”

“我想是这样的。”

“你们都很期待那场聚会吗？”

“我没打算去。”

“真的吗，为什么？我以为所有同学都收到了她的邀请。而你是她最好的朋友之一。”

鲍西娅脸红了：“黛西忘记告诉我们聚会是哪一天了。等她想起来时，我妈妈已经给我安排了别的事。南希也没办法去。”

如果她最亲密的朋友都没去，艾弗莱特想，那就可以解释为什么聚会上的孩子都没有注意到黛西不在场了。

“聚会前一天你去没去康纳家，鲍西娅，就是女孩们试穿聚会服装那一天？”

鲍西娅看了一眼她妈妈：“去了，就一会儿。我没待多久。”

“黛西家呢？你经常去那儿吗？你认识黛西的家人吗？”

鲍西娅移开视线：“过去她们常来我家。她说因为我家离学校近。但是我觉得比起她家，她更喜欢我家。”

“我明白了。我和南希谈话时，她说黛西最近见了某个人，但那是个秘密。你知道那个人是谁吗？”

鲍西娅摇摇头：“她说起过那件事。开始的时候，她真的很开心。但之后她说她再也不想提起它了。而如果我们真是她最好的朋友，我们就不会追问她。很抱歉。我什么都不知道。”

鲍西娅开始显出焦虑的神情。艾弗莱特看见鲍西娅的妈妈担忧的眼神，决定换个话题。

“和黛西做朋友最大的好处是什么？”

鲍西娅显得开心点儿了：“她真的很聪明。她帮我应对学校里的事。她很擅长……不知道你们用的是哪个词来着，就是当你想让自己听上去像其他人的时候？”

“模仿。”

“她真的很擅长模仿。她模仿过她妈妈，还有电视机[1]上的名人。”

“电视，”埃莉诺·道森轻轻地说，“我们称之为‘电视’。”

“那些模仿，把你逗笑了吗？”

鲍西娅看向别处：“有时候吧。”

“那和她做朋友最糟糕的事情是什么？”

鲍西娅刚开口，又闭上嘴。“她会听。”终于，她说话了。她的脸红了。

“你是说她喜欢偷听？”

“有时候她会躲起来，你不知道她在那儿，而她却在偷听你讲话。”

“我明白了。”艾弗莱特说。这时，她的手机响了。她一边站起来，一边充满歉意地示意，然后快步走到一棵可能比这栋房子还要古老的苹果树的树荫下。电话是吉林厄姆打来的。

“头儿要我们一个小时之内全都赶回警察局。”

“好，我的工作也差不多完成了。那件事怎么样，产检？”

她几乎能听出来他的喜悦：“一切都好。是个男孩。”

[1] 原文telly，“TV”的口语表达。下文鲍西娅的妈妈所说的“电视”原词为TV。

"太好了，克里斯。真为你高兴。"

"我们这里刚结束，我把珍妮特送回家后，再去接你。"

"替我向她问好。告诉她别让你给孩子硬起一个让孩子都无法原谅你的名字，比如斯坦福德·布里奇[1]。"

"这个建议来自一个名叫维里蒂·艾弗莱特[2]的人，好像这个名字很有内涵似的。"

但是她知道他在微笑。

下午3时30分，我推开圣奥尔代茨案件调查室的门。我从走廊中部就能听到屋里的噪音，但是他们一看到我，房间立刻陷入沉默。沉默中夹杂着一丝期待，他们现在热情高涨。

我走到房间前面，面向他们。

"好吧，我知道你们当中的很多人都已经听说了今天发生的事，但我们还是需要保持步调一致，所以请大家谅解我的絮叨。首先，关于电视寻人呼吁。我们接到了一千多个电话，收集可能有价值的目击报告工作还在全国正常进行，不过尚未发现有力的证据。当然也没有关于那天下午3时52分后，也就是黛西离开学校大门后的可查证的目击报告。并且，和梅森夫妇一开始告诉我们的不同的是，莎伦·梅森并没有去学校接孩子，黛西和利奥不得不走回家。梅森夫人刚才打来电话，确认她女儿的校服不见了。这一切意味着我们

[1] 原文Stamford Bridge，也指英国的斯坦福桥球场。

[2] 艾弗莱特的英文Everett用作地名时指美国华盛顿州的一个地方。

不能完全否认黛西在回家的路上被劫走的可能性。另一方面，我们还没有找到人鱼装。考虑到她无法同时穿两套衣服，所以有些事明显有矛盾。再有，黛西的父母都坚持说，那天下午黛西放学到家后就上楼播放音乐了。他们两个人都说听见了音乐声，但是事实上都没有亲眼看见过她，所以这件事也有矛盾。恐怕我们还得把其他一些因素纳入考虑范围。”

我深吸了一口气：“莎伦·梅森现在说，那天下午她把孩子们留在家中，自己出去了四十分钟……”

“看在上帝的分儿上，她现在肯告诉我们了。”

“听着，我和你们一样沮丧，但是事实如此。她显然不想让她丈夫知道，所以她趁单独和我们相处时告诉了我们。她认为自己出门时的时间是4时30分，因为利奥是那时回来的。她说她先去了格拉斯屋大街，然后去了环路环岛上的马莎商店，但是这两个地方的摄像头坏了，而且没人记得她。这也许能证明什么，也许什么都证明不了。对于你们来说，重要的一点是孩子们那时单独在家，侧门和院子的门可能都是开着的。所以理论上说，黛西可能是自己走失了，但如果是这种情况，考虑到正在寻找黛西的警察人数，我们现在应该已经找到她了。另一种可能就是有人劫走了她。那个人要么是从屋外，要么甚至是从屋内劫走她的，这只是假设。”

“别扯了，”房间后面传来一个声音，我想是安德鲁·巴克斯特，“一个恋童癖恰好在那四十分钟之内路过的可能性……”

“我知道，我同意你的看法。这种概率非常小。实际上，只有一种情况说得通，那就是有人一直在观察梅森一家，当莎伦出去的时候，他发现了机会。那个人可能是黛西认识的人，可能是获准进入屋内的。这种说法并不牵强。艾弗莱特，你能分享一下黛西的朋友们告诉你的事吗？”

维里蒂·艾弗莱特站起身：“我回来之前刚和南希·陈以及鲍西娅·道森聊过。她们都确定黛西最近见过某个人，还说那是一个大秘密。她们无法告诉我那个人是谁，但是她们都说之后黛西很生气，不想和她们提起见面的事。”

“你确定，”巴克斯特说，“她们说的是生气，而不是沮丧？”

艾弗莱特坚定自己的立场：“绝对是生气。还有一件事。黛西班级里的孩子们这学期写了童话，黛西的童话不见了。老师将再检查一下。是的，这可能完全是巧合，但我们需要核实没有人在不恰当的时间出现在教室里。因为黛西有可能在童话故事里透露了她所见之人的身份，而此人不愿意任何人看到这些信息。”

“那么，”我环顾房间，说道，“我们迫切需要找出那个人。鉴于大多数时间黛西·梅森似乎都被严密地看管着，我猜测在父母不知情的情况下，她和某个人见面的唯一可能地点就是学校，所以我需要有人检查过去六周克里斯托弗主教学校的监控录像，包括每个课间和每天的午饭时间。主动领任务的人有额外嘉奖，否则只好由我挑人了。”

我扫视他们的脸：“好吧，如果没有人主动，巴克斯特，那就由你接手这份苦差事吧。”

“他不会介意的，”吉林厄姆打趣说，“他是阿斯顿维拉足球俱乐部的球迷。他曾经盯着屏幕盯了好几个小时，一点儿事都没有。”

“那个男孩呢？”房间后面有人问道，声音盖过持续的笑声，“利奥，他又是怎么回事？如果有人进屋，他肯定能听到吧？”

我等待噪音平息下来，然后说：“问得好。实际上，真是一个好问题。当我们第一次询问利奥时，他说黛西因为路上的一只蝴蝶分了心，所以他没和她一起回来。而这和莎伦说的黛西先回到家的口供不一致。所以我们给了他一点儿压力，然后得到了一个完全不同的答案。他现在的说法是，有些年龄比他大的男孩在学校一直欺负他，周二放学的路上那群男孩碰到了他和黛西，开始找事儿。他们推搡他，开他名字的玩笑。显然，他们叫他‘恶心的努卡’。如果你们没看过那部电影，努卡是《狮子王》[1]中的角色，是一个很肮脏的角色。”

“上帝啊，”巴克斯特说，“特别阴阳怪气，不是吗？我上学的时候被叫作‘痘痘脸’和‘大肥屁股’。”

屋内又是一片笑声。声明一下，巴克斯特仍然很胖，不过至少他的痘痘早就消了。

“我并不感到意外，”艾弗莱特冷淡地说，“你在那种学校碰到的那种孩子，绝对是能说出那种轻佻的戏谑话的家伙。”

“重点是，”我提高嗓门说，“利奥说，当那群男孩堵住他们的时候，黛西跑走了，那也是黛西比利奥先到家的原因。顺便说一句，莎伦·梅森说她对这一切毫不知情。根据最新的版本，利奥回家后径直走进自己的房间，并锁上了门，所以理论上说他可能没听到有人进屋的声音。他说他烦黛西，因为她跑了，留下他一个人，聚会上他回避黛西也是出于同样的原因，所以他没认出穿雏菊装的女孩不是黛西。我还不能确定是否要相信这个说法，但是不管我怎么逼他，他都一口咬定。可以肯定的是，黛西和利奥回家的路上吵了架。”

“凶手有没有可能就是他？”巴克斯特说，“如果他们在回家的

---

[1] 《狮子王》英文名为*The Lion King*，其中单词lion是狮子的意思，利奥的英文Leo也有狮子的意思。

路上吵了架，他有没有可能攻击她？那个年龄的孩子情绪可能很不稳定，她可能摔倒了，撞到了头……”

“理论上是有这种可能。但如果是他做的，黛西的尸体在哪儿？一个十岁的孩子不可能把尸体藏匿得那么完美，以至于连我们都无法找到。即使他有足够的时间，而实际上他也没有那么多时间。”

“好吧。”巴克斯特说，但是我看得出来他没有完全信服，“即使我们排除他的嫌疑，他编的新故事我们又能真正相信多少？那个年龄的某些孩子连真相和谎言都分不清。”

那个年龄的男孩，我想，杰克那个年龄的男孩。

“我觉得他没撒谎。”吉林厄姆打破沉寂，大声说道，“无论如何，受欺负的事是真的。利奥的班主任梅兰妮·哈里斯说，她觉得这学期的大部分时间利奥都在受欺负，他的衣服被撕烂了好几次，他的手上有擦伤。但是他们从来都逮不到那群孩子，而利奥坚持说他只是摔倒了之类的。如果利奥不承认，他们也无能为力。但利奥的表现绝对是不正常的。”

奎恩问道：“难道莎伦没有说过他一直心情不好吗？”

吉林厄姆摇了摇头。自从奎恩被提拔为侦缉警长，几个星期以来，他们一直在做这种低级的缝缝补补的工作。“我觉得这不仅仅是心情不好这么简单。他暴躁易怒，在课堂上调皮捣蛋。几周前，他拿着铅笔戳向一个孩子的眼睛，校长怀疑那个孩子是欺负他的其中一个男孩。利奥并没有对那个孩子造成任何实际的伤害，这也许就是他能逃脱惩罚的唯一原因。他们把莎伦·梅森叫到学校讨论这件事，但是莎伦拒绝把它当回事。显然，她一直在说‘男孩就是男孩’‘如今的孩子们都被宠坏了’之类的话。”

我越听莎伦·梅森讲话，就越不理解她。对于一个如此肤浅的人来说，她出奇地难以捉摸。她一定隐瞒了什么事，不过我打死都不知道是什么。“你看过利奥和黛西离开后那段时间的录像吗，看看是不是有人跟踪他们？”

“我逐帧地查看了他们离开后半小时的画面，但没发现任何明显的异常情况。有一些男孩离开学校时的确和利奥他们是同一个方向的，但那说明不了什么。现在的孩子都不傻。他们知道摄像头在哪儿，尤其是要做坏事的时候。”

“尽管如此，克里斯，你能不能跟进一下‘霸凌’事件？看我们能否得到一些名字。学校的老师一定知道那些孩子可能都是谁。”

“好的，头儿。”

“下一个是谁……奎恩？”

奎恩起身，走到房间的前面：“巴里·梅森声称他那天因为自己的一个工地发生紧急事故，所以回家晚了。那个工地在沃特林顿。我核查过，他在那儿只有一份差事，而且已经停工三周了。那片土地的所有者告诉我，她一个月前付给了梅森一万美元，从那之后就再也没见过他。他一直推说马上就回去施工，但一直没兑现。她知道另外至少有三个人有着同样的遭遇。建造商，嗯？真不是个东西。”

“别让我听见这个话头。”我幽幽地小声抱怨，“那么，如果梅森不在沃特林顿，那他会在哪儿，他到底在哪儿？奎恩，你能发现什么吗？”

“没有他的信用卡和通话记录，查起来不太容易。但是，我可以通过识别他的车牌号码看看他去了哪儿。”

“好吧，各位，最后一件事。截至目前，我们没有任何能逮捕梅森家任何一个人的证据，所以我们会让他们回家去，并且是在虎视眈眈的媒体关注之下。接下来的日子对他们来说会非常难过，但是无论媒体和推特网怎样推波助澜，我们都不能有偏见。关于黛西的失踪或许还有其他解释，其他和梅森一家人毫不相干的解释。很快，梅森家聘请的律师会第一时间这样告诉我的。”

吉林厄姆做了个鬼脸：“今晚我不会放过那栋房子中的任何一只苍蝇，或是搅拌机里的任何一只臭虫。”

我看见安娜·菲利普斯笑了。她问：“你是说昆虫里的臭虫，还是说机器里的毛病[1]？”

吉林厄姆咧着嘴，笑得很灿烂：“二者皆可。”

“那么，”我开始总结，“还有没有人有其他发现？没有了？那么我们明早再集合。谢谢大家。”

回到门口时，艾弗莱特摇摇晃晃地走在我身边。我能看出来她心里还有别的事，但是显然她并不想在大家面前说起。她经常这样。我希望她有勇气坚持自己的直觉，因为她很少错得离谱。而且，偶尔让奎恩感受一下来自吉林厄姆之外的人的挑战，这对奎恩也有好处。

“怎么了，艾弗莱特？”

“黛西的教室里有一块钉板，上面有孩子们画的童话故事图。”

我等着她往下说。艾弗莱特不是一个喜欢浪费时间的人。她这么说一定有她的道理。

“在我们发现黛西写的故事不见了之前，我看了一眼她的画。”她掏出手机，打开一张照片，“看到了吗？”

---

[1]. 原文bug，可指臭虫，也可指故障、毛病。

虽然并不容易看出来，但是我觉得这幅画的最底端有一个戴着皇冠、身穿粉色芭蕾舞短裙的小女孩。画上还有一个拿着扫帚和巨大的手提包、比小女孩高很多的女人。还有一个非常诡异的生物，它的头部像被常春藤缠绕一般长满了叶子，胳膊下夹着一捆钞票。它的右边有一个年轻的黄发男子，他在和一个长着巨大猪鼻子和卷曲尾巴的怪物对抗。“你认为……”

“画上的那个小女孩是黛西？绝对是。所有小女孩都想成为公主，或是芭蕾舞演员。”

我笑了：“或者是两者，从这张画来看似乎是这样的。”

“黛西的爸爸总称她为自己的小公主。”

这次轮到我做鬼脸了：“我要吐了。”

“我知道，头儿，但是如果你现在八岁——”

我摇摇头：“我不是不同意你的看法，只是觉得恶心。”

不过艾弗莱特还没说完：“真正让我大吃一惊的是小女孩身后的那个女人。看到那双鞋了吗？还有鞋上的那些带子？说到恨天高的高跟鞋……”

我现在明白她在说什么了：“它们和今天早上莎伦·梅森穿的鞋子一样。而且据我们所知，她现在依然穿着它们。”

艾弗莱特点点头，然后指着那个怪物：“南希·陈告诉我，黛西给她爸爸起了个新名字。她开始叫他公猪。”

我匆匆扫了她一眼。她点点头：“我知道，而且我正很努力地不去妄下结论。问题是，现如今我们随处都能看到虐待儿童的事件。事情可能根本不是我想的那样，可能她只是和爸爸吵架了，想发泄一下。都是些很幼稚的事，比如没有得到最新的椰菜娃娃[1]。”

我笑了。不用猜都知道艾弗莱特没有孩子。“我觉得他们现在不喜欢那东西了，警探。”

她咧着嘴笑了：“看来是我老了，但是你懂我的意思。我们都知道有时候孩子们会反应过度。你在那个年龄的时候，每件事似乎都是大事。”

她的脸上泛起了一丝红晕，但是我没告诉她。“她什么时候开始叫她爸公猪的？”

“不是很确定，就几周前？不过这个时间和他们编故事的时间几乎是同步了。”

“所以你认为我们应该查看一下监控录像，看看巴里上周有没有去过那间教室？”

她点点头：“我问过校长了，据她所知，巴里几个月以来没进过任何一栋学校的建筑。上周的家长会，还是莎伦一个人去的。我回家的路上会顺便去一趟他家，问问他们知不知道黛西写的故事放在哪儿。这也许能解开我们的另一个大谜团。”

我皱了皱眉：“什么谜团？”

“黛西的书包是不是在家里。”

我盯着她。该死的我怎么把这一点给忘了？亏得我还是个侦探。

“她放学时还拿着它呢，我们在录像上看到了。”艾弗莱特显然没有理会我那一瞬间的自我质疑，继续说道，“那么如果它在家里，那就意味着她的确回到家了，就像她的父母说的那样。但如果不在……”

---

[1] 原文Cabbage Patch doll，玩具品牌。

“她就很可能在从学校到家的这一段路上走失了。这也就能排除梅森夫妇的嫌疑。”

“那晚你查看了黛西的房间，是吧，头儿？你记不记得看见一个书包？是迪士尼公主系列的书包，粉色的。”

我回想着。我不敢说自己的记忆力犹如照相机一般，但也不会差太多。我当然不可能漏掉书包，它是所有花织物品中唯一一个没有雏菊图案的物品。

“不记得，”我终于说道，“我觉得它不在那儿。但是想必这也证明不了什么。她可能把它收进了壁橱或其他地方。或者莎伦也可能把它放了起来。整个房间像个该死的样品房。”

“好吧，该问的我还是会问。”

她正要走，我把她叫了回来：“巴里·梅森可能不会要你好过。我怀疑他们现在是否还欢迎我们。”

“我知道。不过我觉得值得一试。如果不行，我就放弃。”

另外，对于媒体来说，让他们看见有个警察在梅森家门口，也不是一件坏事。

我深吸了一口气：“好吧，那就去。穿上制服吧，这样记者就知道你是谁了，你会穿吧？”

她做了个鬼脸，但是她知道我的意思。

“先低调地和那个邻居谈一谈。”

她皱了皱眉：“菲奥娜·韦伯斯特？”

“就是她。她的敏锐给我留下了深刻印象。如果你提问时加以引导，你永远也想不到她会说出什么样的答案。也去和梅森家的医生聊聊，看看黛西是否有受到虐待的嫌疑。”

“我核实过了，他去度假了。不过我会给他发邮件的。”

“老师有没有提起黛西最近的状况？”

“比平时更安静，但是她强调说那是个很小的变动，可能什么都算不上。老实说，她们都更担心利奥。”

“那么也只有她们在担心利奥了。”

“我知道。可怜的小孩子。”

艾弗莱特又看了一眼她手机里的照片：“即便没有黄头发，有一点我还是知道的，那就是画中的王子绝对不是利奥·梅森。他胆小如鼠，更别说和怪物对抗了。”

“我也这么想。但如果不是利奥，那他会是谁呢？”

2016年6月22日，下午3时29分

黛西失踪前27天

巴治克洛兹街区5号，楼上卧室

“你不该来这儿。”

说话的是利奥，他正站在父母卧室的门口。卧室里两个衣柜门都敞开着，黛西坐在妈妈的梳妆台前，刷着睫毛，动作超乎寻常地娴熟。她对着镜子微笑，脸上涂着亮粉色的唇膏以及蓝色的眼影。

“你不该进来的，”利奥皱着眉重复道，“她在楼下。她会知道的。”

“不，她不会知道的，”黛西没有看他，漫不经心地说，“她永远不会知道的。”

她从椅子上滑下来，走向长长的试衣镜。她穿着蓝色的比基尼和一双亮闪闪的儿童高跟鞋。她在一个位置站定，又往回走，停下来，垂下臀部，摆了一个猫步的姿势。然后，她转身回望镜子，对镜中的自己抛了个飞吻。

利奥走向其中一个衣柜，坐了下来，漫不经心地掏出衣柜里的东西，漠不关心地注视它们，包括一双运动鞋，一条发霉的毛巾和一件连帽衫。一个长方形的固体砰的一声从连帽衫的口袋里掉在了地毯上。黛西瞥了一眼："你不该看到那个东西的。"

利奥把它捡起来，盯着它说："这是谁的手机？"

"我告诉过你了，那是秘密。"

下午5时30分，电话接线员接到一通电话。信息经过检查，再检查，进一步详细记录，在下午6时15分左右才最终传递给我。我正在圣奥尔代茨的办公室里，奎恩告诉我，我们查不到周二下午巴里·梅森的行踪，甚至无法确定他是几点回到运河区的。

"问题是，他经常白天回来，"奎恩说，"大概是趁视察工地的间隙顺便回来吧。所以看到他在奇怪的时间点出现，人们也会见怪不怪。没有人去注意的。无论如何，开车的人多数时候是莎伦，而不是他。"

我走向窗户，向下望着街道。在乐购超市对面，有一个小男孩正在逗一只小灰狗，他旋转着一根绳子，绳子上系着一个网球。我叹了口气，现在团团转的可不止狗。

"听着，"奎恩说，"希望你不会介意我这么说，但是，你觉得我们有没有可能把一切都搞错了？”

我等了一下，然后道：“怎么会，具体怎样搞错了？”

“你早些时候自己说的，黛西可能在莎伦出门的时候离开了，甚至利奥都没注意到。有没有可能这个可怜的小姑娘就这么离家出走了？有这样的家人，你也不能怪她。”

我叹了口气：“我也这么想过。但是已经过去两天了。我们这么多人在找她，媒体上到处都是她的脸。无论怎样，我们早该找到她了。”

“敲敲门，”是吉林厄姆，他在门外，胳膊下夹着一沓纸，“我们刚和一个女人通过话，她说认出了在电视上呼吁寻人的巴里·梅森。”

“是吗，然后呢？”奎恩带着讽刺的口气说，“一定是外面那几百个人认出他来了，就是被他敲了竹杠的那些人。老实说，我很惊讶他怎么没失踪。一定有很多人幻想过让他消失。”

这种思想倾向令人质疑，不过我理解他的感受。

吉林厄姆对着奎恩的后脑勺做了个鬼脸：“让我说完。这个叫艾米·卡斯卡特的女人说他的名字根本不叫巴里·梅森。他叫艾丹·米尔斯。”

我和奎恩对视了一眼：“艾丹·米尔斯又他妈的是谁？”

吉林厄姆打开他的记事本：“此人三十多岁，离异，在金丝雀码头有一处公寓，从事投资银行业。他没有孩子，不过并不排斥孩子。喜欢健身、旅行、戏剧、法餐等生活中的美好事物。”

“这他妈是什么？”

“他的档案，在‘来和我火热约会’网站上的。”

我们一定目瞪口呆了，因为他咧着嘴说：“这是真的，可不是我编的。”

他把一些文件放到我的桌子上：“这个女人，艾米·卡斯卡特，几周以来一直在给他发短信和邮件。她把所有文件都发给我了。你看。”

他用余光扫了一眼奎恩，心里想，这一轮比拼警探得一分，侦缉警长得零分。

与此同时，奎恩正在匆忙地打量文件：“难怪梅森不希望他的脸出现在新闻中。这个女人真的见过他吗？”

“还没有。不过你看档案上的照片，显然就是他。但如果现在你再去那个网站，就什么也找不到了。黛西失踪的第二天早上，他删掉了所有记录。”

我坐回到椅子上：“所以，当他声称自己泡在沃特林顿的水里时，不难猜测他其实在做什么。”

“凭这一点能申请到搜查令吗？”

“搜查房子可能不行，但是它能让我们拿到他的手机和信用卡记录。我会着手处理的。”

与菲奥娜·韦伯斯特的谈话

地点位于牛津巴治克洛兹街区 11 号

2016 年 7 月 21 日，下午 5 时 45 分

参加人员：V. 艾弗莱特警探

艾弗莱特：感谢您再次见我，韦伯斯特夫人。我知道这个时候对每个人来说都不容易。

韦伯斯特：你知道媒体要在这儿待多久吗？他们都把这儿弄成猪圈了，到处是垃圾，还有啤酒罐，更别提停车了……

艾弗莱特：我记得你说过你女儿梅根和黛西是同班同学？

韦伯斯特：对，是这样的。我们居然谁也没注意到聚会上的那个孩子不是她，真让人想不通。显然所有孩子都知道那两个孩子交换了服装，不过他们不想把这件事告诉他们无知的父母。

艾弗莱特：据说这学期的某次作业是要写一个童话故事？

韦伯斯特：噢，是的，孩子们写得不亦乐乎。甚至连男孩子们也是如此。

艾弗莱特：梅根写的是什么？

韦伯斯特：噢，很常见的那种，公主、小矮人和邪恶的继母，长发姑娘遇到灰姑娘，此外还结合了一点儿《冰雪奇缘》的情节。

艾弗莱特：继母们总是邪恶的，这真有趣。它使我觉得嫁给一个带小孩的男人时要考虑再三。你似乎从不隐瞒你所做的任何事。

韦伯斯特：噢，别让这点扫了你的兴。以我的经验，一般做母亲的到了这个年纪就没有什么好隐瞒的了。你做什么都是错的。实际上，如果梅根故事里的那个邪恶女巫就是我的话，我也不会感到惊讶。

艾弗莱特：你可真幽默。说到这点，黛西画的画上有一个女人穿的鞋和她妈妈的一样。

韦伯斯特："莎子"细高跟？噢，真有趣，鞋底也是红色的吗？莎伦说她那双是真正的鲁布托[1]，但我个人觉得那双鞋表面的光亮只是因为涂了油。恐怕那双鞋已经成为她在这附近的标志了，她走到

[1] 原文Louboutin，法国高跟鞋设计师克里斯提·鲁布托（Christian Louboutin）创始的同名鞋子品牌，以红色鞋底著称。

哪儿穿到哪儿，也不管什么天气和场合。有一次，利奥踢球，我看见她的鞋卡在了球场边线的泥里，然后整个下午她都在抱怨。我觉得从那时起她再也没去看过比赛了。

艾弗莱特：巴里·梅森去吗？我是说，去看比赛？

韦伯斯特：有时候。不常去。严格地说，他和利奥之间的关系并不是很亲密。

艾弗莱特：但是我记得你说过巴里和黛西的关系绝对很好，就像“女儿是爸爸的贴心小棉袄”那种感觉。你还说他经常带着她到处玩儿？

韦伯斯特：嗯，是的。但是最近我没怎么见他那么做了。

艾弗莱特：那他们的关系还很好吗？

（停顿）

韦伯斯特：你想得出什么结论？你是在问我巴里有没有可能虐待自己的女儿？

艾弗莱特：那么，他会吗？

（停顿）

韦伯斯特：说实话，自从黛西失踪后，我不止一次问过自己同样的问题，但无论如何，我真的不好胡乱评价什么。大约一年前，当他们搬到这里时，他的注意力全集中在黛西身上。但是，前几次我见到他们在一起时，她绝对在压抑自己。可老实说，你可以说我丈夫和爱丽丝之间也是如此。六到八岁的孩子变化很大。女孩开始变得害羞，即使面对自己的爸爸也是如此。

艾弗莱特：那么有没有其他事情，当时并没有令你感到意外，但是现在……

（停顿）

韦伯斯特：事实上，有的。我都快忘得一干二净了，我记得大约三周前，巴里去学校接黛西。他不经常那么做，不过我想是因为利奥预约了医生或是有其他事情，所以是巴里接的黛西。黛西突然开始尖叫、哭闹，我当时离得太远，没听清是怎么回事。那一点儿也不像她的作风。通常她很冷静，很“稳重”。不管怎样，巴里就表现出一副昏头昏脑的样子，整个人茫然若失、不知所措，你懂的。那时候我以为黛西是在撒娇，以引起她爸爸的注意，所以没多想。但现在想想，是有点儿奇怪。

艾弗莱特：那么他是个什么样的人……平时的时候？比如，和你在一起的时候？

韦伯斯特：你是问，他有没有占过我便宜？有，他有点儿“动手动脚”的。你知道这种人，他总是摸你的胳膊和背。就像我原来的老板过去常说的，和他一起待在出租车里不安全。巴里开玩笑时总是特别注意分寸，但是如果你正确暗示他，我知道会发生什么。这种总是在寻觅的家伙就是这样，如果他经常尝试，次数多了，终有一天他会逮到机会。

艾弗莱特：对此莎伦怎么看？

韦伯斯特：噢，上帝，他不会在她周围做这种事的！她很爱吃醋，完全就是一个绿眼怪物[1]！我见过她和朱莉娅·康纳剑拔弩张，就因为巴里说朱莉娅瘦了。这个话题一直是莎伦关心的敏感话题。

艾弗莱特：黛西的童话故事里也有个怪物，一个长着猪鼻子和卷尾巴的像猪一样的怪物。

韦伯斯特：哦，我想它的原型是龙。

---

[1] 原文green-eyed monster，出自莎士比亚的戏剧《奥赛罗》，形容妒忌。

艾弗莱特：你不会碰巧听到过其他和猪有关的事吧？

韦伯斯特：猪？

艾弗莱特：我们和南希·陈谈话时了解到的。

韦伯斯特：没有，抱歉。我没什么印象。

艾弗莱特：我明白了。谢谢你。还有最后一件事，韦伯斯特夫人。巴里和人调情这件事，你觉得黛西知道吗？

韦伯斯特：这个问题很有趣。她很聪明，很有洞察力。如果她知道的话，我不会感到惊讶，一点儿也不感到惊讶。

———

发送时间：2016年7月21日17：58
发件人：Richard.Donnelly@poplaravenuemedicalcentre.nhs.net[1]
收件人：DCVerityEverett@ThamesValley.police.uk[2]
抄送：DIAdamFawley@ThamesValley.police.uk[3]
主题：黛西·梅森
谢谢来信。有些问题涉及病人隐私，望你理解。不过我能理解现在情况的严重性和紧急性。首先声明一下，根据我对黛西·梅森的观察，我认为她没有受到虐待。当然，如果有可疑情况出现，我当时就会采取恰当的行动。我最后一次见到她时（约三周前），她很焦虑不安，不过这绝对无法证明她受到了虐待。那时我对她的结论是过度兴奋。 你没有问及利奥·梅森的事。大约两周前，也就是我去度假前，他来我这儿做检查，我发现他身上有严重的擦痕和割伤。梅森夫人说是在操场上打架所致。度假之前，我和利奥校医院的护士简单聊了几句，下周我会向她打听新的消息。 如果我能提供更多帮助，尽管告诉我。但是请知悉，未经许可，我无法提供关于这两个孩子或是梅森夫妇的更多详细信息。

[1] 梅森的家庭医生理查德·唐纳利的电子邮箱地址。

[2] 维里蒂·艾弗莱特的电子邮箱地址。

[3] 亚当·福莱的电子邮箱地址。

三

下午6时35分，维里蒂·艾弗莱特按响巴治克洛兹街区5号人家的大门。她等在门口，轻抚自己的制服。她刚从客房用来搬家的箱子里拿出它，上面带着一股浓重的霉味，几个月都没散尽。她将腰带向下拉了一些，再拉紧。不论怎么做，她都觉得别扭。话说回来，她好奇艾丽卡·索梅尔怎么穿得那么合身。不是说很性感，但至少艾丽卡看起来不会像一袋土豆。艾弗莱特能听到身后齐聚的记者的嘈杂声，他们被阻拦在路的尽头。她将帽子拉下来，遮住双眼。但是不论她做什么，她的脸依然会遍布晚上的新闻。至少她爸爸会很享受这一点，她必须要记得打电话告诉他。倒不是因为他可能会错过新闻。自从她母亲去世后，她爸爸就整天守着电视过活，观看《杰瑞米·凯尔脱口秀》、《放荡的女人》、电视购物等任何能抵住寂寞的节目。

接着，门打开了。是利奥。这令她感到一瞬间的仓皇失措。

“你好，利奥。我是艾弗莱特警探。维里蒂·艾弗莱特。你妈妈或爸爸在家吗？”

她知道他们在家，他们当然在家，他们处于警方的包围中。但是她还能说什么呢?

利奥转过身：“妈妈！警察又来了。”

然后他便离开了。她站在台阶上，强烈地感觉到背后闪光灯的闪烁，此时摄影师们正试图捕捉屋内的影像，从哪种意义上来说都称得上是夺命一拍。接着，莎伦·梅森出现了。她裹了裹羊毛衫。“你想干什么？”她愤愤地说，“我不会让你进来的。”

“不会很久的，梅森夫人。最近黛西是不是在学校写了一个童话故事？”

莎伦眨眨眼，目光越过艾弗莱特望向镜头。如果她是在盘算和警察说话并且向公众展示自己的形象比较好，还是当着媒体的面狠狠地摔门比较好，显然她决定选择前者。“所以呢？”

“我们只是想知道你手上是否有那篇作文，老师找不到它了。”

莎伦做了个鬼脸，显然她不怎么喜欢凯特·马迪根：“我想不明白你们要那个鬼东西干什么。”

“她为那个故事画了漂亮的配图。画上有公主、王子，还有一个长得像猪的怪物。”

“噢，别和我提猪。几个礼拜以来，她除了画猪就没画过别的，购物的猪，开车的猪，结婚的猪。”

“好奇怪。她说为什么了吗？”

莎伦耸耸肩：“谁知道呢。孩子做事从来没有逻辑可讲，就像谁和谁做朋友一样没道理。一分钟前米莉·康纳还是她最好的朋友，突然之间就不是了，然后鲍西娅和那个姓陈的女孩成了她最好的朋友。大多数时间我都试着忽视这些事情。”

“那你读过那个故事吗？”

“几周前我看见过。她那时刚写完。我从头到尾检查了一遍，确保没有任何错误。”

“你不记得故事内容吗？”

“噢，就是通常那种幼稚傻气的东西。废话连篇的。”

“我懂了。你能帮我找一下吗？可能在她的书包里。”

“我觉得巴里不会——”

“不在这儿。”

这个声音来自利奥。他正在楼梯下面，扶着栏杆晃悠。“她的书包，不在这儿。”

莎伦对他皱了皱眉：“你确定吗？我确定在她房间看到过。”

她转过身，匆忙地走过他身边，上了楼。利奥还在栏杆那儿晃悠。他们能听到莎伦在楼上走来走去的声音。

“鲍西娅不是。”

维里蒂对他眨眨眼：“什么？鲍西娅不是什么？”

“鲍西娅不是黛西最好的朋友。鲍西娅不喜欢她。”

维里蒂张开嘴正打算说些什么，但就在这时，楼梯上传来高跟鞋咔嗒咔嗒的声音，是莎伦过来了。

“就这一次，他是对的。书包不在这儿，但是现在——”

就在这时，在她身后，艾弗莱特听见一辆汽车驶来的声音，还有一阵拍照声和各种提问的嘈杂声。她转过身，看见亚当·福莱和加雷斯·奎恩大步地向她走来。

“你丈夫呢，梅森夫人？”

莎伦眯缝着眼睛：“怎么了？你们找他干什么？”

“我们可以在这儿说，”福莱说，“在媒体面前，或者在屋里。决定权在你。”

莎伦微微地转过头，但是她的视线没有从福莱的脸上移开：“巴里！”

巴里出来了，一手拿着一罐拉格啤酒，一手攥着一份通俗小报：“你们最好有他妈的好消息。”

“今天晚上有一通电话打到了我们的案件调查室，梅森先生，”

福莱说，“打电话的人是艾米·卡斯卡特小姐。看来过去三个星期你和她一直在用邮件联络啊。”

莎伦抓住巴里的胳膊：“他们在说什么？她到底是谁？”

“谁也不是，”巴里说着甩掉她的手，然而他的面色发白，“我从未见过任何一个叫艾米·卡斯卡特的人。”

“是真的，梅森夫人。严格地说，你的丈夫从未见过卡斯卡特小姐。但显然他之前打算那么做。我的意思是，不然他干吗要注册约会网站呢？”

“约会网站？”莎伦情绪很激动，“你一直在用约会网站？”

“恐怕是的，梅森夫人。使用假名以及即付即用的手机。我猜你对此一无所知，我说得没错吧？”

当莎伦冲丈夫又抓又挠时，奎恩及时打断了她。上帝啊，艾弗莱特感觉到了背后闪烁着的闪光灯，心想，这群记者一定兴奋极了。

“梅森先生，我觉得，”当奎恩把莎伦拉进屋里时，福莱说，“你可能更愿意在警察局继续我们之间的谈话。”

巴里向福莱投来仇恨的目光。他的左眼下方有一道抓痕。他挺起胸脯，将啤酒罐和报纸塞进艾弗莱特的手里，然后转向福莱：“让我们做个了断。”

二

2016年6月7日，上午10时53分
黛西失踪前42天
牛津皮特河人种学博物馆

这是一个阳光明媚的夏日，克里斯托弗主教学校的三名教师正尝试着带一队不听话的学生去排队。三名教师中有一位是凯特·马迪根，另一位是梅兰妮·哈里斯，第三位是格拉尼亚·汤森德。格拉尼亚穿着马丁鞋和带有蕾丝衣领的花朵图案羊毛衫，这身打扮混搭了各种风格。年龄大一些的孩子看上去已经不耐烦了，他们不知道“人种学”的含义，显然也对任何名叫“博物馆”的事物充满质疑。“耐心等等，好吗？”格拉尼亚说，“这个博物馆和你们之前去过的任何博物馆都不一样，我保证。这里有用别针固定着的蟾蜍、巫毒娃娃、装在瓶子里的女巫和图腾柱。一个真正意义上的大图腾柱，你们还记得吧，就像我们在有关美印第安人的书上看见过的？”

大家为之一动。一个年纪较小的男孩眯着眼看她：“瓶子里真的有一个女巫吗？他们是怎么把她抓进去的呢？”

格拉尼亚咧着嘴说：“我觉得没人知道。一百年前，一个非常老的女人把那个瓶子给了博物馆。她警告说如果瓶子被打开，那么他们将会有无休无止的麻烦。”

“所以他们从没打开过？”

“没有，杰克，他们从未打开过它。最好还是安全起见，嗯？”

队伍最前面的人开始挪动了，凯特·马迪根领着年纪小一些的孩子通过主展厅，他们成群结队地进入一个昏暗的洞穴。天花板上挂着非洲盾牌和因纽特人的皮，他们面前的地板上摆放了许多玻璃展柜，里面装着各种你能想象到的人工制品，包括乐器、面具、羽毛制品、珠饰品、殉葬船、武器和铠甲、瓷器和编篮。到目前为止都按类别摆放得井然有序，不过在每个玻璃柜里面，展品的挖掘日期和起源地陷入混乱，比如，日本武士的展品混入了苏里南的展品，美拉尼西亚的展品混入了美索不达米亚的展品。有些展品上依然贴着起源地的标签——一根绳子上挂着一张泛黄的纸，纸上面是极小的维多利亚体手写文字。博物馆的时间仿佛停在了1895年。从某种意义上来说，的确是的。至少在这里是。

凯特·马迪根来到格拉尼亚面前：“梅尔不得不把约拿·阿什比带去女洗手间。他流鼻血了，可怜的小男孩，我觉得他过于兴奋了。但是我知道他在想什么。这个地方太神奇了。”

格拉尼亚笑了笑。这里到处都是孩子，他们指来指去，喘着粗气，从一个展柜跑到另一个展柜。“我知道。我喜欢带班里的孩子来这儿。物品越新奇，孩子们就越喜欢。”

“一点儿也不意外。”

格拉尼亚向一个至少被十几个孩子围观着的展柜点点头：“那是tsantas[1]，总会引来众人的目光。”

“tsantas？”

[1] tsantas，舒阿尔语，干制首级的意思。

“干制首级。”

凯特做了个鬼脸：“是你自己喜欢吧。”

格拉尼亚咧嘴笑着说：“是我的一个小癖好，我承认。”

她走到展柜前，找到津津有味地阅读着展柜标签的南希·陈。一群男孩子正盯着展柜里面的展品看。展柜里有十二颗头颅，大多拳头大小，还有一些更小。一些头颅上有鼻环和原始的头发，和发黑且小而细长的脸很不协调。

“干制首级是经去除头部皮肤，然后取出颅骨和大脑制成的。”南希说道，“为了防止死人的灵魂回来复仇，他们的眼睛和嘴唇被缝合了起来。皮肤则在热水中煮过，使之脱水。哇噢，真的好恶心。”

格拉尼亚微笑着说：“它们都很古老，来自南美洲。那时部落的人认为砍下敌人的首级会困住敌人的灵魂，获得他们的力量。他们将敌人的头颅挂在脖子上，作为一种仪式。”

一个男孩盯着她说：“真的吗？太酷了。”

展柜另一侧，在“对付敌人”的主题下，利奥·梅森正在看一系列装饰头骨。有些头骨镶嵌着贝壳，另外一些头骨的前额穿着动物的角。吸引利奥的那颗头骨特别小，一定是小孩子的。它的眼窝处还有金属针穿过，头骨用皮带紧紧地绑着。博物馆的一位管理员走了过来。“有点儿吓人，是吧？”他和颜悦色地问道。

利奥盯着他：“为什么要用那些尖尖的东西穿过它的眼睛？”

“这是个好问题。可能是为了复仇吧，或者是部落的巫师为了摧毁邪恶的灵魂。”

一个男孩在展柜的一侧凝视利奥，然后举起手，发出像幽灵一般“呜呜呜”的叫声。利奥向后跨了一步，抓住博物馆管理员的夹克。管理员把手放到利奥的肩膀上。

“你还好吗？需要我叫你老师来吗？”

利奥摇摇头，不过依然抓着管理员的夹克。

“不如你踏上寻宝之旅怎么样？这些展柜中藏着十四只木老鼠。你的一部分同学已经开始寻找它们了，你的老师说找齐的人有奖励。你觉得呢？”

利奥再一次摇摇头，最后说道：“我喜欢头骨。”

在一层的最远处，凯特·马迪根正和一群女孩一起看“护身符、崇拜物和诅咒”。鲍西娅·道森在一个小巧的笔记本上认真地记下各种能给人带来好运的物品，黛西·梅森则被一系列镶在黑色天鹅绒上的银色饰物迷住了。

“它们就像漂亮的手镯。”她抬头望着老师，说道。

凯特微笑着说：“它们就是手镯吧，不是吗？我之前见过它们。在意大利。人们常把它们挂在婴儿的摇篮里，保护他们免受伤害，并在他们睡着的时候驱赶邪恶的灵魂。”

“像《睡美人》中邪恶的仙女吗？”鲍西娅问。

“是的，有点儿像。”凯特靠近展柜，指着玻璃柜中的饰物，“它们看起来像倒挂着的手镯。像不像圣诞节时的槲寄生？”

鲍西娅抬头透过玻璃看，然后用大写字母写下“CIMARUTA[1]”，接着开始画其中一个饰物的图。

“在它们上面有代表不同好运的符号，”凯特继续说道，“你能看见吗，黛西？有一个月亮，一把钥匙，一朵花，还有一只海豚。”

黛西沉默了片刻，然后问道：“它们真的有魔力吗，马迪根老

---

[1] CIMARUTA，是一种意大利民间传统饰物，传说戴在脖子上或挂在婴儿床上可以辟邪，一般由银制成。

师？它们真的能在晚上驱散不好的东西吗？”

凯特的表情很认真：“有些人是这么认为的。在我的家乡，很多老年人依然相信这样的事情。”

黛西仍然在看银饰。“我希望那是真的，”她憧憬地说，“我想要一个那样的饰物。”她抬头看了看凯特·马迪根，然后看了看远处的哥哥。一群年龄大一些的男孩正指着展柜里一只有缺口和裂痕的雕刻狮子，对利奥做着手势，大笑着将手指放在嘴里。

“恶心的努卡！恶心的努卡！”

黛西压低嗓音说：“我也要给利奥弄一个。”

艾弗莱特刚调职到牛津时，她可以选择住在伯特利路的一个维多利亚式小屋里，小屋上下各两室，但需要进行不少修整。她也可以选择住在萨默顿一家洗衣店的楼上，那是一间翻修过的公寓。她挑了公寓，不过仅仅是看中公寓有一个紧急出口直通大街。她挑那个紧急出口不是为她自己，而是为了她的猫，虽说她那只懒散的大虎斑猫赫克托并不怎么会用到它。晚上9时15分，当她关上门时，它正在手扶椅上，在突然亮起的灯光下对她眨着眼睛。她将自己的警帽扔到长沙发上，坐了下来，漫不经心地抓挠着赫克托的耳后。赫克托看上去像极了鲍西娅·道森的猫，这转而提醒她想起离开梅森家后脑子里那个挥之不去的念头。

鲍西娅。

她曾感到一丝疑惑，鲍西娅是黛西在学校的朋友之一，为什么只有她对黛西的事情如此难过，以至于她的父母不得不把她关在家里？而现在，那个若隐若现的疑问突然有了清晰的答案。所有人都说她们是最好的朋友，包括老师们、莎伦以及鲍西娅自己。但利奥不那么认为。唯独除了利奥。福莱是怎么评价他的来着？一个“观察力敏锐的孩子”。他曾观察到别人看不到的事情吗？如果一直以来他们遗漏了某些事呢？她想起监控录像中黛西最后出现的画面，并反复在脑中回想。黛西和南希正在说话，鲍西娅徘徊在后面。根据艾弗莱特的记忆，当黛西跟着利奥朝运河区走去时，鲍西娅仍然站在那里，注视着他们。如果说她们是最好的朋友，那么你就不会想太多。但她们真的是最好的朋友吗？如果事实是鲍西娅并不喜欢黛西，那么你又如何解释那个场面？艾弗莱特拿起手机打给吉林厄姆。

“抱歉这么晚打给你。我突然对学校的监控录像有一个疑问。”

她能听到电话里的电视机声，珍妮特正在问谁来的电话。

“抱歉，艾弗莱特，《加冕街》[1]声音太大，我听不到。现在好了，我在厨房。说吧，怎么了？”

“你查看监控录像，检查是否有人跟踪利奥时，有没有注意过鲍西娅·道森？你记得她在黛西和利奥走远后做了什么吗？”

“哟，既然你问起，我确定她在几分钟后去了同样的方向，但别说是我说的。怎么了，那很重要吗？”

艾弗莱特深吸了一口气：“我觉得有可能很重要。我要给巴克斯特打个电话，让他核查一下。因为如果你说的是事实，如果鲍西娅那天真的跟随黛西离开了，那她并不是回家。因为道森家在相反的方向。”

---

[1] 《加冕街》（*Corrie*），英国电视剧，主要描述了劳工阶级生活里的喜怒哀乐，据称是英国女王最喜欢的连续剧。

一一一

“好吧，梅森先生，我们真的不能再这样见面了。”我知道这么说有些不怀好意，但我就是忍不住。

他在1号审讯室。这里没有舒服的座椅，也不用讲那些西班牙宗教裁判所的笑话了，因为我全都听过。屋内油漆的颜色很暗，一般来说一间厕所都不会喷这种油漆。窗户高得望不见窗外。屋内的中间有四把塑料椅，还有一张有着木头边角的黑桌子，我打赌这种桌子就是为警察局定制的。安娜·菲利普斯把这里称为恐吓建筑。对于将智能设计纳入刑事司法系统这种事，我个人持谨慎态度，但我无法否认它是有效果的，即使有可能只是巧合。那些设计都是些令人毛骨悚然的东西，让人惴惴不安。相比而言，巴里·梅森似乎坚决要摆脱这个阴沉环境的影响，这可能和他之前一直待在建筑工地上有关。我没怎么和建筑工人打过交道，不过你们大概已经看出来了。

奎恩关上我身后的门。空气中弥漫着谎言的恶臭味。巴里身上散发着一股酒气和廉价剃须水的味道。我不知道哪一种味道更糟糕。

“那么，梅森先生，”我开始说，“我们都知道谈话的目的，也许你可以告诉我们星期二下午你到底在哪儿。显然你不在沃特林顿，对吧？”

“好吧，我不在那儿。但是我也不在牛津，忙着杀我的女儿。”

我挑起眉毛，装作很震惊的样子："谁说你杀你的女儿了？奎恩警官，是你说的吗？"

"不是我，头儿。"

"我知道你在想什么。我又不蠢。"梅森转过脸，说道。

"那么，告诉我们你实际上在哪儿。就从3时30分开始，说吧。"

他瞪了我一眼，然后开始咬自己的大拇指指甲："在威特尼。一个酒吧。等待一个没有现身的妓女。"

我笑着，希望用一种令人不悦的笑刺激他："肯定是有更好的出价了，嗯？我一点儿也不惊讶。你一点儿也不值。一大笔贷款，两个孩子。噢，不过我忘了，你告诉她们你没有孩子，是吧？"

他没有回应我的问题。

"你是用信用卡付的款吗，梅森先生？"奎恩问。

"我看上去很蠢吗？"他厉声问道，"我那个该死的妻子会仔细检查我的口袋。"

"所以说你其实没办法证明你在那儿？"

"抱歉，我可不知道我需要一个该死的不在场证明，对吧？"

"那之后呢？"

"什么之后？"

"我可不相信你一下午就像个被放了鸽子的青少年一样一直坐在那儿。你等了多久就放弃了？"

他换了个姿势："不知道。半小时吧，可能。"

"然后你就离开了。"

他迟疑片刻，然后点了点头。

"那时是几点？"奎恩问。

"4点左右。大概是四点一刻。"

“那么之后你为什么不回家呢？”

他怒视着我：“因为我给莎伦打过电话了，我说我会晚回家，我可不想跟着她为那该死的聚会瞎忙活。行了吧？满意了？那只能证明我是个懒汉，而不是杀人犯。法律又没规定我不能那么做。”

我沉默片刻：“那你做了什么？你去哪儿了？”

他耸耸肩：“只是开车转悠了一下。”

又是一阵沉默，然后我们站起身。他看了看我，又看了看奎恩：“你们的意思是，结束了？我可以回家了？”

“是的，你可以回家了，尽管我很惊讶你居然想回家。想想你可能受到的待遇吧。”

他做了个鬼脸：“那只是打个比方。如果你没注意到，那么我可以告诉你，这个该死的小镇里有无数个宾馆。”

“说到这个，之后不先告诉我们的话，你就哪儿也别去。我们还是需要核对你那天下午的行踪。”

“我已经告诉你了，我无法证明。”

“监控录像不会撒谎，梅森先生。它就像DNA一样。”

是我想象出来的吗？还是他的脸上真的一闪而过一丝表情？

“我想要个律师，”他阴沉沉地说道，“我有权见律师。”

“你可以见任何你想见的人。务必告诉他们你没有被逮捕。”

我在门口停下，转身面向他：“黛西以前怎么称呼你？”

他眨了眨眼：“什么？”

“这个问题再简单不过了。黛西以前是怎么称呼你的？”

我故意强调“以前”，想看看他是否会质疑我。但是他似乎并没有注意到这个问题。

“爸爸？”他自嘲地说，“有时候也叫古怪的爸爸。抱歉，我们不用爹爹[1]这个称呼，尽管我是英国人。不过这他妈的有什么区别？”

我微笑着说：“也许没区别。我只是好奇而已。”

三

第二天上午10时35分，艾弗莱特再一次叩响道森家的门。她能看到卧在客厅椅背上的猫正透过窗台花盆中的天竺葵狐疑地盯着她。门开了，一个面露疲态但仪表堂堂的灰发男人出现在门口，操着一口浓重的阿尔斯特[2]口音。

“什么事？”他皱着眉说，“我们不买在门口兜售的东西。”

艾弗莱特抬起一侧眉头，举起警员证：“我也不买。我是泰晤士河谷区刑事调查局的艾弗莱特警探。我能进去吗？”

他因自己的失礼而羞愧，往后站了站，示意她通过。她穿过走廊，走进一间巨大的白灰色相间的厨房，埃莉诺·道森正在倒咖啡。

“噢，警探！”她开心地说，“我没想到你会再来。”

“我也没想到，道森医生。我来见鲍西娅。她在吗？”

帕特里克·道森瞥了一眼埃莉诺：“她在楼上。有什么事？我以为她已经告诉你她所知道的一切了。”

“我只是还有几个问题。你能喊她下来吗？”

三个人一言不发，尴尬地等待鲍西娅出现。过了一会儿，鲍西娅终于来了，神情警觉。

[1] 原文pater，也是爸爸的意思，是英国学生用的俚语。

[2] 原文Ulster，原为爱尔兰一地区名称，今为北爱尔兰及爱尔兰共和国所分割。

“她想干什么，妈妈？”她瞪大了眼睛说道。她的声音听起来很稚嫩，她确实也很稚嫩。

埃莉诺·道森走到她的女儿身边，用胳膊搂着她：“没什么可担心的，亲爱的。我相信只是例行公事。”

艾弗莱特向她走近一步：“我只是想再问一下黛西失踪那天的事。事情是这样的，我同事查看了学校大门口的监控录像，发现你似乎跟在她身后，尽管那并不是你回家的方向。对吗？”

鲍西娅抬头看看她妈妈。“我什么也没做，妈妈。”她小声说道。

“我知道，亲爱的。你只管把发生的事情解释给艾弗莱特警探听，然后一切都会没事的。”

“那么你跟踪黛西了吗，鲍西娅？”艾弗莱特问。

鲍西娅沉默了片刻，然后点点头：“只跟了一段距离，然后我不得不返回去，因为妈妈要送我上数学课。”

埃莉诺·道森插话说：“绝对没错，警探。数学课4时30分开始，所以鲍西娅必须在4时15分前到家，不然就会迟到。你可以和学校确认这一点，就是班伯里路上的公文学习中心。”

艾弗莱特仍然目不转睛地盯着鲍西娅：“我还是好奇你那天为什么跟踪黛西。”

“我只是想和她说话。”

“因为你们是最好的朋友，这是你之前告诉我的，对吧？”

鲍西娅瞪着眼睛，似乎意识到苗头不对。眼泪开始从她眼中涌出。

“是这样的，鲍西娅，”艾弗莱特靠近她，温柔地说道，“有人告诉我，你和黛西吵架了。巴克斯特警探查看聚会前一周的监控录像时，我们看见你们两个吵得面红耳赤，你打了她，拉着她的头发，对她大吼。录像没有声音，不过很容易看出你在说什么。你说你恨黛西，你希望她去死。”

鲍西娅垂下头，眼泪顺着脸颊流了下来：“她欺负我。她说我爸爸觉得我不够聪明，不能像他一样成为一名医生，而且就算我擅长画画，也不会有什么出息……”

“噢，亲爱的，”埃莉诺·道森伸手拂去女儿脸上的眼泪，说道，“你不要相信黛西对你说的所有话。她总是无中生有。”

鲍西娅摇摇头：“但是我知道她说的是实话，因为她说起话来就像爸爸，她模仿他的声音和一切……”

埃莉诺·道森愤怒地看了一眼丈夫，然后蹲下身子悄悄说道：“没关系，鲍西娅。没人认为你伤害了黛西。”

鲍西娅仍在摇头：“但是你不懂。我做了个和我们在博物馆看到的一样的巫毒娃娃，我把针扎进娃娃的身体里，许愿她死去。现在她死了，这全都是我的错……”

帕特里克·道森强势地走到艾弗莱特和家人中间：“探长，我觉得就到这儿吧。你能看得出来你让我女儿多沮丧吧？你不会真的怀疑她和那个孩子的死有什么关系吧？看在上帝的分儿上，她只有八岁！”

艾弗莱特看了看抽泣的鲍西娅，然后将目光转向这位父亲：“我们还不知道黛西·梅森是否死了，先生。你也许认为一切都只不过是操场上的争吵，微不足道，但是孩子们把那种事看得非常严重。显然，你的女儿就是如此。并且，如果被逼急了，孩子们能做出的事会令你大吃一惊，即使他们只有八岁。”

———

去警察局的路上，我发现自己因道路施工开错了路，此时距离梅多港只有五分钟车程。我不确定自己为什么要那么做，不过我还是靠路边减速，把车停在了沃尔顿威尔附近，然后下车步行。我前方的宾西旧村庄在树丛间隐隐可见，我身后是城市之塔，在北方更远的地方是伍尔福科特模糊的剪影。在我右边，距离我最近的地方，是运河区住宅的屋顶，有一两扇窗户正向阳而开。外面的草地上，薄雾依然萦绕于山谷间，牛群在草丛中徐徐行进，用耳朵拍打看不见的蚊子。高高在上的天空中有一大片翻滚着的粉色云彩。我从小就热爱云彩。我知道所有云彩的名称，鱼鳞云、卷云、积雨云等等。我们住在一片破烂窄小的郊区中，从头顶的天空，到山脉，到带有堡垒和军队的城堡，我构想了自己的世界。我觉得现在的孩子不会做这种事。他们会把精力用在Xbox[1]上，或者玩《部落战争》，不需要想象力。我一直希望能将我的云彩分享给杰克，但是他和他的朋友们一样，只想要一个Xbox。也许只是因为他还太小。

后来，在我们失去他后，我常常来这儿散步，跺着脚将我的悲伤埋进土里。来一个小时，回一个小时。日复一日，月复一月。步伐机械而单调，无休无止，无论下雨、下雪、霜冻，还是起雾。我

---

[1] Xbox，微软开发的电子游戏平台，提供在线游戏与多媒体功能。

突然想起莎伦·梅森过去也常在这儿跑步。我可能见过她。她可能还对我微笑。即便如此，可能这一切都是我构想出来的。

到警察局时，我意识到了自己绕路的代价。我没找到正规的咖啡店，只能用走廊的咖啡机。我站在机器前，试图选一种不那么糟糕的咖啡。这时，吉林厄姆穿过双开式弹簧门，将门重重地关上，来到我面前。我马上预感到有事发生。

“是莎伦，”他上气不接下气地说道，“她想见你。我让她去2号审讯室了。”

“关于什么？”

他耸耸肩：“不知道。她只肯跟你讲。”

“利奥在哪儿？外面有那么一群如同秃鹫的记者，想必她不会将他单独留在家吧？”

“别担心，他和莫林·琼斯一起在家庭休息室里。”

“好的，噢，那太好了。你能回去和他坐一会儿吗？等我处理完莎伦的事——”

“我？莫林不是已经在陪他了吗？”

“相信我，这会是你一天当中做得最有趣的事情。实际上，这或许会是有史以来第一次有人真的喜欢听你讲关于足球的破事。找到奎恩，好吗？让他来找我。”

———

英国广播公司《今日中部地区》

2016年7月22日，星期五，上一次更新于11：56

黛西·梅森：警方询问父母

英国广播公司获悉，泰晤士河谷区警方正在询问巴里和莎伦·梅森。此前，他们为了找回女儿刚在电视上做了电视寻人的请求。黛西·梅森，八岁，最后被看见是在周二晚上自家花园的聚会上。

英国广播公司还获悉，警方还询问了黛西在克里斯托弗主教小学的老师和朋友们。黛西和她哥哥均是这所学校的学生。他们还调出了学校大门外摄像头的监控录像。

任何知道黛西下落或曾在星期二任何时间看到过黛西的人，请立刻联络泰晤士河谷区刑事调查局案件调查室，电话01865 — 0966552。

———

如果说2号审讯室有什么独特之处，那就是它比1号审讯室的气味还要难闻。但是看看莎伦·梅森的脸，现在用“苦大仇深”来形容可能更为恰当。她难以压抑心中的怒火，称她是“受愚弄的女人”[1]一点儿也不为过。

我拉出椅子。她看了看奎恩，然后望向我：“我说的是我想和

[1] 英语古语里有个说法，地狱里的烈火抵不上受到愚弄的女人的怒火。

你说话。不是他。”

“梅森夫人，奎恩警探来这里只是按流程要求行事，这对你和我们都有好处。”

她恼怒地动了动身体，我示意奎恩在门口等着。

“那么，梅森夫人，有什么我可以为您效劳的吗？”

“你说我丈夫在用约会网站，但是实际上他还没见过那个女人。她叫什么名字？”

“艾米·卡斯卡特。是的，他没见过她。”

“但她不是唯一一个和他约会的女人。”

“我们还在等他在‘来和我火热约会’网站上的所有记录……”

她有点儿被急转而下的局势吓到了，不过我并没有理会。

“不过他似乎已经用了好几个月了。黛西失踪的第二天，也就是周三早上，他试图删除个人档案。”

我想看看她听到这里会有何反应，不过她在琢磨别的事情。

“这么说他一直在和别的女人约会，和她们见面……然后……然后和她们上床？”

我耸耸肩：“关于这点，我还没有证据，梅森夫人。不过我想我们可以这么断定。或许会有更多女性出现，然后我们就会知道更多情况。”

她的脸红了，我几乎能感觉到她脸上散发出来的灼热之气。“她看上去什么样子，这个叫艾米·卡斯卡特的？”

我承认，这确实让我乱了阵脚。但是她一说完，我便知道她为什么这么问了。我转向奎恩：“我没见过她的照片。你见过吗，警长？”

他立刻就理解了我的意思：“我只见过她档案上的照片，头儿。金发，身材纤瘦，不过曲线玲珑有致，你懂的。说实话，她非常漂亮。”

莎伦在竭力控制自己，她的肩膀猛烈地颤抖着。

“我给你们带了些东西，”她终于开口说话了，“两件东西。”

她俯下身子，将一个莫里森超市购物袋放到桌子上。袋子里面的东西在昏暗的灯光下闪着微弱的光，蓝绿色交叠在一起，就像鱼尾上的鳞片。

我的心为之一动：“你从哪儿找到的，梅森夫人？”

“在他的衣橱里。我在收拾他的破烂儿，这样他就能趁早从家里滚蛋。这个就藏在他那个肮脏的健身包下面。”

我听到奎恩深吸了一口气，然后听到门打开的声音。不一会儿，奎恩戴着塑料手套回到屋里。他拿起购物袋，小心翼翼地将整个东西装进证据袋里。

“你应该知道，”我继续说，“我们现在要对你进行DNA取样，梅森夫人。”

“为什么？”她愤怒地说，“我做错了什么？我可不是你们应该调查的对象。”

“只是为了排除嫌疑，”我安抚道，“我猜你在衣柜里找到这件衣服时没戴手套吧？”

她犹豫了一下，然后摇了摇头：“没有。”

“那么这件衣服上难免会有你的DNA。我们需要排除你的DNA对调查的影响。”

我不确定她是否能理解我们的做法，不过现在她要后悔也晚了。

“还有别的东西？”

她一言不发，我又问了一遍：“梅森夫人，你说你有两件东西？”

“噢，是的。在这儿呢。也是从他衣柜里找到的。”

她打开她的冒牌手提包，然后取出一张纸。那是一张A4大小的纸，纸的中部被对折起来了，像一张生日卡片那样。纸上有被人揉捏又压平的痕迹。她将那张纸推到我面前，我看清了，那张纸实际上就是一张生日贺卡，一张手工制作的贺卡，是黛西给爸爸的。她把贺词写在了纸的正面，让它们组成一个插着蜡烛的生日蛋糕的形状。对于一个八岁的孩子来说，如此高精确度的事情，一定花了她好几个小时才完成。我感觉自己看到了她，一个真实的孩子，活生生的孩子，大笑着，比之前任何时刻都要鲜活。然后，我比之前更加确信她死了。

生

日快

乐爸爸

你是世界上最好的爸爸。当我摔倒的时候，你总是

照顾我，安抚地亲亲我。我坐在你的大腿上，我们

一起荡来荡去时，我们一起游泳时，我们很开心。

等我长大有钱了，我要给你买所有你喜欢的东西。

我觉得有点儿不舒服。大腿、游泳，这都能完美地说明巴里是无罪的。但如果真是这样，莎伦现在就不会坐在这儿了。我抬起头与她四目相对，我不喜欢眼前的她。我知道她被丈夫伤害了，但是上帝啊，这个女人甚至很难令人产生怜悯之情。

“把纸翻开。”她说。

我照做了。

纸的内里粘着厚厚的图片。大多数图片是彩色的，有一两张是从报纸上剪下来的。全是巴里喜欢的东西——鱼、薯片、豌豆糊、一罐啤酒、一个拿着哑铃的健身者、一辆跑车。但是和中间的图相比，它们就相形见绌了，不只是因为尺寸小得多。中间的图是女人的一对乳房，有着巨大的红色乳头。因为它们是被剪下来的特写镜头，所以看上去有些支离破碎，几乎像是人体解剖的结果。但是，这张图给人带来的冲击跟科学没有任何关系。

“她一定是从他的黄色杂志上弄到的。”莎伦说。

我的第一个反应是好奇，如果真是这样，她一定还看到了别的东西。我脑中浮现出一个糟糕的画面——一个聪明的小女孩正目不转睛地仔细地查看每一张淫秽的书页，试图弄清她爸爸是个什么样的人。

“你丈夫的生日是什么时候？”我的喉咙发干。

她停顿了一下：“4月2日。”

“她送他贺卡的时候，你没有看见吗？”

她眯缝着眼睛：“没有，我当然没看见。你指望我怎么办？那是他们之间的小秘密。你难道不明白吗？”

“好吧，我懂了，梅森夫人。”我将椅子往后推，“谢谢你将它送来。能否请你在这儿稍等一会儿，以防我们再有其他问题？奎恩警探会倒茶给你。”

“我不想喝你们的茶。我之前告诉过你们，我不喜欢。”

“冷饮呢？”奎恩问，“零度可乐怎么样？”

她恶狠狠地看了他一眼：“给我来点儿汽水。”

在屋外，走廊上，我重重地倚墙站着。

“你还好吗，头儿？”

“我知道那家伙是个下流的人，但是我的上帝啊。”

“往好的方面想，我们也许能拿到搜查令，能查看他的电脑，即使这还不足以让我们逮捕他。”

对此我并不是那么乐观：“我怀疑仅凭一张生日贺卡并不足以作为证据。不过问问也无妨。希望我们能遇到一个有着八岁女儿的法官。”

“好的，我这就去办。”

他刚要走，我把他叫了回来：“告诉我，如果梅森从威特尼直接回家，而不是像他说的那样开车在周围转悠，你觉得他要多久能到家？”

奎恩想了想说：“在那个时段的话……半个小时，最多四十分钟。”

“所以说莎伦·梅森刚离开家时，他可能正好到家。”

奎恩皱了皱眉：“我想是的。虽然没剩下多少时间来杀掉女孩，处理掉尸体，并且在他的妻子回来之前离开。”

“但是如果事情并非那样呢？如果事实是莎伦回家后，发现他们在一起，发现他正在对黛西动手动脚呢？他们大吵了一架，在吵架的过程中，黛西被害了。不管是因为意外还是因为愤怒，结果是一样的。”

“所以他们两个都有可能杀害黛西？”

“如果真实情况是这样的，那么有可能。”

“但是，是巴里处理掉了黛西的尸体？”

我点点头：“我想是这样的。莎伦不像是能做这种事的人，你觉得呢？反正穿着那种鞋是做不到的。”

“所以这一切发生在5时30分至梅森抛尸回家的那段时间内。他能几点到家？6点左右？”

“最晚不过6点半，因为那时候他们要准备招待客人了。问题是他开车能走多远，竟还能及时赶回来招待客人。他去的那个地方能让他埋掉尸体，或者将尸体藏好，以至于现在都没人发现。记住，他是一个建筑师。他有自己的建筑工地，他也知道其他工地，就是那些他投标的工地。空空的建筑工地上，那些挖好的坑正等着被填满。”

奎恩仍然在消化这一切：“但假如你说的是对的，梅森夫妇只需声称女儿在放学回家的路上被拐走了不就行了？为什么还上演了那么一场聚会的闹剧？”

“因为他们不确定那天下午有没有人在庄园见过黛西。我们现在知道没人见过。但是当时梅森夫妇都不知道。黛西可能和邻居聊过天，或者停下来抚摸小狗……”

“但是没人意识到她几个小时前，在聚会开始前就失踪了，这本身就纯属侥幸。整件事情的风险是巨大的。”

“谋杀总是如此，”我冷淡地说，“特别是未经计划的谋杀。他们还能有什么选择？”

“但如果是这样的话，她现在为什么要揭发他？如果他们坚持一种说法的话，不是更难被摧毁吗？莎伦·梅森再蠢也一定能意识到这一点。”

“我想我们应该感谢艾米·卡斯卡特。她是最后一根稻草。从莎伦的角度想想这个问题，她为了保护巴里，不断地说谎，而现在她发现他数月来一直在出轨，于是认为报复是最重要的。我不认为她有意识到这给自己带来了多大的麻烦。”

“那么我们要逮捕她吗？”

“不，我们不能，还不到时候。我们掌握的信息都是猜测出来的。我们给她下个套，让她以为自己已经成功地把罪责全都推给了巴里。我打赌她会犯更多错误的。”

“我会联系搜查小队，看我们在黛西家附近一小时车程的范围内是否有遗漏的地方。不过开车花了一小时，这是个非常大的范围了。”

“我知道。但形势需要我们这样做。你联系完后，通知所有人一小时后在案件调查室集合。”

“你去哪里？”

“去和利奥谈谈。如果说有人知道那天发生的事情，那个人一定是他。”

在家庭休息室里，吉林厄姆正乐不可支。不过公平地说，利奥看起来也很开心。我推开门的时候，他们正在警探的苹果手机上看切尔西2015赛季的进球视频。

“你看到那个传球了吗？”吉林厄姆兴奋地说，手机里传来小声的欢呼，“法布雷加斯在这场比赛中的表现棒极了。”

他抬头看到了我：“噢，抱歉，头儿，没看到你在那儿。”

“你好吗，利奥？”我说，拉出一把椅子坐下，“吉林厄姆警探有让你开心吗？”

利奥脸红了，低下头，然后点了点头。

“你能给我看看你们俩刚才看的进球吗？”

利奥走过来，站在我身边。他花了一点儿时间来调整视频，然后我们重温了进球瞬间。传球，脚后跟传球，传球。

“你还记得，”我随意地说，“上次在这里时，你告诉过我黛西失踪那天的事吗？”

他点点头，拇指在触摸屏上快速滑动。他显然很擅长使用手机。我花了好几周才学会使用我的手机，最后还是杰克帮我设置好的。他还微笑着给了我一个“家长为何如此无用”的表情。我不介意对待手机时无用一点儿，我只希望对待在乎的事情时能不那么无用。

我深呼吸：“你说过你回到家，上楼去了自己的房间。你那天下午见到你爸爸了吗？”

他瞥了我一眼：“没有。他后来才回来的。”

“如果他早回家的话，你应该会知道吧？如果有人进门的话，你肯定会听到吧？”

他耸耸肩膀。

“你听到妈妈出门了吗？”

他摇摇头：“我戴着耳机。”

“但是你确信黛西在她的房间里？”

房间里很热，利奥向上撸了撸袖子，不假思索地说道：“开着音乐。”

“那么只是确保我听明白了，你在你自己的房间里，一直待到聚会，戴着耳机。你没有听见妈妈出门，或者任何人进门，或者其他大的噪音？”

“我很烦黛西。她跑掉了。”

“是的，我记得。好的，利奥。我让吉林厄姆警探再跟你多聊一会儿。你妈妈正帮我们调查一些事情，可能需要花费一点儿时间才能来接你。你在这里多待一会儿可以吗？”

但是我不确定他是否听见我讲话了。他的注意力已经放在了下一个进球上。

吉林厄姆跟着我出来，关上门。

“头儿，”他小声说，“我已经观察他半个小时了。我必须要告诉你，我不确定孩子的头脑是否清醒。我想他可能患有自闭症之类的疾病，你懂的。”

“我不认为是自闭症，”我缓缓地说，“但我同意你的说法。根据我刚才所见，肯定有什么地方非常不对劲。”

在克里斯托弗主教小学，走廊因学期结束而变得空空荡荡。一两位老师仍在值班，为9月的新学期做着清洁和整理工作，除此之外，整栋建筑空得可怕。在后面的管理员办公室里，安德鲁·巴克斯特架起了摆头风扇，仍坐在电脑屏幕前查看学校大门的监控录像。他的衬衣粘到了椅子的后背上，他已经收到了两条妻子的短信，询问他什么时候回家。但他不断告诉自己，再看一个文件，就再看一个文件。有时，这种勤奋带来的不只是一点点奖赏。他突然往前坐了一下。回放。再次回放。然后拿出手机，拨了个电话。

“头儿？我在学校。我想你应该看看这个。我认为规则要改变了。再一次。”

斯科特·沙利文@敏捷的快乐勇士 **14：06**

刚看到新闻，想告诉所有的笨蛋们，你们错了，现在就连他妈的警察都怀疑黛西的父母了。#黛西·梅森

安娜贝尔·怀特@真正的安娜贝尔·怀特 **14：08**

在你的头像上添加❀来支持我们，对抗喷子。#黛西链#寻找黛西

阿曼达·梅@英国的悲剧 **14：09**

我真不敢相信，有人说黛西·梅森的爸爸一直在一个网站上勾搭年轻姑娘？是真的吗？#恶心

MtN@**指节铜环1989** **14：10**

那对梅森父母应该烂在监狱里。我发现他们狼狈为奸——父亲虐待孩子+母亲掩盖真相。#恶心

米基·F@**布莱德的游戏666** **14：11**

@指节铜环1989 我希望他们得癌症。我希望他们死状凄惨。#梅森一家

阿农·阿农@罗特·韦勒1982 **14：11**

@指节铜环1989@布莱德的游戏666 蹲监狱对他们来说都太好了。根据他们的所作所为，他们活该被丢进地狱里烧死。#黛西·梅森#罪恶

米基·F@**布莱德的游戏666** **14：14**

@罗特·韦勒1982@指节铜环1989 也许有人该出面帮他们一把。警察太垃圾了，他们什么证据都找不到。

比特·皮特@别跟我胡扯 **14：15**

我们可以为这个世界做件好事，杀了那些混蛋。希望他们都滚去死。@布莱德的游戏666@罗特·韦勒1982@指节铜环1989

阿农·阿农@罗特·韦勒1982 **14：15**

找到他家的精确位置应该不难吧？？？@布莱德的游戏666@别跟我胡扯@指节铜环1989

英国社会媒体新闻@英国社会媒体新闻 14:15

你认为谁有罪？巴里·梅森还是莎伦·梅森？给我们发推特，参加投票。#黛西·梅森

艾玛·杰玛@疲倦而脆弱 14:15

❀❀❀❀❀❀❀#黛西链#寻找黛西

埃勒里·B@在库库斯的巢里 14:16

@英国社会媒体新闻 我觉得凶手是她妈妈，她看上去就像个彻头彻尾的冷血的婊子。#黛西·梅森

安妮·梅里韦尔@安妮·梅里韦尔 14:16

我真的想相信梅森夫妇是无辜的，但是我要拿什么相信？你只需要看一眼他们在电视上的表现。#黛西·梅森❀

米基·F@布莱德的游戏666 14:17

那些姓梅森的垃圾可能会逃脱谋杀的罪名。有人应该去他家附近看一看。

埃勒里·B@在库库斯的巢里 14:18

警方应该给他们用上测谎仪，我打赌他们肯定完蛋。#说谎者#黛西·梅森

琳达·尼尔@失去我的信仰 14:18

我真的不懂那对父母怎么能自己活下去。#黛西·梅森

安吉拉·贝特顿@安吉拉·G.贝特顿 14:19

@失去我的信仰 你大错特错了。他们是一个很好的普通家庭，我了解他们，而你不了解。#黛西·梅森❀

珍妮·无名氏@维多利亚三明治 14:20

我打赌他们永远找不到黛西的尸体，就像其他所有失踪儿童案件一样。#黛西·梅森#安息吧❀❀❀

赛博 · 凯恩斯@中伤诽谤 14 : 20

@英国社会媒体新闻 我也觉得是这个妻子干的，看看电视寻人请求就知道了。#黛西 · 梅森

埃勒里 · B@在库库斯的巢里 14 : 21

我想问几个问题。第一，当所有人都在那儿的时候，入侵者要怎样进入你家花园？#黛西 · 梅森

埃勒里 · B@在库库斯的巢里 14 : 22

第二，你们这些警察现在在询问聚会之前的事情？#黛西 · 梅森

琳达 · 尼尔@失去我的信仰 14 : 24

我看到的那条推特是真的吗？警方认为聚会开始之前她就已经死了？#黛西 · 梅森#震惊

珍妮 · 无名氏@维多利亚三明治 14 : 26

我想他们是一伙儿的，父亲杀了她，母亲掩盖罪行。这证明你永远都不知道私下里的事是怎样的。#黛西 · 梅森

贝瑟尼 · 格里尔@邦妮少女9009 14 : 29

我的一个朋友说她确定在“来和我火热约会”网站上见过黛西的爸爸。这个出轨的混蛋！#黛西 · 梅森

霍利 · 哈里森@霍利棒棒糖 14 : 32

我的上帝，我刚发现自己一直在给那个可怜孩子的父亲发邮件。#黛西 · 梅森。他在约会网站上用的是另外一个名字……

霍利 · 哈里森@霍利棒棒糖 14 : 35

他删掉了自己的档案，不过我下载下来了。点击此处可以查看。#出轨#黛西 · 梅森

琳达 · 尼尔@失去我的信仰 **14：37**

如果黛西的爸爸敢#出轨，那么他很可能也会杀人。显然他有很多肮脏的秘密。#黛西 · 梅森

ITV**新闻**@ITV**直播突发新闻** **14：55**

突发新闻：据报道，#黛西 · 梅森的父亲经常使用匿名光顾约会网站，过着一种双重身份的生活。

ITV**新闻**@ITV**直播突发新闻** **14：56**

更多消息将会在我们获悉后马上公开。#黛西 · 梅森

———

在克里斯托弗主教学校外，我停下车，拨通了警察局的电话。显然，地方法官还没采取行动。我打算先和警司谈谈，但他今天外出了，所以我们要等到第二天早上。我不禁骂脏话，先是骂了奎恩，挂了电话后，开始咒骂全宇宙。我坐了一会儿，关掉发动机。几码之外，两名年轻女子正在一辆双座的日产费加罗汽车旁交谈。其中一个女人有着深红色的长发，扎了马尾辫，背着顶部印有酒椰花的粗麻布包。另一个女人靠自行车站着，头发梢被染成了明亮的粉红色，鼻子上有一颗鼻钉，穿着一条迷彩裤。我突然意识到，自从这次调查展开，她是我见过的唯一一个真实的人类。其他所有人都过着看似完美的虚假生活。一根头发丝、一片草地都不会出格。我下了车，锁上车门，走到门口的过程中发现

这两个女人原来是在讨论我。

当我找到管理员办公室时，有个女人正和巴克斯特等在那里。她立刻起身，伸出手向我走来。她既紧张又急躁。

“我是艾莉森·史蒂文斯，学校的校长。巴克斯特警探让我过来看看他找到的监控录像，但我不确定自己能帮上什么忙。”

我拉出一把椅子，挨着巴克斯特坐下：“你找到了什么？”

“画质不太好，”他说，“没有声音，只有黑白图像，但总比屁都没有强。第一个监控录像摄制于4月上旬，复活节假期之后。发生在午餐时间，12点左右。”

监控画面上显示着学校的大门，门关闭着，两侧有铁丝网围墙。操场上的孩子们在监控镜头里跑进跑出。球蹦来蹦去，两个女孩子在做非常复杂的拍手游戏，三个女孩子在跳绳。然后我看到了黛西。她独自一人，但看起来这孤零零的状态并未使她感到烦恼。她弯着腰，正在看一片叶子上的什么东西，然后看着它高高地飞走了。可能是一只蝴蝶吧。看着监控中的她，我竟感到一丝陌生。在她失踪后，我每时每刻都在想这个女孩，但我对她仍知之甚少。她肯定想不到有人会看这个监控录像。她甚至可能根本不知道那里有个监控镜头。这感觉像是出于好奇的打扰，但我突然意识到只有恋童癖才会这么做。这可不是什么好想法。

随后，对面的人行道上出现了一个人。他应该有十四五岁，个头挺高，头发金黄。他走到大门前，叫黛西过去。她显然很好奇，但保持着警惕，站在了距离大门不到一英尺[1]的地方。他们说了一

[1] 1英尺约等于30厘米。

会儿话，更准确地说是他在说，她在听。然后铃声应该是响了，因为孩子们开始缓缓走向大门。男孩走出了监控范围，留下黛西仍在注视着他。

“下一个监控录像是十几天之后，”巴克斯特说，“场景基本上是一样的，只是黛西看起来更愿意交谈了。然后是4月19日的录像。12点5分时，因为要运输货物，大门打开了，货车阻挡了大约五分钟的视野，然后开走了。之后我们能看到这个。”

黛西一个人在人行道上。她不断地四处张望，大概是检查操场上是否有管理员注意到她到门外来了。几分钟后，男孩到了。黛西看起来非常开心见到他。他们简短地说了几句话，有一两次，男孩子转过肩膀望回去，好像是在看监控画面外的某个人。然后两人一起走向了这个画面外的同伴。

我转向艾莉森·史蒂文斯。

“我想先声明，”她立刻开口，“你刚才看到的事情完全违反了我们的操作程序。操场管理员应该监控所有进入校园的车辆，确保所有孩子都在大门里——”

“现在，我对该发生什么，不该发生什么并不感兴趣。我只想知道你是否认识这个男孩。”

她咽下了本来要说的话：“我希望自己认识。我去年才来到这所学校，如果他是我们的学生，那么那时他应该已经离开了。我刚刚把监控录像的截图发给了当地其他几个小学的校长，但是还没有人给我回复。我担心有些人去度假了。”

“巴克斯特，录像显示黛西那天是几点回到学校的？”

“19号吗？她大约12点55分回到监控画面。铃声响了，孩子们正走进校门，她融入了人群。没有管理员注意到她。在此之后，黛西只在监控中出现过一次。你之前说检查课间和午餐时间，但我认为也应该检查一下放学时间，仅仅是以防万一。”

他点开另外一份文件，一样的街角又一次出现在屏幕上。一样，但又有不同，因为你能看出来快到夏天了。忍冬开了花，草地一片茂盛。这让我想起电视剧《警探科伦波》中的一个桥段，科伦波注意到闭路电视监控画面显示出修剪过的树篱，而同一天晚些时候的另一监控画面里却显示出未修剪的树篱，从而破了整个案子。如果总是这么容易该多好！

屏幕显示时间为5月9日3时39分，黛西进入了视野，她正在和南希·陈讲话。随后南希的妈妈出现了，她们进行了一番讨论。

“我感觉陈女士是如约前来接两个女孩的，但是黛西说服了她，说自己不跟她走。”巴克斯特说。监控中南希的妈妈走在前面，把女儿领向自己的汽车后，又回头看了看黛西。

“我们应该跟陈女士确认一下。”

“这很简单，已经完成了。”

监控录像还在继续，三分钟后，黛西突然警觉起来。她能看到监控范围外的某个东西，或者某个人。

“如果是那个男孩，看起来他这次故意站在了监控范围之外，”巴克斯特说，“或者他刚刚意识到那里有监控镜头。”

“或者他突然有了更加小心的理由。”

我看到一股焦虑涌上艾莉森·史蒂文斯的面庞。“噢，不，肯定不……他肯定还不到十五岁！”

屏幕上的黛西向左右看了看，然后匆忙穿过马路。在她跑出监控画面的前一刻，巴克斯特定格了画面。她的脸上充满了灿烂的笑容。

“目前我就发现了这些。”他说，同时靠回椅背，看着我，“但是，艾弗莱特不是说，黛西每次秘密见面后都非常沮丧吗？”

“不是沮丧，是生气。”

“她在那上面看起来可不生气。”

“不，”我缓慢地说，“她不生气，不是吗？往前调一点儿，慢速播放一遍。”

我们三人仔细地注视着。妈妈们和儿子们，妈妈们和女儿们。甚至还有一个既笨拙又不合时宜的爸爸。一个男人摇摇晃晃地骑着自行车，车后面拖着一辆帆布拖车，上面坐了两个小孩，另一个男人骑着三轮车远远地跟在后面。

“你们会举行骑车比赛吗？”我斜着眼睛问道。

艾莉森·史蒂文斯眨了眨眼睛，不知所措地说：“孩子们年龄还有点儿小……”

“我不是指孩子们，是爸爸们。”

几辆车开过——大型四驱车、家庭休旅车，甚至还有一辆保时捷。然后是一辆老旧的福特护卫者。它的保险杠是弯曲的，一个后车灯粉碎了，大部分车牌都被一块旧抹布遮挡住了，不知道是不是故意的。根本看不清驾驶员是谁，但后座显然有人。

“那儿，定格在那儿。”

即便隔了很远，但确定无疑。

是黛西。

二

2016年5月25日，上午11时16分
黛西失踪前55天
牛津克里斯托弗主教小学

“请大家安静一点儿，好吗？坐下来，注意听。塔比瑟，马蒂，你们能回到自己的课桌吗？非常好。”

凯特·马迪根微笑着环视班级，当确信自己吸引了所有学生的注意力后，她转向白板，写了一个全是大写字母的单词。

“朋友”。

她啪的一声扣上笔帽，转身面对孩子们：“我们花点儿时间谈谈友谊。好朋友是什么，怎样做一个好朋友，还有其他相关的事情，比方说如果你和朋友起了争执，想和好该怎么做。谁想第一个发言，你认为好朋友是什么？”

一只手举了起来。是前排的一个小男生，有着棕色的卷发，眼镜片厚厚的。

“好的，强尼，你觉得朋友应该是什么？”

“朋友会让你玩他的玩具。”强尼的声音软软的。

凯特鼓励地点点头：“好的，这是个很好的开头。分享玩具的人就是朋友。因为分享是非常重要的，不是吗？我们以前也提到过。分享也是交朋友的一个很重要的方式。其他人有什么想法吗？”

一个深色头发、戴着发箍的小姑娘举起了手。

“是的，梅根，你怎么想的？”

“朋友是当你伤心的时候对你好的人。”

“非常好，梅根。这也很重要，不是吗？如果你是某人的朋友，当他不开心的时候，你要努力让他开心起来。”小女生害羞地点点头，把一根手指放进了嘴巴里。

“其他人呢？”

黛西站了起来。

后排的一个男生做了个鬼脸，嘟囔道：“老师的宠物。”

“我认为，”黛西说，“朋友是发生了坏的事情时帮助你的人，是你可以分享秘密的人。”

凯特笑着说：“非常好，黛西。你有这样的朋友吗？”

黛西用力地点点头，眼睛闪闪发亮，坐了下来。

稍后，在操场上，鲍西娅和南希坐在长椅上，黛西在玩跳房子。米莉·康纳在附近徘徊，竭力想得到邀请，但其他人都假装没有看到她。在铁丝网围墙旁边，几个大一些的男孩在踢足球，一个红头发的小男生拽着值班老师的袖子说：“看，快看！我的牙掉下来了！”

长椅上的南希在用自己的手机发短信，但鲍西娅正注视着黛西。

“你对马迪根老师说的关于朋友的话，”鲍西娅说，“是指谁？”

黛西跳到末端的格子里，转回身，把手指放在嘴唇上。“这是个秘密。”她说。

南希抬头瞥了一眼，不以为然地说：“你总是这么说。”

“好吧，但我说真的。”

“所以你不是指我或者南希？”鲍西娅坚持道。

“可能是，”黛西说，逃避着鲍西娅的目光，“我不告诉你。”

“无论如何，我不知道我们为什么要讨论那种愚蠢的事情。”鲍西娅说，她现在有些不耐烦了。

“这叫作性与关系教育，”南希头也不抬地说，“我妈妈说的。她还不得不签了份文件，文件说明这是可行的。”

“什么是性？”米莉一边说，一边凑得更近。其他人盯着她，南希翻了个白眼。

“你知道，”黛西说，仿佛面对着一个傻瓜，“当一个男孩把他的那东西刺进你下面时，会冒出东西来。”

米莉惊恐地张大了嘴：“什么？刺进你的内裤里吗？呃，这真恶心！”

黛西耸了耸肩膀：“这是成年人做的事情。好像是很好的。”

南希暂时停止发短信，抬起头来：“我同意米莉的话。我觉得这听起来很恶心。不管怎样，你是怎么知道这么多的？”

黛西把她的石头扔到最远的格子里，看着它翻滚到停下来，然后重新开始跳房子。

“我就是知道。”她说。

三

凌晨1时30分，尝试入睡失败后，我起床了。床上的重心转移，亚历克斯咕哝了一声，然后转过身去。每年的这个时候，天空都不会黑透。我走到楼梯口，进了杰克的房间，深蓝色的寂静在我耳中嘤嘤作响。窗户略微打开着，墙上的三角旗子随风晃动。我过去关上窗户，看到隔壁家的猫在草地上潜行觅食。杰克很爱那只猫。他总让我们养只猫，但我总说不。这只是我现在后悔没有做的许多事情之一。

他的房间里，什么也没变，什么也没有移动过。我们迟早要做出改变，但我们都还不能面对现实。我们请了一个清洁工每周来家里整理家务，但这个房间是由亚历克斯打扫的。她在我外出的时候做这件事。她不想让我看到她是多么小心地把所有的东西都保持在原位。我坐到床上，想着利奥，以及我们应该怎么和他的家庭医生谈谈。因为如果我能看出哪里不对，那他的医生一定早就看出来了。我在床上躺下来，然后慢慢转身，把脸埋在了杰克的枕头里。他的气味还在那里，但已经变淡了，我恐慌了一会儿，知道自己连这个也会很快失去。

我闭上眼睛，深吸了一口他的气息。

“亚当！亚当！”

我猛然坐直，心脏怦怦直跳。亚历克斯站在那里。我不知道自己睡了多久，但是天还没亮。

“它在响，”她拿着我的手机，用空洞的语调说，“现在是凌晨2点，恐怕不是好消息，你觉得呢？”

我把腿挪回地板上。屏幕上显示着吉林厄姆的名字。

“怎么了？”

线路中的噪音简直不可思议。我能听到至少两个警笛声。

“我在梅森家里。”他大喊，声音盖过喧闹声。

“我们拿到拘捕令了吗？”

“听着，我认为你最好来一趟。”

眼前的景象和电影《蝴蝶梦》[1]简直如出一辙。从环路到房子上方全飘着可怕的火光，在我拐进克洛兹街区之前，浓烟早就击中了我。路上停着三辆警车、一辆救护车和两辆消防车。几个消防员正站在伸缩梯上，用水枪浇灭楼上窗户的火苗。丑陋的黑烟蔓延在红色的砖石上。我走近时，吉林厄姆分开人群，向我走来。

"他妈的发生什么了？"

"看起来像是纵火。你能闻到汽油味。很显然，这里之前有一小伙闹事者，他们大声威胁，制造了很多噪音，但是警察出现并处理了这件事。一个小伙子扔了一块砖头，但他距离太远，没有造成什么损害。和我谈话的消防员认为纵火的那个人很可能是从纤道过来的，隔着篱笆扔进了东西，是某种自制的莫洛托夫鸡尾酒。"

"莎伦和男孩呢？他们还好吗？"

我本应该先问这个的。我确实应该。

吉林厄姆点点头："艾弗莱特和他们在车里。他们有一点儿吓坏了，特别是那个男孩。他呛了不少烟。"

我望向那辆警车。乘客门开着，我能看到莎伦的肩膀上裹着一条毯子，但我看不到利奥。

"没有造成伤亡，我们真他妈的太幸运了。隔壁的房子离得较远，莎伦跑出来猛敲邻居的门，邻居们都出来了。媒体当然爱死了这种事。天空新闻台的人在他们的新闻车中彻夜露营。他们简直无法相信他们是如此幸运，竟能拍摄下全过程。"

---

[1]《蝴蝶梦》(*Rebecca*)，美国悬疑影片，根据达夫妮·杜穆里埃的悬疑小说《丽贝卡》改编而成。故事讲述了一个年轻女子嫁入豪门后，发现丈夫前妻丽贝卡的阴魂笼罩在庄园中。之后丽贝卡的遗体被发现，一桩命案由此被揭开。影片最后，庄园管家丹弗斯夫人在绝望中点起大火，与曼德利庄园一起化为灰烬。

“请告诉我他们是在拨打了报警电话999后才开录的。”

“他们说莎伦已经打过了。”

“好的，我想要他们的录像，在他们播送出去之前拿到手。还有，找到现场的消防员长官。我想在早上见到他，一旦宣布房子安全就见面。”

我瞥了一眼那些入侵者，他们被推回了警戒线之外，像疯狗一样拉扯着线。外面的转播车绝对不少于六辆，如同鲨鱼聚集在血液周围。“警司肯定会唯我是问。该死的警监会也会插一手。我不应该感到奇怪。”

“头儿，你不可能预料到会发生这种事。”

“没有，但我们正在审讯他们的消息泄露后，我本可以马上让这家人搬走的。毫无疑问，助理警察局长肯定会从这个角度找麻烦。好吧，我们现在得做这件事。你有安排好地方吗？”

“考利路的那家旅馆，我们之前用过的。我认为最好让他们远离这里，以防还有人在附近闲逛生事。我们在等医护人员仔细检查一下男孩，然后艾弗莱特会带走他们。莎伦状态不好，无论怎样，她的车是报废了，它当时停在车库里。”

“做得好。”

他看起来并不怎么开心。“我说真的，你做得不错。”

“头儿，不是这个。我本想明天早上告诉你的，但既然你来了……”

我深吸一口气：“还有坏消息？我不确定还能有多糟糕，但还是说出来吧。”

“梅森用来给他的情人发短信的那部即付即用的手机，我在警察内部网上查了电话号码，发现了一个情况。它在电话号码操作性数据库里出现过，从服务器位于阿塞拜疆的色情网站上下载过内容。头儿，网站上都是些露骨的东西，孩子、婴儿等等。”

他没有继续说下去。我记忆里这是他第一次这副模样。

我伸出手，轻轻地触摸他的手臂：“我希望巴里·梅森最好给自己找了个律师。他确实很快就需要一个。”

我走向警车时，艾弗莱特向我走来：“我检查过了，旅馆有两个空闲的房间。如果你觉得可以，我会穿上制服，送他们过去，并从家里取些生活用品，在那里住上几天。至少得住上几天才行。”

“这主意不错。我难以想象有人会追踪他们那么远，但也不好说。不管怎样，我们需要密切监视莎伦。做得隐秘一点儿，不要透露出我们在做什么。”

“好的，头儿。”

她正要转身离开，我把她拉回来，拿出了我的手机。

“他做完检查后，你能让利奥看看这个吗？看他是否认识这个男孩。”

她疑惑地看着我：“这是我预想中的那个人吗？”

“就是他。黛西那位神秘帅气的王子。我只希望真实的故事不要是《美女与野兽》。”

我向她解释了我们在监控录像中看到的内容。

艾弗莱特皱着眉头说：“但如果他们最后一次见面是5月19日，我不明白是怎么——”

“这只是我们知道的他们的最后一次见面。至于她失踪那天下午有没有见过他，我们不敢完全确定。莎伦·梅森去买蛋黄酱的时候，他甚至可能去过黛西家，黛西可能放他进去了。事实上，他是我们知道的唯一一个黛西愿意跟着一起离开的人。”

她点点头：“好的。但我觉得我们应该等到明天早上。利奥现在很虚弱，我们可不想任何人指责我们在他身体不好的情况下进行审问。合理怀疑之类的。”

“那好吧。我会把照片用电子邮件发给你。明天给我打电话。”

我看着她走回警车。莎伦坐在前排，拿出了手提包，正对着一面小镜子检查自己的脸。

凌晨3点，当艾弗莱特在旅馆外停车时，周围没有一丝生机。一百码之外的考利路上却是一番如火如荼的景象，当局委婉地称之为“夜间经济”。除了破旧的样子，这家旅馆与道森家所住的房子没有什么区别，但相似处仅限于建筑风格。这一边的城镇一直特立独行，维多利亚时期的开发商曾想把它建成北部豪华社区的迷你版，但很快发现它并不合适，随后这一尝试就搁浅了。不少房子还保存完好，但大多是学生宿舍、办公室，或者小旅馆。比如说这家旅馆。大门上方的过梁上还清晰地刻着“庞森比别墅”，现在的店主把它改成了“舒适旅馆”，这或许是深思熟虑之后的做法。

艾弗莱特下了车，仔细地锁上车门（她最清楚附近的犯罪率有多高），然后打开后门，拖出一个帆布手提袋。她带来了一些莎伦也能穿的衣服，几支牙刷，还有些生活必需品，应该能撑到早上商店开门。她提醒自己记得给邻居打电话，请他给狗狗赫克托喂食，然后拖着沉重的袋子沿道路走到前门。店主足足五分钟后才出现，穿着臭烘烘的背心和满是污渍的睡裤，艾弗莱特都不敢走近看。楼上的房间里，莎伦正坐在床上，仍旧裹着急救人员给她的毯子。她只穿了一条睡裙。利奥靠在她身上，不时地咳嗽，脸上全是烟灰。艾弗莱特打开自己的袋子，拿出一件运动衫、几条裤子、几件T恤。莎伦厌恶地看着它们。

“我不喜欢穿别人的衣服。”

艾弗莱特瞥了她一眼：“我觉得你没有别的选择，对吗？这些衣服都非常干净，刚在洗衣机里洗过的。”

莎伦耸了耸肩膀：“它们至少大了三个号，我死也不穿。”

艾弗莱特想说她没死就是万幸了，仅此而已，但又安慰自己这个女人可能还在震惊之中，于是平息掉了怒火。

“好吧，就像我说的，”她平静地说，“你没有太多选择。你本可以多抢救些东西出来的，毕竟你把手提包救出来了，不是吗？很多人连信用卡都带不出来。”

莎伦勉强地看了看她，然后伸手拿过叠在床上的粉色毛巾。

“我去洗个澡。”她说。

———

英国广播公司《今日中部地区》

2016年7月23日，星期六，上一次更新于07：56

黛西·梅森：梅森家突发火灾

昨晚，巴里和莎伦·梅森家发生火灾，之后被确认是人为纵火。火势快速蔓延，造成大规模破坏，附近居民不得不进行撤离。

自从女儿失踪后，梅森夫妇已经成为一场大范围推特仇恨运动的攻击对象，巴里·梅森被爆出使用假名字登录约会网站后，这场运动愈演愈烈。最近的一些帖子已经包含明显的针对梅森一家的言论。

泰晤士河谷区刑事调查局发布声明称，督察亚当·福莱证实警方将在法律允许的范围内，追究所有使用社交媒体煽动暴力或造成刑事损害的犯罪行为。“这是现代恐怖主义的行为。我们会追踪并指控那些责任人。”

推特发布了一份官方声明谴责暴力行为，并表示将全面配合警方追踪责任人。

如掌握任何有关黛西的信息，可致电泰晤士河谷区刑事调查局案件调查室，电话号码为01865－0966552。

———

“小心脚下。地表正在冷却，但是地下某些地方还在燃烧。”

周六早上8时5分，我已经喝了太多咖啡，但这并没有减少梅森家客厅废墟催生出的轻微幻觉。消防员长官从廉价的腈纶地毯上慢慢向我走来。大部分地毯已经融化成气味难闻的烂泥，透过破洞露出下面的水泥地面。消防员还在外面灭火，外墙上流淌着黑色的水，但内部的墙大部分已经倒塌——基本都是石膏板做成的，没有机会幸免于难。

“碰巧，”我说，暗示自己也有经验，“我以前也见过这种场面。”

“那我怎样帮助你，警探？”

“确定是纵火案吗？”

“十分确定。你还能闻到楼上催化剂的味道。我们正在草坪上找证据，如果幸运的话，能找到瓶子的碎片。”

“清楚大火是怎么开始的吗？准确的起因是什么？”

他转身指着曾经是楼梯间的大洞：“我们目前的判断是有人从楼上后面的窗户扔进了瓶子。”

“女儿的房间吗？”

“你说是就是吧。说实话，从扔进来的状态来看，看不出来是谁的房间。”

“你认为真有人能那样从纤道扔进来瓶子吗？大约30英尺之外，甚至是35英尺？”

他考虑了一下：“绝对有可能，但需要投掷到一定高度，所以罪犯要么是成人，要么是个头相当高的孩子。这也就解释了为什么只有一只瓶子击中目标。后院有两三个黑色的坑，肯定是没扔成功的瓶子砸的。我们正在收集房子内的玻璃碎片，也已经收集了路面上的样本，但是除非我们幸运地找到指纹，否则的话很难确认罪犯。上百人在后院走来走去，脚印已经被破坏了。”

即便在预料之中，这对我仍是个打击。“火势为什么会蔓延得如此迅速？我是说，看看这地方，全被烧光了。”

“我也觉得很奇怪。我们只花了八分钟就到了现场，但房子基本已经被火势吞没了。部分原因可能是房子质量太差劲。这些现代房屋看起来不错，但并不中用。运河那边那种维多利亚时期的大房子应该能烧得久一点儿。”

“你说‘部分原因’。”

“另外的话，催化剂也起到了一定作用。并且，这里都是人造纤维，烧起来会跟焰火表演似的。但尽管如此，这么短时间内就烧到如此程度，我仍然感到惊讶。”

“好的，”我一边沉思，一边说道，“谢谢。如有新发现，请告诉我。”

“我会的。”

在屋后的花园里，查洛正蹲在地上，箱子打开着，旁边有一堆证据袋。站在我这个位置，能看到几件衣服，大多是大衣和夹克，几只鞋子，还有像是旅行袋的东西。大多被烧得乌黑，有些已经难以辨认。

“能找到有用的东西吗？哪怕一点儿？”

他挺直腰板，塑料外套吱吱作响：“说实话，不太多，还只能从楼下收集。我大概能从鞋子里找到些证据，但只是少量的，大火已经破坏得差不多了。楼上彻底没戏。如果你还巴望着从女儿的房间里找出线索，算了吧。她可能是在那儿流血而亡的，但我们现在什么也别想找出来。你我都明白，那个房间早就被擦洗到原始状态了，我们最多也只能得到些痕迹。”

“我真应该努力争取那张搜查许可证。”

“别责怪你自己。你尽力了。警司应该为此接受批评。”他停顿了一下，“对不起，用词不当。”

我们俩沉默了。查洛摇摇头，然后弯腰从箱子里拿出一瓶水。

他喝了一大口，做了个鬼脸："有点儿热。"

"还有其他发现吗？"

"消防员带下来了父亲的电脑，但我怀疑硬盘已经不见了。"

"总比没有强。我希望我们能在手机里找到证据，但电脑中的证据可能更多。"

"这里还有个让人伤心的东西。"

他举起一个证据袋。无论里面是什么，以前肯定有皮毛。

"天哪，艾伦，那到底是什么？家兔吗？"

他苦笑了一下。"梅森夫妇不喜欢养宠物。它们无疑会给超级爱干净的梅森夫人制造太多混乱。这皮毛肯定是假的。"他递给我，"一套狮子化妆服，被严重撕裂了。我怀疑年幼的利奥对化妆服完全不感兴趣。"

我又一次看到了利奥。他在告诉我，男孩们如何因为他的名字而找他的碴儿，如何把名字变作武器来对付他。难怪这个可怜的孩子不想装扮成残暴的森林之王的样子。

"书包呢？"

"没有见到。"

"妈的！"

"不是说原来没有，它几乎全是塑料制成的，很容易就能被大火烧个精光。或者罪犯已经扔掉它了。毕竟过去一周他们过得很逍遥。"

"就像除掉黛西一样，除掉它。"

查洛又喝了一大口水："听起来你应该振作一点儿。有一个你关心的东西没被烧掉——梅森的皮卡，就停在水景新月别墅区的拐角处。我已经叫来了一辆拖车。"

“在这些媒体的眼皮子底下。干得真他妈漂亮。”

“恐怕我拿他们没办法。拖车可不会小心行事。”

“但是你知道将会发生什么，不是吗？但还急着火上浇油。”

“也许他们已经吸取了教训，”他向周围比画着，“所有这些屠杀。差一点儿闹出了人命。都是因为该死的推特。”

“他们吸取了教训？我可不指望这个。”

———

MtN@**指节铜环1989** **09：09**

笑掉大牙！昨晚某个有种的人把该死的梅森一家赶出来了。真希望他们都死了。#梅森一家

米基·F@布莱德的游戏666 **09：10**

@指节铜环1989 刚在新闻上看到，难以置信。不论是谁做的，给他点赞。#梅森一家

恋童癖追捕者@恋童癖追捕者 **09：11**

@指节铜环1989@布莱德的游戏666 哈哈哈。你们真应该看看火烧起来的样子。太他妈的刺激了！！！

恋童癖追捕者@恋童癖追捕者 **09：12**

@指节铜环1989@布莱德的游戏666 没想到会生效，但它突然嘭地爆炸了！！！给那些恋童癖杂碎们好好上了一课！

米基·F@布莱德的游戏666 **09：17**

@恋童癖追捕者 真希望我住得近一点儿，那样我一定也加入了！希望蠢猪们不会抓住你。@指节铜环1989

恋童癖追捕者@恋童癖追捕者 **09：19**

@布莱德的游戏666 这一点没有问题，因为这里的蠢猪们连肛门和瘤子都分不清。#蠢材

佐伊·亨里@曾亚特·瑞格塔 **09：20**

据我所知，起火的时候父亲并不在家，只有母亲和哥哥。#黛西·梅森

J. **里德尔@1234吉米·里德尔** **09：21**

如果有人有罪，那一定是那个母亲。丑陋的娘们儿，难怪把丈夫逼走了。#黛西·梅森

J. **约翰斯通@珍妮·约翰斯通4555** **09：21**

@1234吉米·里德尔 这是性别歧视，如果你不介意我这么说的话。

J. **里德尔@1234吉米·里德尔** **09：21**

@珍妮·约翰斯通4555 这个观点也许不被广为接受，但和我谈论此事的每个人都认为她是罪犯。#梅森一家

英国社会媒体新闻@英国社会媒体新闻 **09：22**

我们的投票还在继续，现在有67%的人认为莎伦·梅森有罪，33%的人认为巴里有罪。目前投票人数达到23778人。#黛西·梅森

莉莲·张伯伦@莉莲·张伯伦 **09：23**

有人知道利奥·梅森的近况吗？可怜的孩子，困在这烂摊子里，真让我心痛。

莉莲·张伯伦@莉莲·张伯伦 **09：23**

现在他失去了家，还有所有的东西。#黛西·梅森❀❀

安吉拉·贝特顿@安吉拉·G. **贝特顿** **09：29**

@莉莲·张伯伦 我理解你。但是他们把梅森一家搬走了，我昨晚看到他们乘坐警车走了。

莉莲 · 张伯伦 @莉莲 · 张伯伦 **09：29**

@安吉拉 · G. 贝特顿 谢天谢地！在所有这些不幸的困境里，他是无辜的那一个。#黛西 · 梅森❀❀

凯瑟琳 · 福尼 @摩羯座女士 **09：32**

@莉莲 · 张伯伦 你这么说太可笑了。我之前看过一个美国案件，一位妈妈被指控杀了她的宝贝女儿……@安吉拉 · G. 贝特顿

凯瑟琳 · 福尼 @摩羯座女士 **09：33**

然后，许多年之后，DNA检测证实不是她干的。她一直在为另一个孩子做替罪羊……@莉莲 · 张伯伦@安吉拉 · G. 贝特顿

凯瑟琳 · 福尼 @摩羯座女士 **09：34**

十岁的哥哥才是凶手。哥哥才是杀人犯。@莉莲 · 张伯伦@安吉拉 · G. 贝特顿#黛西 · 梅森

———

舒适旅馆一楼正面的卧室里，利奥站着望向窗外。莎伦出去采购了，艾弗莱特抱怨自己忘了带本书过来，转而开始玩手机上四副纸牌的接龙游戏。有人告诉过她，这游戏赢的概率是三百分之一。至今她已经玩了176次，还没成功过。

她不时抬头查看利奥，但这孩子已经半个小时没动过了。两只鸽子在外面的窗台上走上走下，不时倚在一起拍打翅膀，发出啪啪的声音。

“我曾经听到尖叫。”他说，手指在玻璃上勾勒。

艾弗莱特警觉起来："抱歉，利奥，你说什么？"

"我曾经听到尖叫。"

艾弗莱特放下手机，走到窗边。她强迫自己站在那里看了一会儿鸽子，然后问道："利奥，谁在尖叫？"

他仍盯着鸽子们："那是在晚上。"

"什么时间？"

他耸耸肩："我不知道。"

"是黛西吗？"

他停顿了很久，然后说："是鸟儿们。"

"鸟儿们？"

"在梅多港。那里有海鸥。我去过一次。那里有非常多的海鸥。它们发出非常吵的噪音。"

艾弗莱特发现自己又能呼吸了："我知道了。它们在黑暗中也很吵吗？"

利奥点点头："我想它们一定不开心。"

艾弗莱特想抱抱他，又有些犹豫，但还是快速弯下腰，抱住了他。

他把脸埋在她的臂膀里，轻声说："都是我的错。都是我的错。"

回到警察局，唯一令我感到安慰的是，巴里·梅森将会比我感觉更糟糕。至少他闻起来确实太糟糕了，我真想知道他昨晚待在哪里。不管是什么地方，显然不提供免费洗浴服务。他的律师与他形

成了鲜明的对比，她像刚割过的草坪一样整洁。事实上，她让我想起了安娜·菲利普斯。高个子，穿着白衬衫、浅灰色裙子、亚光皮质绑带高跟鞋。我好奇梅森以前是否认识她，还是她不幸从法律援助中心分配了件破案子。没有比这更破的案子了。她还不清楚自己将会面临什么样的狗屎。

奎恩坐下来，放下他手中的报纸。可能是凑巧，报纸上刚好展示着巴里被推进警车时的照片。奎恩一只手挡住敞开的车门，一只手放在巴里的脑袋上。典型的有辱人格的动作。这很可能是照片上的巴里看起来如此气急败坏的原因，更别提他还可能是你见过的最绝望的一位父亲。但照片中的奎恩看起来不错，很温和有礼。我猜想这是一张截图。我看到律师正在看照片，奎恩也注意到她在看了。

“督察，你为什么再次要求见我的委托人？”我们坐下时，她问道，“这可离骚扰不远了。据我所知，他一直全力配合你们的调查，你没有理由怀疑他与女儿的失踪有任何关系。”

巴里·梅森盯着我：“如果你能花纠缠我的一半的精力去找黛西，可能早就找到她了。因为她就在外面。你听到我的话了吗？她就在外面的某个地方，一个人，受了惊吓，想找爸爸妈妈。你们这些该死的蠢货却只想着陷害我。我是她的父亲。我爱她。”

我转向律师：“如果要执行与黛西·梅森失踪相关的逮捕，我们肯定会那么做的。但现在，我想询问你的委托人其他事情。”我伸手拿出机器：“以下用于录音。审讯在场人员包括督察亚当·福莱，代理侦缉警长加雷斯·奎恩，艾玛·卡伍德小姐和巴里·梅森先生。”

我打开面前的棕色文件夹，拿出生日卡片。卡片是打开着的，装在一个塑料证件袋里。我向他们展示了正面，包括上面的文字，然后把它反扣在那里。我留神着艾玛·卡伍德，有那么一刻，我看到她那闪亮的专业素养动摇了，取而代之的是一丝厌恶感。

“梅森先生，你见过这个吗？”

“你从哪里得到这个的？”他警惕地说。

“以下用于录音。这是黛西·梅森给她的父亲做的生日卡片。她从杂志上剪下来许多图画，将它们粘贴到了纸上。卡片上还提到了父女俩喜欢的活动，包括游泳和她称之为‘在他的大腿上荡来荡去’。”

“你他妈的一定是在逗我！”

“她什么时候给你的，梅森先生？”

他做了个鬼脸：“我的生日啊，天才。”

卡伍德小姐打断说：“梅森先生，你用这种语气说话是自掘坟墓。”

“哪一年生日？今年？去年？”

“今年。”

“所以是今年4月，三个月前。”

他没有回答。

“这幅图片，”我指着图中的胸部说，“她是从哪里得到的，某种成人杂志吗？你会把这种东西放在八岁的孩子能找到的地方？”

梅森瞪着我，然后拿起卡片凑在眼睛上，透过塑料袋看着它。“我想你会发现，”他终于说道，“这幅图来自《星期日体育报》。所以，好吧，是不太符合主流思想，也算不得上流，但它只是一份该死的通俗小报而已啊。我们又不是在讨论色情片。”

“真的吗？”我说，把卡片放到一边。我拿出另外一张纸，放在他面前。

“请确认一下这个手机号码，你是不是用它来联系约会网站上的女性？也就是你的妻子并不知情的那部手机的号码？”

他瞥了它一眼：“是的，像是它。那又怎样？我并不经常使用。”

“但是你在今年的4月16日的确用过它。这个号码在儿童开发与网络保护中心的数据库里有记录，因为它登录过一个阿塞拜疆的儿童色情网站，上面有数千名孩子的照片。那么，梅森先生，我们绝对是在讨论色情片，而且是最罪恶、最非法的那种。”

他目瞪口呆地看着我：“你在说谎，我从来没有登录过那种网站。我他妈的对儿童色情不感兴趣，那很恶心……很变态……”

“巴里·梅森，你现因涉嫌非法持有儿童不雅照片，违反1988年颁布的《刑法》第160条而被逮捕。你有权保持沉默，但这将会影响法庭判决。你所说的话都将作为呈堂证供。你将被要求上交那部有问题的手机，以用作司法取证。”

“我现在就他妈的可以告诉你，你们什么都找不到，因为我从来没用过那该死的照相机！”

“你现在将被带去监狱。审问结束于11时17分。”

奎恩和我站起来，转身准备离开。

“是莎伦干的，是不是？”他说道，此时，他的声音里透着恐慌，“是她给了你那张该死的生日卡片。一定是她。拜你们所赐，该死的房子被烧了个精光。”他用拳头猛地捶了一下桌子，“你们不是应该保护我们不受那些神经病的侵犯吗？那不是你们的职责吗？”

“你放心，警察投诉委员会将查明真相。”

“难道你还没明白她在做什么吗？她想诬陷我。她发现了约会的事情，然后就他妈的发了疯。”

“你在暗示她还把色情图片下载到了你的手机里？”

他张了张嘴，又闭上了。

“我就把这当作‘不是’了。”

我又转身，但是他还没说完。

“我不是开玩笑，这个女人有精神病，她肯定是有个零件松了。我不仅仅是说她的脾气。她竟然会他妈的嫉妒自己的女儿，你能相信吗？这他妈的不正常，事实就是如此。”

事实上，我能相信，这太容易理解了。我感到奎恩瞥了我一眼，我也知道原因。这个男人在玩弄我们，同时把自己择得很干净。

“梅森先生，你到底在说什么？”我淡然地说。

“我说，如果有人害了黛西，一定是她妈妈做的，不是我。我的意思是，类似的情况以前发生过，不是吗？”

他的目光从我身上移到奎恩身上，看着我们茫然困惑的脸。

“你们不知道她的过去？！”

“我的上司要是知道我向你透露了这个，一定饶不了我的。”

一个小时后，在狭窄的天空新闻面包车里，保罗·比顿坐在一排屏幕前，旁边是代理侦缉警长加雷斯·奎恩。

“我相信你身处这个游戏很久了，”奎恩说，“你很清楚与警察合作是最好的选择，尤其是谋杀案的调查。”

比顿看着他：“是谋杀案吗？我不认为你们发现了尸体。”

“没有。但是我们不需要尸体，那不必要。不是我这么说的，但破案只是时间问题。”

“我如此乐于助人，精诚合作，你公开消息前，能先给我透露点儿东西吗？”

奎恩笑了：“先让我看看你有什么。”

比顿敲击着键盘：“直觉告诉我，你不会失望的。”

屏幕上开始播放录像。这显然是手持相机录制的，镜头聚焦到黑暗中的梅森家前面，画面剧烈地晃动着。底部的时间显示为1时47分。

“我被巨大的爆炸声惊醒，”比顿说，“马上抓起裤子旁的相机。十年工作和三次中东旅行的经历让我有了这个敏感性。”

“可不是嘛。”奎恩说，而他最远只去过西班牙的马盖鲁夫。

1时49分，房子的正门砰的一声打开，莎伦·梅森跑了出来。她身穿一件白色蕾丝内衣，手上拎着手提包。她瞪大眼睛看看周围，不住地眨眼，左右摇晃，然后蹒跚地走过碎石子路，向着隔壁房子走去。她按了好几次门铃，直到1时52分，门才打开。

“那个时候我还不清楚发生了什么。你可以看到，她把邻居们叫了出来，然后你可以第一次看到大火。”

镜头转向天空，火苗从房顶上蹿了出来。然后镜头又在移动，可以看到地面、摄影师的脚、新闻车的门，然后又剧烈地摆动到梅森家的房子。一个穿着睡裤的男子跑进正门。莎伦·梅森坐在墙上，头埋在两腿之间。她和另外一个妇女身边有两个小女孩。摄影师和莎伦说了句话，但声音太低沉，无法辨别内容。

“那时我问她是否拨打了报警电话999。”

镜头又转到梅森家敞开着的正门，然后向上移动，镜头中一楼窗户的火焰发出狂怒的橙色的光。窗帘已经着火了。

奎恩向前倾身：“利奥在哪里？他妈的，她的孩子呢？”

“我猜你一定会问。继续往下看。”

镜头倾斜着对向正门，正录到邻居推着利奥飞奔出房子的画面。他们满身烟灰，只跑出门口几码远，一楼的窗户就爆炸了，火光四溅，玻璃像雨滴一样撒在车道上。男子和男孩被掀翻在地。屏幕时间显示为2时5分。

奎恩站起来：“谢谢，兄弟。”

“保持联系？逮捕人的话跟我说一声？我是说，如果我们播出了这段录像，天哪，肯定会造成轰动。”

“别担心，你会第一个知道的。”

在克洛兹街区，车外的奎恩拿出手机：“是吉林厄姆吗？我是奎恩。你能让人查出999接到报警电话的时间吗？并且查查之前还有没有报警电话，有可能被挂断了。谢谢，兄弟。”

在电话的另外一端，吉林厄姆放下手机，回到他的电脑屏幕上。珍妮特很理解他要在周末工作。一半的他真想宅在家里，另一半却总是警察的身份排第一，准爸爸的身份排第二，而且这种案子就是不会让你闲着。它不仅涉及小孩子，还谜团重重。称其为“谜”并不贴切，因为小女孩还处于失踪状态，但事实上它就是个谜。这就是他为何要加班，为何要从凌晨起就坐在这儿，在这个没有空调的房间里，查找黛西被看见在里面的那辆车可能对应的本地车牌号。

他告诉珍妮特他只需加班十分钟，最多半个小时。毕竟，该死的护卫者汽车总共才能有几辆？但是他只知道车牌的两个数字，汽车的颜色也无从知晓，看起来要做的工作没完没了。

看起来如此，但转机突然出现了。就是它，2001年款，斗牛士红，登记在牛津东区的某个地址。吉林厄姆向着空中挥拳，然后突然向前坐了一下。他迅速切换页面，登录进警察内部网，输入了一个名字。

“妈的，”他说，“妈的，妈的，妈的。”

“见鬼，我们怎么不知道这个？”

我在自己的办公室里，和安娜·菲利普斯并肩站着，盯着她的电脑屏幕。她看了我一眼：“说实话，确实费了一番功夫。报纸在网上有存档，但全是PDF格式，普通的搜索根本查不到。”

“我们有其他方法能查出来啊，除了该死的谷歌之外。”

房门打开了，布莱恩·戈夫走了进来，看起来有点儿热过头了，而且正因夏天的周末被拽来加班而非常恼火：“什么事情如此重要，竟害我不得不错过在迪德科特的奥利弗·克伦威尔[1]？”

我扬着一只眉毛说：“你现在也喜欢重建君主制的‘密封结[2]’之类的社团了？”

他凶巴巴地看着我：“是火车，你这个俗人。准确地说，是大

[1] 奥利弗·克伦威尔（Oliver Cromwell，1599~1658），英国历史上的资产阶级革命家。

[2] 原文Sealed Knot，是英国历史上一个秘密的拥护君主制的团体。

不列颠标准系列7，英国铁路上驶过的最后几列蒸汽火车之一。”

我耸耸肩：“我和别的孩子不同，我从小没希望过成为火车司机。”我指着屏幕，“不管怎样，这更紧急。”

克罗伊登晚报

1991年8月3日

度假家庭突遇悲剧

一个来自克罗伊登的家庭本该一生难忘的旅行突遇悲剧。他们明天将从兰萨罗特岛返回家中。

一周前，五十二岁的杰拉尔德·韦利和四十六岁的妻子赛迪带着两个女儿——十四岁的莎伦和两岁的杰西卡坐飞机抵达度假岛。在伦敦地铁工作三十年后，韦利先生最近遭到解雇。他决定用失业金带全家进行一次难忘之旅。

悲剧发生时，全家人正愉快地参加所住酒店举办的海滩聚会。目击者说，当时天气很好，海水平静。杰西卡和姐姐一直在玩一只小充气橡皮艇。下午四时刚过，酒店工作人员发现孩子们不见了。韦利先生看到橡皮艇远远地漂在海面上，立刻发出了警报。酒店工作人员马上请求救援，韦利先生试图游到女儿们那里。其他几个游客也想提供帮助，但游到时，发现橡皮艇倾覆在水面上，两个孩子已经落入水中。

医护人员尝试心肺复苏，但杰西卡·韦利被当场宣布死亡。韦利先生突发心绞痛，被送入当地医院救治。在科尔伯恩学校就读的莎伦·韦利，因割伤和擦伤就医。

四十二岁的波琳·波贝尔来自沃金厄姆，她目睹了整个事件。“太让人心碎了。我们都在享受这个聚会，孩子们玩得很开心，每个人都很放松，很尽兴。杰西卡是一个漂亮开朗的孩子，是她父母的掌上明珠。这场意外简直太糟糕了。我也很同情可怜的莎伦。当他们把她带回海滩时，她心神错乱了。”

当地居民证实，海滩上的潮汐变化莫测。自1989年以来，本地已发生三起溺水事件。

韦利先生昨天表示：“我的妻子和我悲痛欲绝。杰西卡是上帝赐予我们的礼物。没有了她，我们的生活将变得空洞无比，我们永远也过不去这个坎儿。”

“所以，”我说，“你怎么想？”

布莱恩摘掉眼镜，用皱巴巴的手帕擦拭着镜片，他的鼻子两侧有亮红色的印痕：“你是问，我是否认为这真的是意外？”

“我们可以从此说起。”

“没有什么可说的。”

“我知道。但从理论上讲，我们能发现什么？”

“好吧，如果我们只是讨论可能会发生的事情，而不看真实的情况……”

“好。我现在就需要这么多。”

“那么我想说，即使莎伦和杰西卡的死亡无关，也可以想象，在一定程度上，她希望杰西卡死掉，不管是有意还是无意的。用一句老话说，我们来盘算盘算。杰西卡出生的时候，莎伦已经十二岁了。从这对父母的年龄推断，我猜测这次怀孕对两人来说是一个意外。我们很难知道破坏性情绪会激发出什么样的后果。莎伦刚进入青春期，却突然要面对父母的性生活。我相信这就是年轻人所说的尴尬。再加上她突然失去了独生子的地位，十二年来构建起来的世界观轰然倒塌。'当他们称他为唯一的儿子时，他真的以为自己是唯一的。'"

我听得云里雾里："他？"

他揶揄地笑了笑："不好意思，这是七十年代的一首歌。上周的问答竞赛节目中出现过。你记得的。歌名叫作《孤独的男孩》，讲述的是一个孩子突然发现自己有了妹妹，不得不面对现实的故事。面对这种事情，不管孩子得到了多么平等的对待，也不管家长处理问题时多么小心，从来都不是易事。莎伦的情况是，父母的爱和注意力似乎全部转移到了妹妹身上，莎伦发现自己毫无预警地排行老二了。"他摇摇头，用眼镜指向屏幕，"我猜测，他们一直没有原谅莎伦的幸免于难。他们甚至可能早就直截了当地说过她应该受到责备。如果她没有加害妹妹，如果一切真的只是意外，那么我想不出比这更狗屎的事情了。"

"'孤独的男孩'是个术语吗？"

"可以做术语用，和非专业人士打交道的时候。"

我看到安娜忍住了笑。

"好的，"我说，"现在时间前进二十五年。莎伦第二次成为'孤独的男孩'？"

"根据我眼中的莎伦来看，差不多。我虽对她了解不多，但足以看出她缺乏社会安全感、自负、嫉妒心极重，这也是她那步入歧途的丈夫所提及的。如果以上所有分析成立的话，黛西就是另一个杰西卡。只是情况更惨、更惨。因为这次莎伦抢夺的不是父母的注意力，而是丈夫的注意力。她认为丈夫应该把她放到第一位，或者说至少表面上得是这样。更残忍的是，这个年幼的闯入者是她自己犯的错误，她把这个孩子带到世上，她为了成为母亲可能做出了种种牺牲，而这就是她的回报。她把对杰西卡的憎恨全部转移到了黛西身上，这憎恨被放大了无数倍，毒性也更大，因为杰西卡死后，她肯定埋葬了自己的感情。”

“所以你认为她有可能杀害了自己的女儿？”

他点点头说：“理论上来讲，是的，如果导火索足够有力的话。假设，她发现黛西和丈夫在一起，气氛暗含着一丝性爱的感觉——朦胧的红色灯光变暗之类的暧昧时刻，我觉得她不认为自己应该去责备丈夫，我甚至觉得她不会把黛西视为自己的女儿。她的眼中只有对手。”

他坐回去：“你还需要记住，如果莎伦是妹妹之死的主谋，甚至只是没有做任何事情来挽救妹妹，那就说明她早就想好了一种脱身之法，这就是把责任推到别人身上，包括父母、旁观者，甚至是杰西卡自己。如果她确实加害于黛西，那这次的情况是一样的。她会声称全是丈夫的错，甚至是女儿自己的错。教科书式的抵赖流程，推得一干二净。除非你们打破她用多年心血建立起来的心理防线，否则她是不会承认与黛西失踪有任何关系的。别低估这件事情的难度。我准备打个赌，这个女人永远不会为任何事情道歉，不管是多小的事。”

我转向安娜：“那个女人，波琳·波贝尔，还有可能找到她吗？”

“我可以试试。这是个不常见的名字。沃金厄姆这个镇子并不大。”

“莎伦的父母呢？他们还活着吗？”

“我查过了。杰拉尔德·韦利于2014年去世，死于心脏病。赛迪在卡肖尔顿的一个疗养院里。听起来她的阿尔茨海默病已经很严重了。所以我想你可以说莎伦是这个家庭唯一剩下的人了。”

“这很好地诠释了莎伦这个人。”

她抬头看着我：“这个故事？”

“不仅是故事，还有照片。”

照片上的标题写着“幸福的韦利一家”，杰西卡坐在杰拉尔德的膝盖上，赛迪在丈夫旁边，手搭在他的肩膀上。杰西卡穿着有腰带的白色连衣裙，长卷发上系着丝带。她的样子和我看过的照片上的黛西·梅森诡异地相似。莎伦呢？我几乎认不出她。一个肥胖而又笨拙的孩子，站在照片的边缘位置，就像是用修图软件添加进去的一样。浅棕色的头发上扎着暗色的头绳，看起来没有丝带给她系了。我真想知道，杰西卡死后，生活在那个家里是什么样子的。

这是我第一次为她感到难过。

当我抬头看时，他们都站在那里。奎恩和吉林厄姆，一起站着。

我看看奎恩，又看看吉林厄姆，不想掩饰我的惊讶：“这是做什么，你们俩要宣布停火吗？给联合国打电话了吗？”

吉林厄姆难以掩饰他的局促不安：“并不是，头儿。是梅森的手机。取证官已经证实里面有不雅图片。准确地说是赤裸裸的视频。隐藏在记忆卡里，不过还是被找到了。”

我向后靠坐：“所以他在说谎。”

“还有一件事，”奎恩说，“那辆车，黛西坐在里面的那辆车。我们知道车主是谁了。”

他停顿了一下：“阿齐姆·拉希亚。”

在这样炎热的天气里，我却突然浑身冰凉：“该死，不是吧……”

他点点头：“纳西尔·拉希亚的弟弟，逊尼·拉希亚的堂弟。”

他不需要再说什么了。纳西尔和逊尼·拉希亚是一个犯罪团伙的核心人物，他们以易受攻击的东牛津白人女孩为目标，对其实施非常残忍的性虐待。警方花了很长时间才打击掉这个团伙。这不是我负责的案子，但是我们都对此有心理阴影。我们都感到内疚。

“阿齐姆只有十七岁，”奎恩说，“没有迹象显示他曾参与目标培养和团伙强奸，但在这种情况下……”

我把脸埋在双手中。我一度非常、非常确信黛西被家附近的某个人杀害了，但如果我判断失误了呢？如果，这么久以来，她一直在考利路某个肮脏的地下室里，正面临着最恶心的……

“还有一个情况。”

说话的是吉林厄姆。

“艾弗莱特刚刚来电。她说按照你的指示，她给利奥看了监控录像中男孩的照片。利奥说不知道男孩的名字，也从来没有见过他和黛西在一起。”

我叹了口气：“我想是我奢求的太多了，利奥是不可能见过这个男孩的。”

“但是，正因为利奥说的这句话，我们可以推测，他肯定见过那个男孩，但不是看见他和黛西在一起，而是和巴里。”

我瞪着他："我不明白，这中间能有什么令人信服的联系……"

然而吉林厄姆有比我更多的时间去思考这个问题。

"能联系起来，头儿。这些天我一直在想梅森的钱去了哪里。他花样百出，向人们收取高额费用，拿着几千英镑，什么工作都没真正做过，可是每个人都说这个家庭并不富裕。这些钱总要有个去处。而且他一定是让人们向他支付现金，因为据我了解，和他的工作规模相比，他的银行账户余额少得可怜。"

"是不是拿去赌博了？或者是吸毒？"

吉林厄姆摇了摇头："我们没有发现这种证据。但是我们的确知道他手机里有网站上的儿童色情片。这种习惯很能花钱的。越是违法的内容，越是昂贵。"

"所以你认为他不仅是看色情片？他竟会花钱和拉希亚一伙人虐待的那种未成年女孩发生性行为？"

吉林厄姆耸耸肩："就像我说的，这能联系起来。"

"监控录像中的这个男孩，利奥看见巴里与之在一起的这个，他是梅森和恋童癖团伙之间的联系人吗？"

奎恩打断了我："即使大多数罪犯都在服刑，也并不意味着我们已经成功地一锅端了他们。阿齐姆可能重拾了他的哥哥和堂兄的勾当。"

"那么，这个男孩为什么和黛西聊天？"

他们互相看了看。"可能梅森欠他们钱，"吉林厄姆最终说，"他们可能是在利用黛西向他施加压力。他们通过恐吓她，让他看看如果不还钱，他们能做什么。"

"希望如此。因为另外一种可能我连想都不敢想。像他那个年龄的孩子竟对黛西这种小孩子感兴趣，这本身就不合理，尤其他还和恋童癖者是朋友。”

但是，虽然我嘴上这么说，却记得黛西的朋友提到过，黛西见过男孩之后很生气。不是沮丧，不是心烦，是生气。我们只是听说，并不确定。这也是拉希亚一伙人曾经长期逍遥法外的原因之一——人们像我一样，看见我们愿意看见的，听见我们愿意听见的。我没有资本让我们再犯同样的错误。

“好吧，召集警察，同时通知社区分队和新闻办公室，让他们知道电话响个不停的时候该说什么。我会申请警司的同意。我相信他绝对会大为欢喜的。”

我站起来。鉴于东牛津地区目前社区关系的状态，我不能独立指挥这次行动。

2016年5月12日，上午7时47分
黛西失踪前68天
巴治克洛兹街区5号，厨房

巴里·梅森坐在早餐桌旁，莎伦在窗边，正把水果块放进榨汁机里。利奥和黛西穿着校服，黛西的椅子后背上搭着一件粉色开襟羊毛衫。

“我想我们应该办个聚会，”莎伦说，“庆祝学期结束了。”

巴里从他的麦片碗里抬起头来：“办聚会？为什么？”

“这个嘛，我们从来没办暖房宴，人们一定都愿意来我们家参观一下。”

桌子的另一侧，男孩抬头看，女孩却低下了头。巴里拿起他的勺子：“办这种聚会不是很麻烦吗？”

莎伦回望了他一眼：“我们可以烧烤，再准备些沙拉、三明治、烤熟的马铃薯。你基本什么都不用做。”

巴里张开嘴想说什么，然后又闭上了。孩子们互相瞥了一眼，他们的妈妈开始切更多的水果，用了比正常情况下大很多的力气。

“如果下雨怎么办？”巴里终于说道，“我们家也容纳不下所有人。”

“菲奥娜·韦伯斯特说我们能借用她家的凉亭。并且我相信欧文不介意帮你搭起来。”

巴里耸耸肩：“好吧，如果你确定的话。孩子们，你们觉得怎么样？”

“这对他们会大有好处，”莎伦说，“他们有机会结识克洛兹街区上的一些孩子，那些不在克里斯托弗主教学校读书的孩子。”她转向榨汁机，再次打开了开关。混合物旋转、跳跃，变成绿色的黏液，沿着塑料机身滑到底部。然后她关闭了开关。

“你今晚几点回来？”

巴里犹豫了：“可能很晚。我今天下午在吉尔福德有个工地会议，有可能会持续很久。”

“小公主，你呢？”他转向女儿说，“你今天会拿到英语考试的成绩单，对吗？肯定又是个A。其他的都配不上我这么特别的女儿。”

黛西向爸爸微微一笑，然后又看着自己的麦片：“利奥入选了足球队。”

巴里扬了一下眉毛：“是这样吗？儿子，你怎么没说过呢？”

利奥耸耸肩："只是替补。"

巴里的脸沉下来了："噢，好吧，这说明你还需要努力。就像我说过的那样。"

莎伦仍沉浸在复杂的榨汁机中，它看起来很不好拆卸。"我会给你留点儿凉饮，等你回家喝。别忘了，我的健身课8点开始。"

巴里满脸堆笑地看着黛西："一定要把考试成绩单带回家给我看哟，好吗，黛儿？"

莎伦望了他一眼："巴里，我希望你能好好地叫她的名字。作为父亲，你这样称呼她，如果黛西的朋友们听到了，怎么会不效仿呢？"

巴里伸手拨弄女儿的头发："你不介意的，是不是，黛儿？"

"黛西，今天在学校见到陈女士时，记得把化妆包还给她。跟她说谢谢，但告诉她我们买得起自己的东西。"

"我相信他们不是这个意思，"巴里说，"他们只是有两个一模一样的包，然后给了黛西一个。"

"我不在乎。这个年龄的女孩化妆不合适。这包看起来也很一般。"

"噢，少来了，化妆挺有趣的。你知道女孩子们什么样，喜欢打扮一下之类的。"

"我告诉过你了，不合适。并且不管怎样，我们不需要他们的施舍。"

巴里试图看看女儿的眼睛，但黛西热衷于自己的麦片。然后，他推开凳子站了起来。"今晚别麻烦了，"他对莎伦说，"准备个三明治就好了，金枪鱼之类的。"他拿起自己的公文包和钥匙，从椅子后背上解下荧光安全服。"那我走了。再见，孩子们。"

厨房门关闭时，黛西放下她的勺子，小心地用双手抚平垂在身后的头发。利奥滑下凳子，走向妈妈：“会邀请谁来参加聚会？”

“噢，你知道的，邻居们，你的同学们。”她一边说，一边把冰沙倒进一个杯子里。

“爸爸认识的那个男孩呢？”利奥问。

“什么男孩？”莎伦烦躁地说。当她冲洗完榨汁机，转身面向孩子们的时候，利奥已经离开了。

拉希亚的家和牛津东区上千所房子是一样的。这是一栋三十年代的灰泥卵石涂层半独立式住宅，一楼带有落地的飘窗。旁边有一道车库门，大部分油漆已经脱落，门上用喷雾写着“恋童癖”，但拼写错了。一楼的一扇窗户用木板封了起来，前面的花园里有六个滚轮垃圾桶，其中两个被打翻了，垃圾和腐烂的食物撒满了水泥路。

我让一队人堵住房子后面的巷子，我们十几人在前面。其中一人拿着大木槌。我向他点头后，他开始砸门。

“开门！我是警察！”

房内马上传出声音——女人的尖叫声，一个说着外国话的男声，一个婴儿的号啕大哭声。

“我说了，警察。开门，否则我们就破门而入了！”

一分钟过去了，也许是两分钟，屋里传出摸索木头的声音，门打开了一道几英寸的缝。开门的是一个戴头巾的女人，她肯定不到二十岁。

“你们想做什么？别打扰我们，行吗？我们什么都没做。”

我向前一步：“我是泰晤士河谷区刑事调查局的督察亚当·福莱。我们有搜查这所住宅的搜查令。请将门打开。我们都文明点儿做事，这对所有人都有好处。”

“文明？你们到这里砸门，吓坏了我的母亲和孩子，然后说自己文明？”

一群人正聚集在街道上，大多是年轻的亚裔，还有几个戴白色帽子的穆斯林。我看到奎恩正伸手去拿警棍。气氛正在变糟。我不想引发骚乱。

“听我说，我们可以硬攻，也可以选择简单点儿的方式。让我们进去，我向你保证，我们会尽快完成必须做的工作，尽量少打扰到你们。但你不用怀疑，如果我们不得不强行进门，我们也一定会那么做的。那样的话，你的名字会见报，你去年受到的那些折磨都会从头再来一次。我相信你不想这样。你需要做出决定，现在就做。”

门上的手松动了。我盯着她的眼睛，强迫她看着我。最终，她点了点头。我无法呼吸，胸膛中充斥着怦怦的心跳声。我转身示意警队退到人行道上。

然后，我叫来社区联络员布伦达：“你能确保女人和孩子们不受到惊吓吗？奎恩，你和吉林厄姆跟我来。”

在这种天气下，前厅仍透着一股潮湿的气味。墙壁上的墙纸已经褪色，炉膛内的旧煤气取暖器如同死亡陷阱一般。即使我们四人不在里面，这个房间也很拥挤。两个年长的女人坐在破旧的沙发上，身穿黑色衣服，哭得前后晃动。三个年轻的母亲抱着她们的孩子。孩子们用大大的警觉的眼睛看着我们。我朝其中一个微笑，她也向我微笑，然后把脸埋到了母亲的面纱里。屋内没有男人。

在我身后，我听到奎恩让吉林厄姆去后面的房间和厨房，他自己则一步两级台阶地上了楼。然后我听到他踩上了楼上的木地板。

“头儿，”他叫道，“到楼上来。”

香烟的烟雾对我而言应该是个提醒，在某个潜意识的层面上也确实提醒了我。我来到楼上，拐了个弯。房间里有两张双层床，虽然这房间狭小得连一张都放不下。阿齐姆·拉希亚盘腿坐在其中一张床的下铺。我能认出他，因为我见过他的哥哥。但这孩子看起来并不强硬，这给了我一丝希望，或许他和他哥哥不一样。然后，我看到了房间里的另外一张脸。他坐在上铺，抽着烟，像小男孩一样把双腿摇来摇去。

“下午好，警官。”他说，声音稍微有些含糊。他身边横放着四盒强弓苹果酒。他看起来并不如监控录像中那样好看。显然，距离使他的头发颜色更加金黄。他的下巴和脸颊上布满了青春痘。但最破坏形象的是他的态度。他狡猾地眯着眼睛，还显得很自负。他的牛仔裤裤裆垮到了膝盖上，戴着那种粗极了的耳钉，耳洞像你的手指一般粗细。那种东西总是会让我有点儿不舒服。

他吸了口烟，对着我吹出烟雾。

“我们还没有自我介绍，”我说，回应着他的话，“我是督察亚当·福莱。你是谁？”

他令人不悦地龇牙笑了，指着我，手指有些颤抖：“我叫什么，需要告诉你吗？自己查去。”

“侦缉警长奎恩，把这个孩子带去警车。如果他仍拒绝透露姓名，安排一名社工来。这个男孩不可能十六岁。”

一场不文明的冲突开始了，但奎恩快了一步，以体重的优势取得了胜利。孩子大喊着“暴力行径”，我跟着他们走到楼梯口，叫吉林厄姆上楼。

“开始搜查这里。床铺下至少藏着一台笔记本电脑。”

当我转回身看阿齐姆时，我想他很有可能吓出屎来了。

与巴里·梅森的谈话，地点位于牛津圣奥尔代茨警察局
2016年7月23日，上午12时42分
参加人员：督察A. 福莱，代理侦缉警长G. 奎恩，E. 卡伍德小姐（律师）

卡伍德：我们是否可以这么理解，你们已经准备好起诉了？

福莱：卡伍德小姐，我们还有几个问题要询问你的委托人。

卡伍德：关于色情指控吗？

福莱：目前是的。

卡伍德：好吧。但我提醒你，你的时间不多了。

福莱：梅森先生，你接触过一个名叫阿齐姆·拉希亚的人吗？

梅森：我他妈的一点儿也不知道你在说什么。

卡伍德：我们是在谈论纳西尔和逊尼·拉希亚的家人吗？

梅森：谁？报纸上说的那些亚裔恋童癖？我他妈的当然不认识他们。天哪！

福莱：阿齐姆·拉希亚是纳西尔·拉希亚的弟弟。他十七岁。

梅森：那又怎样？

福莱：所以你从未接触过他，或者他的家庭成员？你没有从他们那里得到色情片？

梅森：见鬼，还要我说多少次。我不买色情片。不从他们那里买，也不从其他任何人那里买。我买过色情少女杂志，但顶多这样，仅此而已。你们去查啊，查我的手机，查我的电脑，查不到任何狗屁色情片。

福莱：很遗憾，你的电脑硬盘在火灾中毁坏了。电脑上有什么，或者删除过什么，我们不得而知。不过，我们有必要告知你，我们在你的手机里找到了两段视频，里面包含了非常极端和露骨的关于儿童的画面。

梅森：不可能，绝对不可能。听到我说的了吗？我没有下载过那种东西。肯定是病毒之类的，有这种情况的，不是吗？或者是黑客——

卡伍德：（插话）你有什么证据证明我的委托人认识拉希亚一家？你有通话记录吗？邮件往来记录？

梅森：他们肯定没有，因为我他妈的从来没跟那伙人说过话。

福莱：以下用于录音。我正在向梅森先生出示监控录像的截图。梅森先生，我们认为你通过这个少年接触过拉希亚一家。我们有证人证实看到你们在一起。

梅森：（看看照片，又看看警官）你他妈的从哪里得到这个的？

2016年5月11日，下午7时9分
黛西失踪前69天
牛津兰彻斯特路11号，陈家

杰瑞·陈来到厨房，他的妻子正在这里堆放洗碗机里的碗。太阳正要落山，金黄色的阳光透过两棵银桦树的叶子闪闪发光，就像是宽阔精致的花园两边悬挂了两道窗帘。

杰瑞把自己的包放在厨房吧台上，他的妻子给他倒了一杯酒。

“讲座进行得如何？”

“赫尔斯顿教授出席了。他邀请我秋天去伦敦政治经济学院再讲一场。”

“对他来讲，这是很高的评价了。那时你能从斯坦福大学回来吗？”

他喝了一口酒，并且查看了一下商标：“这酒很好。是的，应该安排得过来，斯坦福大学之行是在9月，去伦敦应该是在11月。南希呢？”

“在起居室里。她在教黛西下棋。”

杰瑞微笑地说：“南希是应该找个旗鼓相当的同龄人做对手。我总不能老让她赢。”

“你不该那么做。她知道你是假装输的。她又不傻。”

“或许你是对的。你总是对的。”

乔伊斯笑了："据我所知，黛西以前从没见过棋盘。"

"好吧，这并不奇怪。如果黛西和她母亲长得不那么相似，我会发誓她一定不是他们亲生的。我甚至不敢想象梅森的基因库有多么糟糕。"

他做了个鬼脸。他的妻子一边关上洗碗机门，一边直起身子笑了："埃里克·霍弗是怎么说的来着？即使大多数人类都是猪，公猪和母猪结婚之后，也能偶尔生出个莱昂纳多·达·芬奇。大概是这个意思。"

她看了一眼手表："天哪，到时间了？我该送黛西回家了。你能叫一下她吗？"

杰瑞朝起居室走去，但黛西已经站在那儿了。

"哦，黛西，"他略显尴尬地说，"我没有注意到你。你站在这儿多久了？"

"我想谢谢你们给我的化妆包。我很喜欢它。"她正握着小带子，摇晃整个化妆包。包身是黑白条纹的，中间用亮粉色的颜料歪歪扭扭地写了几个大字——"女生零碎"。

乔伊斯·陈抬头看看："不用客气，黛西。有两个人送了同样的礼物，是不是很气人呢？我们不能退货，南希说你可能想要一个跟她的那个一样的包。你们今天下午玩得开心吗？"

"噢，是的，"黛西微笑着说，"这是玩得最开心的一天了。"

———

"你不能在这儿吸烟。"

“得了吧。”

男孩四仰八叉地躺在家庭休息室的沙发上，双脚高高地放在座位上。地板上有一个纸盒子，里面已经有十几根烟蒂。莫林·琼斯能坐多远就坐了多远，社工靠门站着。这个家伙叫德里克·罗斯，也是利奥的社工。我们安静地交换了意见，然后我问他是否知道这个孩子的名字。

“米老鼠。”男孩说，轻蔑地看着我，“乔治·克鲁尼。达赖喇嘛。他妈的维多利亚女王。选一个吧，蠢猪。”

“这没什么用处。”罗斯说。他到这儿还不到一个小时，听起来却很疲惫。

“是的，”我说，“我相信你知道，你的朋友阿齐姆家中有人最近被判侵犯儿童罪。我们目前正在检查从他家收缴的材料，查明他们是否还有其他违法行为。”

“别吓唬我，蠢猪。我对那些狗屎勾当一无所知。”

他开始咳嗽，坐起来：“我要出去。你阻止不了我。”

“如果你坚持离开，我只能逮捕你，除此之外别无选择。”

“你最好选择合作，”德里克对男孩说，“真的。”

男孩和我久久地盯着对方，但他先眨了眼睛。

“我那该死的律师在哪里？”

“就像我说过的，你还没有被逮捕。罗斯先生在这里保护你的权益。”

“我想投诉，那个蠢货打了我，那个傲慢的蠢货。”

我很想问他是否在玩“五十步笑百步”的把戏。“如果你想投诉，必须先告诉我们你的名字。”

他冲着我下流地笑了，点着自己的鼻子：“蠢猪，你得用更好的伎俩。瞧瞧，你骗不了我的。”

我伸手拉过一把硬靠背的椅子，推到他旁边。然后我坐下来，打开文件夹，给他看监控录像中的照片，4月19号他和黛西在一起的那一张。

“你认识这个人吗？”

他深深地吸了一口烟，把烟雾吹在我的脸上：“如果我认识呢？”

“这个女孩是黛西·梅森。这一周的大部分时间内，她的照片在媒体和网络上铺天盖地。我不相信你没有注意过。”

他眯起眼睛，但什么都没说。

“她失踪了，甚至可能死了。我们发现她几周前和你说过话，然后失踪了。”

“我和很多人都说过话。我可是社交达人。”

“我非常确信你是个社交活跃分子。只是，这不是你第一次跟她说话，是吗？”

我拿出了更多照片：“4月12日，4月14日。还有这张，4月19日，黛西·梅森坐在汽车后座上，这辆汽车登记在阿齐姆·拉希亚名下。你大概坐在前座。”

更多的沉默。更多的烟。从他的眼睛里，我能看出他的大脑在运转。他不知道我掌握了多少情况。

“你为什么跟踪她？”

“跟踪？滚蛋。这不是跟踪。”

“如果不是跟踪的话，你这个年龄的男孩为什么要搭讪一个八岁的女孩？监控显示你一共和她见过四次面。最后一次，她被拍到和你，还有一个儿童强奸犯的弟弟共乘一车，几周后她失踪了。难道你认为陪审团不会因此认定你有罪吗？”

“我不是跟她搭讪！”

“那是什么？你还有什么理由打扰那样的一个孩子？展示你女性的一面，是吗？或者你突然对小马宝莉有了浓厚的兴趣？还是芭比成了你最爱的玩具？我是说，现在是2016年，男孩也可以玩女孩的玩具，对不对？”

他把双腿挪下来，双脚踏在地板上。他没有看我，但是拿着香烟的手在颤抖。

“你在培养目标，是不是？让她信任你，然后你就能虐待她。”

“我没有虐待她！”

“你是不是把她交给了拉希亚那些道德败坏的家伙来处理？我打赌他们会支付重金来强奸这样的女孩。或者你想自己强奸她？当天是不是这样的？你去到黛西家，满脸笑容，像王子一样魅力四射。她妈妈不在家，所以她出门和你玩了一会儿，一切非常美好。但是，当你的拳头伸进她的内裤里时——”

“督察，”罗斯请求道，“真有必要这么做吗？”

“她发现了你的真实意图，开始尖叫。你不得不制止她，而她在挣扎，所以你用你的手蒙上了她的嘴巴——”

“你真恶心，”男孩大喊，猛地弯下身子，“我他妈的没有动过她一根毫毛。你真他妈的有病，你才是那种对自己的妹妹做这种事的变态……”

我深吸一口气，倒数五个数：“你的妹妹。”

他缓缓说道：“是的，巴里·梅森是我爸爸。”

他重重地坐回去：“那个狗杂种。”

一一一

回到办公室，我拨通了亚历克斯的电话。

“亚当，你到底在哪里？我以为我们应该去你父母家吃午饭。”

糟糕。我彻底忘了。

“抱歉。事情实在是——”

“失去了控制，我明白。我总能猜透你，不记得了吗？”

我叹口气：“我真的这么容易猜吗？”

“正办一件大案的时候？那样的话，答案是肯定的。”

“对不起，我会给母亲打电话，我保证。听我说，我想请你帮个忙。我知道你们公司不主营法律援助业务，但我们这里有个孩子，我们发现他和黛西在学校外说过话，结果他是巴里·梅森第一段婚姻里的儿子。”

“见鬼。听起来像是某人犯了个错。”

“我知道，但公平地讲，我们之前没有理由去调查那个。至少在这之前没有。问题是我们找不到他的母亲或继父，他们都不接电话。隔壁的邻居认为他们可能外出过周末了。责任律师忙于另一件案子，我们还没有找到一位能今晚之前赶到警察局的律师。所以，我想知道——”

“我能否帮你找一位律师？”

我咬咬嘴唇：“抱歉。我最近总是在寻求帮助。”

“然后让我来解决。”电话里传来长长的吸气声，“好吧，把这个任务留给我吧。我可能得找一个热爱工作甚于社交生活的初级律师。你那个孩子叫什么名字？”

“杰米·诺瑟姆。”

我能听出她的惊讶：“不会是和马库斯·诺瑟姆同姓吧？”

“我不清楚。为什么？我应该听说过他吗？”

“这么说吧，我们会对他全额收费，再加上额外花销。我会打几个电话，然后给你回复。”

“谢谢，亚历克斯，我真的——”

但电话已经挂断了。

与巴里·梅森的谈话后续，地点位于牛津圣奥尔代茨警察局

2016年7月23日，下午3时9分

参加人员：督察A. 福莱，代理侦缉警长G. 奎恩，

E. 卡伍德小姐（律师）

福莱：我想问你几个问题，关于你的儿子杰米·诺瑟姆。你最后一次见他是什么时候？

梅森：有一天，我离开办公室的时候，他在外面等我，坐在墙头上。

福莱：你知道他是怎样找到你的吗？

梅森：他说自己在网络上花了五分钟就找到了我的公司。我原本不知道他们住得离我们这么近。我很多年没有见过莫伊拉了。

福莱：这是你最近唯一一次见他吗？

梅森：不是的。我那晚没有时间跟他讲话，所以我告诉他几天后在班伯里路的一家咖啡店见面。星巴克咖啡店。我让利奥在车上等着，所以我只有十分钟时间。说实话，我并不希望他出现，我希望他忘了见面的事。

福莱：但他没有忘记。

梅森：没有。

福莱：他想要什么？

梅森：他说他想见我，一个月见几次之类的。我猜想他在家的处境非常糟糕。莫伊拉一直是个冷漠的婊子，并且他的那位继父明显是个自以为是的蠢货。

福莱：所以他希望得到你这个亲生父亲的支持？获得在家里得不到的关爱？

梅森：你在扭曲事实……不是这样的……

福莱：那是怎样的？

梅森：他想要的东西会引发一场灾难。莎伦甚至不让我和孩子们谈起杰米，更别提让我见他了。我就不得不在行程上跟她撒各种各样的谎。

奎恩：我不知道为什么，但你看起来很擅长做这种事。

梅森：如果她发现了，她会气疯的。这件事太他妈的难实现了。

福莱：那么把儿子赶走的时候，你怎么说的？

卡伍德：督察，没有必要用这种语调说话。

福莱：那么，梅森先生？

梅森：我告诉他我们家正有些麻烦。事情平息后，我会再考虑的。

福莱：什么麻烦？

梅森：这重要吗？

福莱：梅森先生，是哪种麻烦？

梅森：好吧，如果你必须知道，我告诉他黛西在学校出了些问题。

福莱：什么样的问题？

梅森：你知道，我说她学习上有些掉队，学校里的竞争非常激烈，她很吃力才能跟上，我们只好帮帮她。

福莱：这是真的吗？

梅森：不是，当然不是真的。黛西比她班里那些自傲的孩子聪明太多了。

福莱：所以这是个谎言。你没有像个男人一样承担起父亲的责任，反而把所有的指责放在了八岁的女儿身上。

梅森：去你妈的，这是一个善意的谎言。

福莱：梅森先生，我想你会发现孩子们很难辨别谎言的不同。在他们的世界里，谎言就是谎言。

梅森：无所谓。就像我说过的，这很重要吗？

福莱：你有没有想过，这会给孩子造成什么样的伤害？杰米听了你说的话，可能会憎恨你的女儿。他会认为你和他不能产生关系是因为黛西，全是她的错。他已经有犯罪记录了。他是一个愤怒的、情绪不稳定的年轻人，而现在他有了不满。你想过如果杰米和黛西见面会发生什么吗？

梅森：他们不可能见面。

福莱：这是你的假设，但是事实相反。你知道吗？杰米追踪到了黛西，就像他追踪到了你一样。而这就是后果。（展示监控录像的截图）梅森先生，那是你的女儿，坐在一辆车的后座上。这辆车登记在一个恋童癖者的弟弟名下。

梅森：（看着照片）天哪，你是在告诉我，杰米对黛西做了些什么？是他带走了黛西？

福莱：梅森先生，我现在还不清楚。因为，现在，我们都不知道她在哪里。是吗？

在走廊上，奎恩转向我："你知道，无论如何，我越来越不相信他是罪犯了。他确实看了色情片，也可能虐待了儿童，但他没有杀害女儿。刚才你告诉他黛西在阿齐姆的车上时，我在看他的脸。没有人能装出他脸上的表情。"

"所以就像推特上67%的人一样，你也认为是黛西的母亲干的。"

"如果夫妻中间必有一人是罪犯的话，那一定是她。但是现在，我还是赌杰米·诺瑟姆吧，这样更保险。"

———

英国广播公司《今日中部地区》

2016年7月23日，星期六，上一次更新于15：59

黛西·梅森：警方审讯一名青少年

英国广播公司获悉，一名没有透露姓名的青少年正配合警方调查八岁的黛西·梅森失踪一案。尽管包括上百名市民的搜寻人员进行了广泛搜索，黛西自上周二失踪后仍下落不明。

黛西的父母——巴里和莎伦·梅森被泰晤士河谷区刑事调查局审问的消息一经爆出，社交媒体上出现了大范围的憎恨运动。今晨早些时候，梅森家的房子毁于人为纵火，知情人士称其与憎恨运动有关。现确信梅森一家已经躲藏起来。

如掌握任何有关黛西的信息，可致电泰晤士河谷区刑事调查局案件调查室，电话号码为01865－0966552。

———

我站在那里足有十分钟，注视着监控画面中2号审讯室里的杰米·诺瑟姆。他一定知道我们在监视他，但是他看起来并不在意。事实上，我早就预料到他会为我进行一番表演。亚历克斯的公司有人来换走了德里克·罗斯。罗斯显然松了口气，他看起来刚大学毕业，我站在这里的时候，他一直在突击学习《警察和刑事证据法》。吉林厄姆走到我身后：“有什么有趣的发现吗？”

“到目前为止，我看到他抓屁股、挖鼻孔和挖耳屎。我还没见过他挤痘痘，不然就可以凑齐全套了。对拉希亚家的搜索有何新进展？”

“没有黛西的迹象。他们没有地下室，或者能藏匿她的其他地方。为了充分确认，查洛的人正在进一步检查。但是根据目前掌握的情况来看，我们觉得房子非常干净。”

“阿齐姆的笔记本电脑上有什么发现？他看起来非常害怕什么东西。”

“不是色情片。看起来，他从事着贩卖克他命和强效大麻的小买卖，并且生意不错。可能是卖给学生的，毕竟学生那里永远都有市场。”

“他傻到把所有的证据都留在了自己的笔记本电脑上？”

“看起来他正在继续教育学院学习商务管理。他在练习复式记账。”他看着我的脸，“真的，我没有开玩笑。”

我摇摇头：“耶稣都得哭了。”

“不管怎样，我们对他提出了指控。他的母亲来了。”

“好的。这样的话，我们只剩下杰米·诺瑟姆了。他的母亲肯定不会来的，她连电话都不接。”

“你想让我旁听吗？”

“不，你可以去准备书面报告了。叫奎恩过来。”

“好的，头儿。”

我推开门，走进房间。律师像坐在弹簧上一样腾地弹起来，推了一下鼻子上的眼镜："是的，嗯，警官……"

"为准确起见，是督察。"

门开了，奎恩走进来加入我。他冲了个澡，我能闻到摩顿布朗沐浴露的味道。我希望自己也能冲个澡，但没时间了。

"那么，杰米——"

"吉米，"他绷着脸说，"我叫吉米。"

"好吧。那么，吉米，你目前还未被捕。格雷戈里先生会在场确保所有的事情都符合规定。我们明确这一点了吗？"

无人回答。

"好的，我想先问你几个关于巴里·梅森的问题。他说你查出了他办公室的地址，去了他的办公室。"

他耸耸肩，但没有说话。

"吉米，你为什么想跟他说话？"

他又耸耸肩："只是想看看他长什么样子。妈妈总是说我像他。"

直觉告诉我，莫伊拉·诺瑟姆只在生气的时候才这么说。

"你和你的继父相处得好吗？"

他抬头看看我，又低头看着自己咬过的指甲："他不太喜欢我。他说我软泥扶不上墙。"

"烂泥扶不上墙。"

“无所谓了。”

我们都沉默了。和亚历克斯通话之后，我查了查马库斯·诺瑟姆——河岸上的大别墅、蓬勃发展的房地产业务、广泛的人脉，还有在医学院读书的儿子。不难想象他会把这个孩子视作眼中钉，并且我相信他从不掩饰他对吉米的厌恶。如果吉米果真如同继父所认为的那么坏，那么问题来了，孩子变坏和继父的轻视哪一个发生在前？无论答案是什么，都不难理解为什么吉米认为自己可能和巴里有更多相似之处，而不是和被迫生活在一起的父母。难怪他认为自己可能会从亲生父亲那里听到富有同情的回应。

“当你见到巴里的时候，事情进展得如何？”

“他说我们不能见面，还说见面不是个好主意。”

“他解释为什么不是个好主意了吗？”

他移开目光。

“是因为黛西，对不对？他说黛西学习上有麻烦。所以你就跟踪了她吗？你想跟她谈谈，看看他说的是不是真的？”

他沉默不语，看起来好像突然被打败了，眼神无光。

“他提到她的时候，我想起她了。我一时忘了，但是我记起来小时候见过她。她有金黄色的头发。我和妈妈在动物园里见过她一面。她给了我一块巧克力。”

“她对你不错。”

“我的爸爸也在那儿。我想跟他说话，但他离开了。”

我又坐回去：“所以你认出了自己的父亲，你记得他。虽然他离开的时候，你只有四岁。”

他望向别处：“我记得自己很小的时候，他跟我打拳，在花园里。妈妈不喜欢他教我这个。”

“你太小了，对不对？对于打拳来说？”

“爸爸说，当我去学校的时候，我需要有能力照顾自己，那样没人能欺负我。”

“‘他教你如何打架来不做任何人的小弟。’”

律师用奇怪的眼神看了看我。

“抱歉，这是句歌词，已经在我脑袋中唱了一天了。”

律师明显认为自己赢得了一分：“督察，我不清楚审问的方向是什么。”

“我们正要回到正轨。那么，吉米，你设法查出了黛西上学的学校。”

“这很简单。放学时间我在几个学校门口蹲过点，最终看到了她。”

“然后你回去那里，并且和她说了话。她一定觉得十分震惊，得知自己有一个同父异母的哥哥。”

“不，她早就知道了。”

这下他真的让我乱了阵脚。“你十分确定吗？她的父母不想让她知道你。她是怎么发现的？”

“别问我。我只知道她知道我的名字和所有的事。我想她觉得见到我这件事很酷，她喜欢对她妈妈保守秘密。”

“她没有和她妈妈说？你知道原因吗？”

他摇摇头。

“那么吉米，后来发生了什么？你们见了面，并且她显然非常开心见到你。她告诉朋友们自己有了一个新朋友，并且你们又见了几次面。然后，她突然告诉朋友说，她不想再讨论这件事了。她很生气，拒绝透露原因。究竟发生了什么？”

他耸耸肩膀。

我强迫自己耐心一点儿。这从来都不是我的强项。

但这次总算有所回报。终于有了。

“她想去沃尔弗库特康芒[1]看马戏表演，”他最终说，“所以我让阿齐姆带我们去。这就是我们为什么在那辆车里。但马戏并不好看，哄孩子的东西。”

我知道他所说的马戏表演。我们去过一次。马戏很神奇。那是我们最开心的时光之一。我记得亚历克斯举起杰克，以便他能摸到一匹白色小马的鼻子，工作人员给它戴上古怪的金色犄角，把它打扮成了独角兽的样子。杰克此后连续几天都在说独角兽。我给他买了些关于独角兽的书，那些书现在还在他的房间里。

奎恩的声音驱散了我的回忆：“那里的游艺集市周末不是也有吗？”

吉米点点头：“但是她妈妈不准她去那种地方。她之前连棉花糖都没见过，还不知道那是吃的东西。”

我脑子里突然出现一个令人难过的画面——两个处于童年的孩子正享受着一个来之不易的短暂的下午。

“听起来你们玩得不错，”我说，“然后发生了什么？”

他红着脸说：“阿齐姆说她得过这一关。”

“说清楚，过哪一关？吉米，你们究竟对她做了什么？”

[1] 原文Wolvercote Common，英国牛津一村庄的名称。

二

2016年5月9日，下午7时29分
黛西失踪前71天
沃尔弗库特康芒，格雷家庭马戏团

白色帐篷中间是一个沙土竞技场，边缘悬挂着旗帜和三角小彩旗。黛西坐在前排的座椅上。她一个人坐在那里，但她两旁的椅子上挤满了家长和孩子，所以没人注意到她。空气中充满了吵闹与期待，很快吉卜赛乐队奏响了音乐，马戏表演的主持人登场了。这是一个又高又胖的男人，装扮得一半是小丑，一半是妖怪，脸上涂了颜料，还有一系列肠胃胀气的毛病，每次出现都逗得孩子们尖声大笑。随着表演故事的展开，仙女们抓着羽毛吊杆飘荡，杂耍演员扔出一团团火球，穿着闪光紧身衣的奇怪生物在马背上跳舞，鸽子飞出魔法盒，像人一样大的老鼠在金色的球里跳萨尔萨舞，一只温顺的鹅进进出出地溜达，似乎没有受到所有喧闹的影响。音乐、面具，还有魔法，黛西被深深地吸引了，嘴巴张成了一个大大的O型。

马戏表演结束，欢呼声平息下来之后，黛西向等在外面的吉米·诺瑟姆走去。他在抽烟。有一两位路过的家长小心地看了他一眼。

“天哪，”他说，扔掉香烟，“时间可真长，是不是？阿齐姆只好回去了。”

他转身离开，黛西跑了几步跟上他，然后在他身旁一蹦一跳的。

“太，精，彩，了。一个小女孩在还是小婴儿的时候被偷了，她被一个女巫关在魔法花园里。但是动物们帮助她逃掉了，然后她开始了一场很漫长的旅行。她翻山越岭，来到一座山上的美丽城堡里，原来她竟然是一位公主。然后她和自己真正的妈妈永远幸福地生活在了一起。”

“在我看来，这真是胡扯。”

黛西皱皱眉：“不，它不是。别这样说！”

“那只是一个愚蠢的童话。现实不是这样的。”

“是的！有时是的！”

他停下来，转向她：“听着，孩子。没有人会在婴儿时被偷，长大后发现自己是个贵族。那是骗小孩的东西，只是童话。我知道你的父母很糟糕，但你别无选择。抱歉，这就是事实。”

她现在快哭了。“他们不是我的父母，”她说，“不管你说什么。我知道。”

吉米又点了一支烟：“你知道些什么？”

她变得闷闷不乐：“我听他们说过。我爸爸说他们差点儿没能偷到我，整个过程非常艰难，但是我妈妈成功了。你看，我是她偷来的，当我是个婴儿的时候。这是个秘密。我不应该知道的。”

“他真的这么说了？你是她偷来的？”

她略微不情愿地摇摇头：“这并不是他的原话，但他就是这个意思。我知道他就是这个意思。他说他们不得不向一个常春藤小偷付了钱。”

“什么？常春藤小偷是他妈的什么？”

黛西看着自己的双脚。“我不知道。”她轻轻地说，脸涨红了。

吉米笑起来，笑得香烟抖来抖去：“孩子，你弄错了。不是常春藤小偷，是试管婴儿[1]。那是想生孩子的人们在医院做的事。我为你感到遗憾，但你改变不了这个事实，你就是他们的孩子。”

她盯着他，嘴巴张开着，但这次是因为愤怒，而不是高兴。然后，她用最高的声音吼道：“我讨厌你！我讨厌你！”一边喊一边向树林跑去。

他站在那里，目瞪口呆地看着她：“搞什么啊？喂！你给我回来！”

但是她没有转身，也许她根本没有听到他的呼喊。过了一会儿，他把烟扔到矮树丛里，弓着背向她追去。

“黛西，你在哪里？”他一边推开树枝，一边喊道。这会儿他很生气。她先是为愚蠢的马戏团而说个没完，现在又他妈的觉得自己是个公主。“你躲不了多久的。我会找到你的。黛西，你知道的，不是吗？我一定会找到你的。”

警察局对面的咖啡店里，奎恩给我们俩各买了一杯咖啡，来到窗边我坐着的桌前。我喝了一大口。咖啡太烫了，但比局里的好喝得多。“那么，听完所有的故事后，你仍然觉得吉米是罪犯吗？”

奎恩打开一小袋糖，加进了他的塑料杯里：“我不认为吉米虐待了黛西，如果这是你想问的事情。反正不是性虐待。他看起来真心地厌恶这种假设。至于是否杀害了黛西，有可能。但如果确实是

[1] 常春藤的英文单词ivy与试管婴儿的英文缩写IVF发音相近。

他，我不认为他是计划好的。他不是那种有条理的人。可能是愤怒之类的情绪爆发了。并且我怀疑这种爆发每隔一段时间就会发生一次。让我们面对现实吧，他是一个易怒的小孩，一个易怒的、没有不在场证明的小孩。或者，至少，他没有一个愿意与我们分享的不在场证明。”

“那么，如果是他杀了黛西，我们现在早应该找到她了？”

“可能吧。我不觉得他能那么好地掩盖自己的行踪。”

我点点头：“你相信马戏团的故事吗？”

他现在更模棱两可了：“如果现实正如他所说，我很难相信黛西表现得那么糟糕。是的，她可能与父母相处得不好，她可能与很多孩子一样都有一个被抱养的幻想。尽管如此，黛西的反应有些极端了，不是吗？但是，嘿，我的意见不足为证。我不知道八岁的小孩是怎么想的。”

但是我知道。“‘你在那个年龄的时候，每件事似乎都是大事。’”

“你说什么？”

“艾弗莱特几天前这样说过。她是对的。年幼的孩子搞不清事情的重要性，特别是坏事情。他们无法客观地看待坏事情，而只是关注自己当下是多么不开心。如果十二岁以下的孩子自杀，原因往往如此。”

我把勺子放在咖啡里搅拌。我能感到奎恩正在看我，他在思考该如何回应。我以前没对他说过这种话。基本上，我对谁都没说过这种话。

咖啡店的门突然晃荡开，吉林厄姆快速地向我们走来，明显带着任务。“查洛刚刚来电话，”他一到桌前就说，“他检测了美人鱼化妆裙。”

“然后呢？”

“衣服脖子上有个撕裂的痕迹。鉴于每周都有孩子借穿，可能是正常的撕裂。上面没有血迹，但有DNA。来自四个不同的人：莎伦·梅森，我们已经知道她会碰到裙子；黛西·梅森，同样也会碰到裙子；一个来源不明的女性DNA，可能是米莉·康纳……”

“第四个呢？”

“是个男性的。准确地说，是一根阴毛。”

我的胸膛像被巨石砸击着：“巴里·梅森？”

“是的，是的。”

奎恩做了个鬼脸：“就是那位声称不知道化妆裙被交换过，甚至不知道有这么一件美人鱼化妆裙的巴里·梅森。”

“啊，这就是事情变复杂的地方，”吉林厄姆说，“莎伦说在他的健身包里发现了化妆裙，所以如果上了法庭，巴里一定会辩护说自己的DNA就是这样沾到衣服上的。”

“但是如果巴里是藏匿衣服的人，那么衣服上的DNA会充分证明——”

“我们不能证明那个，”吉林厄姆打断了奎恩，“因为这有可能是莎伦试图陷害巴里。他会这么说的，对不对？即使这是胡说八道。还有一件事。”他转向奎恩，“按照你的要求，我们检查了拨打报警电话999的时间。”

奎恩坐直：“然后呢？”

“你是正确的。电话在2时10分拨通，这几乎是莎伦逃出着火的房子十分钟之后了，她还把儿子留在了里面。”

“好的，”我说，“给艾弗莱特打个电话，让她问问莎伦当时究竟是他妈的怎么想的。当然，不要这么措辞。”

奎恩收好空杯子，我们起身离开时，我看到值班警官正在门口向我们招手。一定是有重要的事情，他才会抬起自己的肥屁股。然后我看到了，他身旁有一位年轻女性。她中等身高，红色卷发，一个肩膀上挎着酒椰花包。看到这里，我意识到自己以前见过她，是在学校里。现在，店里一半的男人正盯着她看。我注意到奎恩挺直了腰板，但她不是来见他的，起码看起来不是。她焦急地环视人群，看到吉林厄姆的时候，她的眼睛亮了，快步向他走来。我看到吉林厄姆悄悄地瞥了奎恩一眼，我必须要承认，奎恩脸上的表情太绝了。目前为止，警探得两分，侦缉警长得零分。

“吉林厄姆警探，”她说，呼吸有些急促，“见到你，我太高兴了。我刚才去找你的同事，那位女同事，我忘记她的名字了……”

“艾弗莱特警探。”

“可是他们说她不在这儿，所以我想我应该和你谈谈。”

吉林厄姆转向我：“头儿，这是黛西的班主任马迪根小姐。”他也介绍了奎恩，但是我发现她并没有分心来认识我们，这让奎恩倍受打击。

“是那个童话故事，”她又冲着吉林厄姆说道，“黛西的童话故事。我在收拾公寓的时候，在桌子后面发现了它，一定是我评分的时候掉到那里的。我太抱歉了，这全是我的错。”

吉林厄姆微笑着说：“不用担心，马迪根小姐。谢谢你把它带过来。”

“不是的，”她说，“你不明白。这正是为什么我如此担心。至少现在我又看到它了。”她把一只手放在前额，“我没有把话说清楚，是不是？我是想说现在又读了它，这么多周之后，在那个事件发生之后……”她停下来，深吸一口气，“我想故事里有一些我当时错过了的东西，非常糟糕的东西。”

她打开包，拿出了那张纸。当她递给吉林厄姆的时候，我看到她的手在颤抖。他严肃地读完了故事，然后递给我。女人的脸颊涨红了，她在咬自己的嘴唇。

“对不起，”她轻声说，眼睛里充满泪水，“如果黛西有事的话，我永远不会原谅自己，我本可以阻止一切的。她描述怪物的那些话……我怎么会没看出来呢……”

她的声音发颤，吉林厄姆向她走近了一步。“你不可能早知道的，不可能仅凭这个做出判断。没有人可以。但是你把它带来，这是一件正确的事情。”他轻轻地拉着她的手肘，“来吧，让我给你倒一杯好茶。”

当他们向柜台走去时，我把故事递给奎恩。他快速地浏览了一遍，然后抬头看着我。

我完全知道他在想什么。

悲伤的公主

黛西·梅森，八岁

很久很久以前，有一个小女孩住在木屋里。木屋糟透了。她不知道自己为什么要住在那里。这使她很伤心。她想逃跑，但是一个邪恶的女巫不肯放她走。女巫有一头长得和猪一样的怪物。小女孩想要逃跑，她尝试着勇敢一些，但是每次试图逃跑，怪物都会到她的房间里抓住她，那非常疼。然后，小女孩发现自己原来是一个隐藏的公主。但是，只有有人杀掉女巫和怪物，她才能像真正的公主一样生活在城堡里。然后，一个驾着红色战车的王子来了，她以为他会带自己离开。但是他没有。他很卑鄙。小女孩流了很多眼泪。她永远都不会成为公主。她没有幸福地生活下去。

回到办公室，我把窗户打开到最大，站在那儿抽了支烟。百叶窗上落满了厚厚的灰尘。我一直讨厌这种烦人的东西。我想了一会儿是否要给亚历克斯打电话，但又不知道该说些什么。在我们两人之间，沉默变成了轻易的谎言。窗外，一对父子正在十字路口等红灯。看起来他们正在去梅多耶稣教堂的路上，因为男孩带着一袋喂鸽子用的切片面包。如果幸运的话，他们甚至会看到天鹅。我想到了杰克，他以前也很喜欢天鹅，我从自己的脑袋中极少的安全记忆里找出了这么一丝回忆。我也想到了黛西，还有她那变成怪物的父亲。我还想到了利奥——“孤独的男孩”，以及他自己生命中的幽灵。然后我迷失在了记忆叠加之中。因为，在我今天听到的所有话里，利奥去了哪里？

半小时后，奎恩来了。

“艾弗莱特刚刚来电话。显然，莎伦声称当时自己很迷糊。事发前她服了两片安眠药，然后彻底错乱了。她在监控录像中看起来确实魂不守舍。我第一眼看到时，还以为她在生气。艾弗莱特再问她时，她变得十分呆笨，但是她最终同意我们和她的医生谈谈，确认她在按处方服药。她还坚称下楼前有大声喊叫利奥，但无人回应。当她看到后门开着的时候，她以为利奥已经出去了。是邻居意识到利奥还在他的房间里，然后把他救了出来。天哪，如果不是邻居，现在我们手上就有两个孩子死了，而不是一个。”

“我知道。”

“我们能相信她吗？”

我转身关上了窗户，然后又转回来面对他：“你觉得她会自己纵火吗？”

他瞪圆了眼睛：“你是认真的？”

“考虑一下。这场火灾唯一的受益人是她。她已经给了我们不少针对巴里的肮脏证据。房子里任何可能使她认罪的东西现在都已经付之一炬。确实如此。包括汽车，据我调查，汽车很少放在车库里。这就意味着除非有自首行为，或者发现与尸体有关的证据——”

“还得我们能找到。”

“我们会发现定她的罪太他妈的难了。”

“假设是她干的。”

“假设，当然只是假设，是她干的。但如果她能杀死黛西，她也有可能把利奥留在着火的房子里。想想吧。她能安全地避开这堆烂摊子，在别处开始新的生活，还带着保险公司的补偿金。”

奎恩轻声说：“天哪。”

有人在敲门。是个全力参与搜寻的巡逻人员。她看起来疲惫不堪。

“有事吗？”

“在梅森家的执勤人员让我回警察局把这个带给你，长官。是梅森家的信件。大多是账单和无用的东西，但是有一个你需要看看。我要先声明，不是我打开的，信封一定粘得不结实。我拿的时候，里面的东西掉出来，被我看到了。”

信封大约6英寸见方。收信人写着莎伦，盖着卡肖尔顿的邮戳。信封背面，发信人的地址是天堂之景疗养院。信封里装着一张光盘。我一看就知道巡逻人员为什么要把它捎回来了。

我抬头看着她：“干得好。抱歉，我还不知道你的名字。”

“索梅尔，长官。艾丽卡·索梅尔。”

“干得好，索梅尔。”

我站着伸了伸酸痛的腰：“我回家待几个小时。如果联系上吉米的父母，就给我打电话。”

“那就是另一件事，”索梅尔说，“值班警官让我告诉你的。关于诺瑟姆女士。”

我重重地坐下：“终于啊。好的，带她过来。”

索梅尔面露尴尬：“事实上，她想让你去找她。去她家。抱歉，如果是我的话，我早就会告诉她——”

我摆摆手。“别担心，”我疲惫地说，“那离我回家的路也远不了多少。”

2016年5月1日，下午2时39分
黛西失踪前79天
巴治克洛兹街区5号

黛西坐在花园深处的秋千上，把秋千胡乱地从一边拧到另一边。

她身旁的篱笆板松动了，而她的父母还不知道。几分钟前，她用双手小心地提起绿色的篱笆板，以免弄脏裙子，从那里跑了出去。如果有人看到她的话，她会说太想看看运河上的鸭子了。但这只是个借口。不管怎样，没有人看到她。厨房里的妈妈没有看到，路上的行人也没有。没有人注意到她。从来没有人注意她。

她把腿踢出去，开始荡秋千，一前一后、越来越高地飞到空中。每摆动一次，金属架就会略微扭出地面，她的父亲没有把它固定得足够牢固。她的母亲常常因此抱怨，不断地说“你这个建筑工人怎么会连个儿童秋千都修不好”。黛西仰起脸对着太阳。如果闭上眼睛，她几乎可以相信自己在飞翔，在巨浪一样的云彩之上滑翔，那里看起来像是美丽的雪山，或者王子、公主生活的童话城堡。像小鸟或者飞机一样在云朵里穿行，那感觉一定棒极了。她坐过一次飞机，但那是很久以前的事情，她记不清是什么样子了。她多希望自己还记得。她多希望自己现在就在天空中，俯瞰下面的房子、马路、运河，还有她自己，一切都非常渺小，非常遥远。

然后，有人在敲厨房窗户。指甲叩击玻璃，嗒、嗒、嗒。

莎伦打开窗户。“黛西，”她喊道，“我告诉过你多少次了，不要荡得太高！秋千不结实，太危险了！”

莎伦站在窗边，直到黛西放缓了秋千的节奏。秋千停下来的时候，突然出现一个尖尖的嗡嗡声，像是一只蚊子。莎伦听不到，因为声音的频率太快了。但是黛西能。她看着她的妈妈关上窗户，消失在厨房里，然后才把手伸进口袋，拿出一部小小的粉色手机。

屏幕上有新信息。

我喜欢你的裙子。

黛西向四周看看，睁大了眼睛。手机又振动了。

我一直在这里。

还有——

别忘了。

黛西滑下秋千，跑到篱笆旁，快速溜了出去。她前后看了看纤道，那里有遛狗和推婴儿车的家庭、长椅上抽烟的青少年们、冰激凌车，还有桥两侧停着的车辆。她把手机放回口袋里，从篱笆板那儿爬了回来。

她在微笑。

在诺瑟姆家半圆的车道上，我挨着一辆宾利和一辆亮红色的卡雷拉跑车停下车。这里像运河区庄园一样，是一片新建的仿旧式住宅区，但相似之处仅此而已。因为这里的一切都太宏大了。一座三层高的粉饰水泥建成的仿乔治亚风格楼房拔地而起，一旁是一个栽培橘子的温室；独立的车库堵在那里，看起来像是马厩；翠绿的草坪延伸到河边，码头旁的一座豪华酒店微微发出红白相间的光，光芒轻轻地上下摆动。你会发现自己仿佛处于杂志的彩色增刊之中。

当一个身穿黑色裙子、系着黑色围裙的女管家为我开门时，我并没有感到惊讶。事实上，唯一让我惊讶的是，他们没有干脆再配一名男管家。

女管家带我走进洞穴似的客厅，莫伊拉·诺瑟姆从白色的真皮沙发上站起来见我。我的第一反应是巴里·梅森喜欢这一型的女人——头发金黄，穿高跟鞋，戴珠宝，穿着十分刻意。唯一不同的是，莎伦年轻了十岁，会购买普里马克牌的动物印花迷你裙。

“我听说吉米又给自己惹麻烦了。”莫伊拉一边说，一边示意我坐下。她身边有一大杯杜松子酒和奎宁水的混合饮料。她没有提出给我一杯。

“诺瑟姆女士，我想这比‘麻烦’要更严重一点儿。”

她轻轻地摇摇手，金手镯叮当作响：“但据我所知，他实际上什么都没做？”

“他一直与东伦敦一个性犯罪团伙的家庭成员有联系。我们还需要查清他可能牵扯进去多少。”

“噢，我怀疑你不会找到任何针对吉米的证据。他总是大言不惭，喜欢炫耀，但是真到了那种时候，他就胆小如鼠。这一点随他父亲。”

这个女人虽看起来肤浅，但把巴里·梅森撂倒了。

“你知道他一直在和黛西见面吗？”

她扬起了一只眉毛，那是一只画上去的眉毛。“我亲爱的督察，我都不知道他见了巴里。我和巴里没有联系。我现在的社交圈子与过去大不相同。当然，巴里支付吉米的抚养费，这是我的律师负责监督的事情。他把钱存到我的账户上，用现金。”

我向四周看了看——几面镜子、巨屏平板电视、奢华的金属灯饰，还有河景。巴里的钱都花在了这些地方。在过去至少十年的时间里，月复一月，钱都被这所房子吸走了。我真想知道莎伦会怎么想。与此同时，莫伊拉也在注视着我："我知道你在想什么，督察，但这是原则问题。巴里离开了我，可吉米还是他的孩子。他不能指望马库斯为他买单。"

我怀疑这很可能也是马库斯的想法。我今天第二次对莎伦·梅森感到一丝同情。

"当然，巴里有探视权，但是他没有执行过。"

我很怀疑："一次也没有吗？你们分开时，吉米多大？"

"刚满四岁。"

所以巴里·梅森离开了一个四岁的孩子。在此之前，这孩子整天喊他爸爸，这是他为其读故事、哄睡觉、背在肩上、推动秋千的孩子。

莫伊拉仍在看我。

"公平地讲，我那前夫在家里不太受尊重，这都是莎伦的意思，"她说，"'崭新的开始'那一套说法。但是我确实偶遇过她和巴里。世界上那么多地方，偏偏在伦敦动物园遇到了。"

"我知道。吉米说过。他认出了自己的父亲。"

她迟疑了一会儿："真的？坦白地说，这惊到我了。他很多年没有见过自己的父亲了。"

"诺瑟姆女士，你会感到惊讶，孩子能记住非常多这种事情。"

她又一次整理好自己的情绪："是的，不管怎样，吉米拉着我去看蜘蛛屋，真是个可怕的孩子。然后莎伦不知从哪里冒出来了，带着她那娇小漂亮的小女孩。尴尬到极点了，你能想象吗？我们站在那里，盯着对方看了大约五分钟，试图想出该说些什么。然后巴里出现了，她把他赶走，像是我们得了麻风病一样。后来我收到了莎伦的一张便条，澄清说——这是她的原话——她和巴里不想与我们有任何交往了，这对吉米和黛西都是最好的选择。”

“说实话，”莫伊拉继续说，“我想她之所以说那些‘崭新的开始’的鬼话，是因为她不想巴里到我家来，甚至是来探望吉米。她想一个人占有他。我们的莎伦啊，可不怎么喜欢分享。但对她来讲很不幸的是，巴里非常喜欢分享，喜欢自由地散播自己。你懂我的意思。”

“你知道他们是怎么认识的吗？”

“噢，莎伦以前是巴里的秘书。你知道他自己的那家建筑公司吗？我以前也在那里工作，直到我有了吉米，就在那个时候，他雇了她。有一天下午，我用婴儿车推着孩子来到公司，发现这个放荡的女人穿着细高跟鞋和短裙，戴着轮轴盖子那么大的耳环。我告诉巴里，她如果没这么用力打扮的话，看起来会更漂亮。她当时应该有未婚夫。他是一个机械师，叫作特里或者达里恩之类的。但是这位未婚夫显然不能满足她的生活需求，我想她一见到巴里就打起了歪主意。天天说巴里这样，巴里那样，事实上，我们过去经常拿这个开玩笑。但是她肯定最终和他上了床，因为我知道的下一件事情就是，她声称自己怀孕了，巴里被这件事直接带到了离婚法庭。我让他付了足够的钱。我是说，为了公司。以防破产，巴里曾在公司的所有东西上都写了我的名字，我逼他以高价买走了我的股份。他不得不申请巨额的贷款。”

偿还贷款，支付抚养费，难怪财政吃紧。我做了点儿记录，然后再抬头看着她。我确定，她晒黑的皮肤是假的，胸部也肯定是假的。

我指指周围：“你的新生活看起来非常成功。”

她笑笑，带着一丝难为情："噢，马库斯比巴里好多了，是做丈夫的料。他不太沉迷于性生活。"

两条大腿非常显眼，她把裙子抚平，看看我，一个不用问出口的问题悬在空中。但我也有自己喜欢的类型，相信我，莫伊拉·诺瑟姆差得太远了。

她盯着自己修过的指甲，然后看看我："马库斯有儿子做继承人，所以我不需要再破坏自己的身材了。"

我笑了。这似乎很合理。"你说'声称'。"

"抱歉，你说什么？"

"刚才，你说莎伦'声称'怀孕了。她实际上没有怀孕吗？"

她张开双手，手镯又叮当作响："谁知道呢？那毕竟是书本里最老派的伎俩，男人们似乎永远都不明白。天哪，你还以为他们能学着不脱下裤子。我只知道，九个月后，没有孩子降生。他们是做试管婴儿才有的黛西。至少有人是这么跟我说的。"

这也有可能让他们花了许多钱。

"据你所知，黛西原本不知道自己有个同父异母的哥哥吉米吗？"

"除非莎伦或者巴里告诉过她。我想这几乎是不可能的。对于莎伦而言，巴里在遇到她之前的生活完全是……那个词是什么来着？编造的。就是它。她甚至声称她在我们离婚后才开始和巴里约会，这明显就是完全错误的。"

"吉米知道黛西吗？"

她脸红了，在晒黑的皮肤下，只能看出略微泛红。"我能向你保证，我从来没提起过她。我不知道吉米是怎么知道她的。恐怕你要问问他。"

"我会的。我还会再问他一次，关于黛西失踪的时候他在哪里。

因为我们只有确认了他的行踪，才能停止对他的调查。”

她笑了：“这正是我想跟你说的。我不知道吉米怎么会如此固执，可能他以为在牢房里待一段时间能奇迹般地提高自己在那群坏朋友中的街头威望。无论如何，重点是，我确切地知道他周二下午在哪里。他和我在一起。”

“这说起来很容易，诺瑟姆女士。”

“是很容易，但我恰巧有证据。马库斯的侄女下周结婚，我们当时在我那可怕的大姑姐家进行彩排。我甚至有照片，我可以给你看，虽然吉米不会为此感谢我。他不喜欢穿合身的裤子。天知道我都快用鞋拔子来逼他穿上礼服了。”

她拿出手机，找到那些照片，把手机递给我。在传递时，我注意到她的双手轻易地暴露了她的年龄。她的脸因注射了肉毒杆菌而显得平淡，但是她的双手因上了年纪而血管突出、斑点明显。她伸手去手提包中拿纸巾，我发现这包和莎伦的一模一样。不过我可以打赌，她的这个包是真货。

“那么，”她说，给了我一个用力十足的微笑，“你现在能放了吉米吗？”

我把手机还给她，站起身：“我需要最后问他几个问题。我猜你一定想在场。我现在就能带你过去，或者你自行在警察局和我碰面。之后，我们就可以释放他，把他交给你掌管。今晚他就能在家了。”

她看看手表，它比手镯还要金黄。“今晚安德森一家要来做客，我取消不了。尼古拉斯·安德森是我们的地方议员。你能不能让那个社工再介入一下？”

我说过的，巴里·梅森喜欢这一型的女人。

当我终于回到家时，亚历克斯已经睡了。床头柜上的安眠药瓶子打开着。我机械地拿起它，掂量了一下重量。亚历克斯总是我们俩之中坚强的那一个。至少我一直是这么认为的。我记得我的伴郎称她为我的靠山，婚宴上的每一个人都微笑点头，认可他们早就认识的亚历克斯。虽然我讨厌这些陈词滥调，但这也是我认识的亚历克斯。而最近几个月，我意识到这是一种非常可怕的习惯。因为我的靠山不能适应新情况，就像石头不能弯曲一样。亚历克斯的那种力量，在遇到不能承受之重时，只会变成碎片。这就是我为什么检查她的安眠药，为什么确保她不看到我这样做。我不能让她以为我能看出关联，不能让她感到她该受到责备，因为她已经够有责任心的了。

在楼下，我给自己倒了一大杯梅乐酒，拿出光盘走进客厅。光盘的外壳上是黛西的照片。她在一个泳池里，向上看着镜头微笑。这张光盘寄给了莎伦的母亲，仅凭这一点就能说明它应该是完全没有问题的。但我满脑子都是那个令人恐惧的童话故事，那张生日卡片。随着机器读取内容，我读了附在光盘上的纸条。

天堂之景疗养院

雅丁路

卡肖尔顿

2016年7月20日

亲爱的梅森夫人：

感谢您对赛迪的“珍宝箱”所做的贡献。实践证明，收集有特殊回忆的物品，或者能帮助回忆往日时光的物品，能够非常有效地刺激患有阿尔茨海默症的疗养者，帮助他们保持与过去的联系。

很遗憾，恐怕这件物品并没有达到我们预想的效果。我们给赛迪播放了影片，一开始她没有一丝反应，但是，当播放到您的小女儿时，她变得非常痛苦，开始谈论一个叫作杰西卡的人。她如此不安，我们遗憾地认为此影片只会对她造成伤害。我感到十分抱歉。现在我将光盘送还，以备您另有他用。

谨上

莫妮卡·哈普古德（疗养院经理）

所以莎伦·梅森没有告诉疗养员她母亲曾经有两个女儿，而不是一个。

我拿起遥控器，按下播放键。空无一物的蓝色屏幕上出现一行标题——“献给母亲，来自莎伦、巴里、利奥和黛西”。然后出现——

第一章：巴里和莎伦的婚礼

影片没有配乐，只有一个甜得发腻的笛子声，并不悦耳，我很快按了静音。影片开始时，巴里穿着晚礼服静静地站着，纽扣孔上插着一朵红玫瑰；莎伦身穿抹胸紧身缎裙，戴着镶有人造钻石的头冠，拿着一大束红玫瑰。然后，镜头中，莎伦走向酒店宴会厅里的神坛。观众席中大约有三十人，椅背上系着红蝴蝶结。墙上的横幅写着“圣诞快乐2005”，还有常春藤花环和一棵冬青圣诞树。杰拉尔德·韦利比他在报纸照片中要高大得多，艰难地护送着自己的女儿，呼吸沉重，脸色发紫。相反，赛迪更瘦一些，一直坐立不安地整理着自己的手提包、帽子和胸衣。我怀疑她已经处在痴呆病的初期阶段。影片中还有宣誓的镜头，随后是婚宴。巴里做了发言，然后两人切了婚礼蛋糕。背景中有杰拉尔德·韦利，他没有微笑。

第二章：利奥一岁生日

利奥坐在厨房里一把蓝色高脚椅上，这不是位于巴治克洛兹街区的房子。他一手拿着黄色的塑料勺子，用力敲打着椅子的桌板。他的下巴上有些食物残渣。镜头向后移动，怀孕的莎伦托着插有一根蜡烛的生日蛋糕出现了。蛋糕是狮子的形状。她把蛋糕放在利奥面前，他盯着蛋糕看，伸手去够火焰。她抓住他的拳头拉回去。莎伦看起来很疲惫。有人吹灭了蜡烛，应该是巴里。利奥开始大哭。

第三章：黛西受洗

天气很冷。人们笨拙地站在教堂外，在风中挤作一团。镜头中的莎伦抱着用襁褓重重包裹的婴儿。赛迪仍穿着婚礼上的那件大衣。杰拉尔德倚在拐杖上。还有其他两位老人，应该是巴里的父母。巴里一只手牵着利奥。小男孩穿了西装，戴着领带，头发梳下来，但是他正在挣脱父亲的手，看起来在尖叫。莎伦看起来很生气，但是镜头对准她和婴儿的时候，她又很快笑了。她抬高婴儿的头，以便我们能看到她。

第四章：夏日度假和又一个生日

这一组连续镜头是在国外拍的。可能是葡萄牙的阿尔加维，或者是西班牙的某个地方。我们能看到莎伦穿着比基尼和高跟鞋，在酒店游泳池边走来走去，偶尔停下来，像选美皇后一样扭胯。她的左脚踝后面有一个文身，我盯着它看，最终发现是一朵雏菊。她一度背对着我们，越过肩膀向后看，对着镜头眨眼睛、抛飞吻，像玛丽莲·梦露一样。她的身材很好，看起来甚至能像专业人员一样做这些事情。她的皮肤晒黑了，并且她在微笑，非常开心。镜头转向黛西，她穿着碎花裙子，戴着粉色的软质遮阳帽，正在拍胖乎乎的小手。她最多两岁。然后我们看到巴里和黛西在泳池里。他握着黛西的腰，把她举过头顶，然后像坐飞机一样将她降到水面，上上下下，上上下下。黛西高兴地尖叫着。然后坐在躺椅上的莎伦打开了生日礼物，她穿着白色棉质裙子，戴着一对摇晃的耳环。在这一组镜头的最后，黛西朝着镜头摇摇摆摆地走来，微笑着，举着一张海报，上面写着“妈妈，我爱你”。

第五章：圣诞节

镜头中是一棵圣诞树（人造的），装饰着通电的小彩灯。从阴暗的光线判断，这应该是圣诞节清晨。门打开了，黛西走进来。她一定有四岁大了，看起来和杰西卡惊人地相似。我猜想这景象得让疗养员们关闭播放器了。黛西淘气地瞥了一眼镜头，她仿佛知道自己不应该意识到镜头的存在。然后她看到了自行车，它靠在圣诞树上，绑满了粉红丝带。下一个镜头中，两个孩子被包装纸的小山包围了起来。黛西对着镜头说话，指着她得到的一个又一个玩具，解释它们是什么。利奥坐在一边，不看镜头，冷淡地打开了一个又一个礼物。这些画面清楚地说明，很多礼物不是给他的。下一个镜头是在一户六十年代小型半独立式住宅的前面，房前有一扇蓝色的车库门，非常小，任何现代车辆都放不进去。我们先看见黛西骑着新自行车，向我们驶来，然后是两个孩子戴着绒帽和连指手套，和巴里一起打雪仗。黛西穿着一双小小的UGG雪地靴，看起来极度漂亮可人。巴里一度大笑着和利奥摔到地上，他们滚在一起，但是利奥摆脱了父亲，哭着跑向镜头。然后我们看到两个孩子围着一个雪人一圈圈地跑。黛西小心地把雪拍平，但在她身后几步远的地方，利奥故意用红色的小铲子把雪挖起来。

第六章：又一次夏日度假

镜头中显然还是同一处房子的郊区小花园。草长得有气无力，呈现出褐色。房子后面的围墙外，能看到某种工厂厂房，可能是加油站的顶篷。我只注意到这个，可能是因为我十五岁前，每天都能看到这景象。梅森家这不清晰的录像如同仿制了我过去的生活。

巴里出现了，穿着一条黑色的紧身泳裤，胸膛突出来，双手叉腰。他似乎已经给自己涂了防晒油。我们看到他做举重，然后摆了个姿势来显示肌肉。他在大笑。然后视角一转，我们看到莎伦穿着宽松的土耳其式长袍。她拿着带有吸管和小伞的饮品，举高杯子，但是她看起来无精打采，明显胖了不少。然后摄像机捕获了杰拉尔德·韦利的镜头，他坐在相邻的躺椅上，穿着羊毛衫、衬衣，戴着领带，非常呆板。然后是坐在祖母膝盖上的黛西。她看起来不太舒服，好像坐在了不恰当的位置上。这个表情对五岁的孩子来说透着奇怪。随后镜头转向旁边，我们看到了浅水池里的利奥。他单调重复地溅起水花，但这好像并没有带给他任何欢乐。莎伦过去把他拉出来的时候，他开始尖叫，我发现他一次都没有看过镜头。

———

发送时间：**2016年7月24日，周日10：35　重要等级：高**
发件人：AlanChallowCSI@ThamesValley.police.uk[1]
收件人：DIAdamFawley@ThamesValley.police.uk
主题：372844号案件D. **梅森**
以下是巴里·梅森拥有的黑色日产纳瓦拉汽车的检查结果。莎伦的汽车因在火灾中受到严重损坏，还未能进行检查。 概述：汽车内外部均进行了血液和其他与身体相关证据的检测，没有任何发现。汽车后备厢里没有发现血迹或DNA。如果该汽车曾被用来运输尸体，尸体可能是被某种防水材料极度仔细地包裹住了。我注意到梅森先生拥有许多工地使用的荧光安全背心和其他保护性服装，这些衣服理论上能够作为包裹尸体的材料。不过，车中发现了一件安全服，上面只有巴里·梅森的DNA。车中还发现了一顶安全帽，一双带有钢鞋头的黑色安全靴，同样只有他的DNA。房子中还有其他荧光安全服，但均已在大火中被破坏，无法作为证据使用。

[1] 艾伦·查洛的电子邮箱地址。

没有迹象显示汽车近期进行过清洁（事实恰恰相反）。座椅上发现了巴里、莎伦和黛西·梅森的DNA，还有另外一名男性DNA，据推测属于利奥·梅森，该DNA是从咬下来的指甲上提取的，从尺寸来看属于小孩子。其他人的样本主要是头发和一些皮肤屑。我们还发现了两名未知女性的DNA，主要集中在后座，还有少量精液，确认属于巴里·梅森。

只有一个意外发现。除了指甲碎屑，我们尚未获取利奥·梅森的其他样本，但我可以明确表示，他与其他家庭成员没有血缘关系。利奥不是梅森家的亲生孩子。

“你为什么不告诉我们利奥不是你的儿子？”

我站在巴里·梅森被关押的牢房里。这是周日的早上，我能听到各所大学的铃声，每一所都是按照自己的时间来响铃的。你很可能会发现这是整个城市的缩影，每个人都按自己的步调生活着。巴里平躺在床上，膝盖蜷着。他非常需要洗个澡。而我呢，我非常需要给脑袋来一枪，因为我难以相信自己竟然现在才想通这个细节。利奥一点儿都不像梅森夫妇，即使不考虑其他因素，时间轴也早该冲我尖叫了——如果他们是在2005年12月结的婚，利奥现在十岁了，那么莎伦在婚礼上就应该怀孕了。显然她当时没有。

巴里坐起来，双手插在头发里，然后把双腿放到床边。

“我之前不觉得这与该死的案子有任何关系，”他终于说道，但是已经失去了斗志，“失踪的是黛西，不是利奥。”

他揉揉脖子后面，抬头看我：“没有律师在场，我应该和你说话吗？”

“这和色情片指控无关。但是如果你想让律师在场，可以给她打电话。顺便说一句，我们申请下来了延期拘留，能再扣押你二十四小时，之后就得对你提出指控。”

他盯着我看了一会儿，若有所思，然后叹了口气：“好吧，按你的方式来吧。”

“那么，你们为什么决定收养孩子？你们明显能有自己的孩子。”

“但是我们当时并不知道，不是吗？听我说，我和莫伊拉离婚，仅仅是因为莎伦怀孕了。但她后来流产了，事情变得一团混乱。医生说她可能不能怀孕了，还说试管婴儿是唯一的选择，但是我们成功的概率不大，除非是非常幸运。所以我们决定收养。”

“但你们还是做了试管婴儿，以防万一。”

“是的。”

“你们收养利奥的时候，他多大了？”

“大约六个月。”

“你很幸运，现在可收养的孩子并不多了。”

他望向别处。

“梅森先生？”

“你应该知道，他们说他可能会有问题。但是，当我们见到他的时候，他看起来还可以。他长得很漂亮，这直接让莎伦动了心。”

莎伦渴望有一个孩子，渴望保证巴里不会变心，不会回到莫伊拉、金钱和亲生儿子身边。

“然后莎伦终究还是怀孕了。”

“我们觉得难以置信。怀孕的时机非常不好，是在收养手续通过几周之后。那时候已经太晚了，我们不能把他还回去了。”

我无法相信自己听到了这些话。

“什么样的问题？”

“抱歉，你说什么？”

“你刚才说他们告诉你利奥有问题。”

“他们只是说可能有。他还太小，无法确定。他也可能非常健康。他还是个婴儿的时候，确实很健康，也非常安静，从不给我们惹麻烦。不像黛西，她是个不爱睡觉的家伙，一连哭几个小时，把我们都逼疯了。但是后来，当利奥四五岁的时候，他开始变得有点儿……你懂的，古怪。”

“他们有没有告诉你他为什么可能会有问题？”

“显然，他的母亲正在服刑，不能恰当地照顾他。她有酗酒之类的问题。这就是他被收养的原因。”

我深呼吸了一下。这话说得通。利奥的笨手笨脚、情绪波动，我两天前亲眼见过。问题是，这就是全部吗？没有更大的问题吗？

“你的医生怎么说？”

他哼了一声：“莎伦根本没有时间管他，说他只会多管闲事。在她看来，利奥只是发育得慢了一点儿，医生也找不出证据来推翻这种观点。她说我们怎么养孩子，别人管不着。”

这也说得通了。莎伦最不想让“他们”以为她养了不完美的孩子，或者她无法怀孕才去领养了孩子。

“他在学校里遇到的所有麻烦，包括痛打、恐吓——”

巴里看起来恼怒了：“利奥需要更加自强一点儿，仅此而已，别做一个胆小鬼。听着，事情真的并不那么糟糕。说实话，大多数时候，你根本看不出他有问题。他是个很好的孩子，很温顺。”

“直到最近。”

“是的，好吧。”

“你知道为什么吗？有什么事情触发了他的问题吗？”

“我怎么知道。”

“他知道自己是被收养的吗？”

他摇摇头：“不知道，我们还没告诉他。”

我从十开始倒数，然后说：“你不觉得再不告诉他就太晚了吗？他一定会自己发现的。年龄越大，事情越糟糕。”我该知道的。我的父母从来没有告诉过我，我不是他们的亲生儿子。三十多年来我也一直假装不知道。我是在和现在的利奥差不多大的时候发现的，当时我藏在父亲的办公桌下。偷听者别想听到关于自己的好话。但那不是我没有坦白我已经知道了的原因。孩子的直觉告诉我，我永远也不能说出来。直到今天，我依然守口如瓶。

巴里只是耸耸肩：“我说了不算，老兄。为了这事和莎伦争论，太不值了。相信我。”

牢房外，我沮丧地砸了一下墙，震得手腕生疼。我甩一甩手腕，把痛感甩掉。这时手机响了，是艾弗莱特。

“我原本打算昨晚给你打电话，但担心太晚了。听着，我一直在考虑利奥的事。我记得医生在邮件里称，利奥去‘做检查’。这个词用得很古怪，听起来好像他一直在做似的。这不正常，对不对？这位医生真的是讳莫如深，在邮件最后说了很多废话，称需要授权才肯透露与梅森家有关的信息。我想他是在暗示我们一些东西，这是口是心非啊。”

所以她也猜到了。艾弗莱特的思维非常敏锐。她有一天会非常成功的。

“今早，我收到了查洛的邮件，”我说，“车上的证据证实利奥是被收养的。”

“天哪，他们竟没有告诉我们？”

“别刺激我了。当然，如果仅仅是这样，那就没关系。但事实相反。”

我转述了梅森刚才告诉我的话。

“妈的。”她说，很快又继续说道，“昨天，我和利奥坐在一起，他说所有的事情都是他的错，但我问他是什么意思，他又保持沉默。然后今天早上，我洗完澡回去，发现他在床下面。他说他丢了什么东西，所以点了一根火柴来找。床垫的下面已经着火了。没烧了整个房子真是奇迹。他说自己在抽屉里找到的火柴。”

这次轮到我说了：“妈的。”

寻找黛西·梅森的脸谱网专页

警方在黛西家附近区域进行了广泛的搜索，但仍没有黛西的消息。警察审问了她的父母，有报道称，一位不具名的青少年也在协助调查。如果你住在牛津地区，在7月19日星期二下午或晚上曾看到过任何可疑人物，请务必通知警方。联系人为督察亚当·福莱，电话号码为01865－0966552。特别是如果您刚度假归来，刚看到新闻的话，请务必留意。

詹森·布朗、海伦·芬赤利、詹妮·斯梅尔等285人点赞

置顶评论

多拉·布鲁克斯：我们外出几天刚归来，刚看到这条可怕的新闻。我有些不知所措。19号下午，我曾在我们的街道上看到有人把什么东西放入废料桶里。我们距离运河区庄园的那所房子大约有八百米。我记得非常清楚，因为我们正是那天离开的。他穿着亮黄色的防护服，戴着安全帽。因为附近有很多建筑正在施工，所以我当时没有多加怀疑。但是现在我开始想，这是否和黛西的失踪有关？我刚才去那所房子看了一下，里面仍空无一人。看起来施工甚至还没开始，那么为什么会有工人出现在那里？你们怎么想？我没看见他往废料桶里放了什么，也可能什么都没有。我不想浪费警察的时间。

7月24日16：04

杰里米·沃尔特斯：我认为你应该马上给警察打电话。

7月24日16：16

朱莉·拉姆斯博顿：同意楼上。别担心会打扰到警察。我相信他们愿意知道你的发现，然后他们可以用合适的方式查清事实。

7月24日16：18

多拉·布鲁克斯：谢谢你们两位。我会的。

7月24日16：19

———

理查德·唐纳利住在沃尔弗库特外的一户三十年代大型半独立式住宅里。这里其实与拉希亚家的房子很像，只是没有贫困、毒品和死一般的沉寂。我在外面停车时，看到他正在取车上的行李。他面容憔悴，正是刚和三个小孩子过了两周无人打扰的家庭时光后该有的样子。

当我介绍自己时，他突然警觉起来。

“督察，我告诉过你了，没有合适的授权，我不能泄露梅森家的任何信息。”

“我知道，唐纳利先生。我不会要求你那么做的。我只是想告诉你我们已经知道的信息，然后请你提供些一般的背景知识，只是基本的医学信息，不具体到梅森一家。”

他考虑了一下：“好的，那样我还可以接受。你不妨进来，我让妻子沏点儿茶。为什么在国外连中等质量的茶都喝不到呢？”

“是牛奶的原因。”我说，意识到自己听起来像莎伦·梅森。

后花园急需浇水和修剪，但花架下有一张长椅，坐在上面能看到梅多港。我能看到四五匹奶油色的马，身上布满了棕色的斑点。它们静止地站着，构图如此完美，看起来竟不像是真的了。但随后，一条尾巴发出嗖嗖声，打消了我的错觉。有一次，我们带杰克去看那些马，因为亚历克斯的一位同事说其中一匹母马生了马驹。小马驹只有两三天大，一蹦一跳，连尾巴也跳跃着。我们都拽不走他。

“原来你距离梅多港这么近。”

“在冬天，”唐纳利一边说，一边放下两个马克杯，“从我儿子的房间，你能看到教堂的塔尖。”

我等着他倒了茶，然后开始询问：“我们现在有两个新发现，是艾弗莱特警探上次联系你时我们不知道的。一个是利奥是被收养的，一个是他的生母是个酒鬼。”

他保持沉默，我能从他的脸上看出，虽然这对我来讲是新闻，但对他并不是。

“那么，唐纳利医生，你能跟我谈谈胎儿酒精综合征的长期影响吗？”

他满脸怀疑：“单纯从理论上讲？”

“单纯从理论上讲。”

他放下自己的马克杯：“别告诉我你没用谷歌搜查过。”

“当然搜了，但我想听你谈谈。”

“好的，这是官方版本。就像你可能收集到的信息一样，这个病症对孩子的影响可以很大，但大多数病患的共性是神经损伤。这能够引发从轻微到严重的一系列学习困难，还有身体方面的并发症，比如荷尔蒙的问题，肝脏和肾脏等器官也能受到影响。”他犹豫了一下，“还可能引发胃部不适，虽然十分罕见，但确实是可能的。”

恶心的努卡，我想。还有，孩子们的观察力可真猛。

“最常见的身体征兆在这里，”他用手指着自己的脸，“嘴巴和鼻子之间的这个凹槽，这叫作人中。患有胎儿酒精综合征的孩子这里常常发育不好。如果你清楚该找哪个部位，这个特点非常明显。”

我几乎是第一次见到利奥时，就注意到他那里了。但是我并不知道它的重要性。当时不知道。

“能被检测出来吗？我是说，心理上？”

“不能，没有权威的测试，并且可能会产生混淆。即使是有经验的专业人员，也常把胎儿酒精综合征误认为自闭症或者多动症，因为许多行为是非常相似的，比如，这些孩子会极度活跃，但身体协调性很差。他们也很难产生情感共鸣，常常很难建立人际关系，与别人打交道，特别是在群体活动中。”

“所以这类孩子很容易成为欺负的目标。”

“很遗憾，是的。受欺负的时候，他们往往处理不好。他们不善于考虑自己行为的后果，所以他们倾向于表现得很冲动，这只会让事情变得更糟。”

比方说拿铅笔戳向另一个孩子的眼睛。只是打个比方。

唐纳利叹了口气：“这种孩子需要极大的支持，不仅是来自医护人员的支持，还有来自家庭的。他们需要充满爱的稳定环境，有受过训练的专业人员帮助他们培养处理问题所需的技能。督察，这没有捷径。患有胎儿酒精综合征的孩子的父母需要花很多年时间耐心刻苦地照料孩子。这是一个令人疲惫、吃力不讨好的工作。”

“但如果孩子没有得到这种支持，如果家长拒绝承认问题的存在呢？”

他瞥了我一眼，又望向别处：“有时症状的确定需要花费很长时间。在这种情况下，家长不愿急于下结论，人们一般不愿意自己的孩子被贴上标签。那样的话，我会密切监控孩子，必要的时候，或者是我认为会有帮助的时候，我会把他推荐给儿科医生协会。”

“家长能拒绝推荐吗？”

他的脸红了：“大多数人都想让孩子得到最好的治疗。”

答非所问。他知道的。

“但是家长能拒绝吗？”

他点点头。

“那么事情会怎样发展？”

“如果这样……从理论上来讲，如果我遇到了这种情况，我会继续监控孩子，并考虑和校医谈一谈。我还会花很多时间向父母解释尽早得到专家的专业帮助有多么重要。我会强调不这样做的长远后果会是毁灭性的，比如毒瘾、暴力、性犯罪。美国有很多可怕的数据，在这些方面，他们总是比我们先进得多。我看过一项报告，报告估计患有胎儿酒精综合征的人坐牢的概率是普通人的十九倍。”

这无疑确认了我那些最糟糕的担忧。

我站起来要离开，但是医生的脑袋里明显还有一事。“督察，”他说，直视着我的眼睛，“患有胎儿酒精综合征的孩子容忍疼痛的程度极高。所以你能发现，有些孩子有时会把积压的愤怒和沮丧发泄到自己身上，也就是说……”

“我知道，”我说，“他们会自残。”

———

奎恩刚要关闭自己的电脑，电话就响了。他一边用肩膀夹着听筒，一边关上电脑程序，一心二用。然后，他突然坐直身体，握紧听筒。

“重复一遍！你确定吗？”

他拨开桌上的纸，想找一支笔。

“地址在哪里？劳顿路21号。知道了。通知法医，我跟他们在那里碰面。是的，我知道是他妈的周日。”

然后他站起来，抓起自己的夹克，离开了。

———

当我在家外面停车时，手机响起了电子邮件的提示音。我打开文件，扫了一眼，然后拨通了艾弗莱特的电话。

“明天上午9点，你能带利奥·梅森到基德灵顿的公寓去吗？我们需要德里克·罗斯表现得像成年人一样得体，你能给他打电话安排好吗？告诉他我们很抱歉，但他别无选择。至于莎伦，如果她愿意，可以看监控录像，但是她不能在房间里。如果她想带一名律师，也可以，我不会争论这件事。但是我需要你在场。如果说利奥信任我们当中的某一人，那么那个人一定是你。”

我正在下车的时候，手机又响了。由于太恐慌，我甚至连手机上的字都认不清了。

“慢点儿说……她在哪里……哪家医院？好的，别担心。我们会处理好一切的。你安心照顾好珍妮特就可以了。”

我挂断电话，在原地站了一会儿。几分钟后，我走进客厅里，亚历克斯抬头看我，问我为什么哭了。

奎恩到达劳顿路时，路上已经有聚集的人群。一名取证官正用黄蓝相间的警戒线把入口到车道的空间隔离起来，还有两名取证官正将废料桶里的物品一件件取出来，包括数把旧椅子、几卷腐烂的地毯、破裂的浴室磅秤和几张破碎的石膏板。无论周边多富裕，人们还是会把垃圾扔到其他人的废料桶里。一名穿制服的人带领奎恩来到一名瘦小的中年妇女身边，她站在警戒线外，穿着宽松的裙子和黑色紧身裤。她把头发扎成了蓬乱的马尾辫，这种女人留长头发却从不把它们放下来。她看起来很焦虑，还没等奎恩走到跟前就先

开了口。

“噢，警官，我就是打电话的人。我真希望自己能早些知道黛西的事。隔了这么长时间才跟您联系，我感到很糟糕。但是我们的小屋没有电视，我的手机也没有网络，费用太高了，是不是，反正信号也传不到埃克斯穆尔[1]。”

“布鲁克斯女士，对吗？”他说着，拿出了笔记本，“我得知你看到一名男性在周二下午往这个废料桶里放了某样物品？你记得确切的时间吗？”

“噢，大约是5点钟。我们想早点儿离开，车程很长。但是我要取些干洗的衣服，队排得很长，然后一件事接着另一件事……”

天哪，奎恩想，她有完没完？

“所以是周二下午的5点钟左右。那个男人，他长什么样子？”

“就像我对其他警官说的，他穿着和他们的一样的亮黄色塑料衣服。”

“荧光安全服？”

“是的，就是那个。一件夹克、一顶安全帽，甚至还有一个面罩，你知道的，他们用砂纸打磨东西时戴的那种白色面罩。打磨我家浴室天花板的家伙就有一个一模一样的。我当时应该有所警觉的，对不对，这有一点儿古怪。我早就应该给你们打电话了。我非常担心我可能耽误了事情的进展，你不这样认为吧？是不是？”

“你能描述一下他吗？身高和体重？”

“好的，只是中等水平，真的。他在废料桶后面弯着腰，所以我看不太清楚。”

---

[1] 原文Exmoor，英国德文郡北部的国家公园。

“好的。你能记起他往废料桶里放的物品的任何细节吗？任何细节都可以。”

“恐怕我当时没有在意，警官。我们的吉娃娃菲比正在叫，因为它不喜欢待在车上，埃尔斯佩思正努力让它安静下来。从干洗店回来的路上，一个讨厌的年轻人朝我做了一个粗鲁的手势，因为我冲他按喇叭，提醒他绿灯才能过马路。我觉得这不公平，你觉得呢？我是正常行驶——”

“废料桶，布鲁克斯女士？”

她思考了一会儿：“好吧，我只记得，不管那东西是什么，他能用一只手轻松地握住，所以它应该不太重。它被包裹起来了，这一点我非常确定。但不是用塑料袋，因为它不反光。我绝对注意到这一点了。”

就这样，从一开始的明显的轻蔑，到最后带着尊敬之情，奎恩结束了询问。几分钟后，一名取证官叫他过去，举起从废料桶里拿出来的一样东西，他的尊敬之情更加强烈了。这东西很轻，用一只手就能举起来，外面紧紧地包裹着一张报纸。

当我赶到约翰·拉德医院时，天快黑了。我开着车在附近转了十分钟才找到正确的科室，又花了十分钟找停车位。在楼内，除了零星的几位疲倦的护士，和推着装有拖把和水桶的手推车的清洁工外，走廊空无一人。在二楼，护士站一位慈母般的女士问我是不是亲属。

“不是，但我有这个。”

她瞧瞧我的警官证，然后警觉地看着我：“这里有什么问题是我们不知道的吗，督察？”

“不，不是这样的。那位父亲……吉林厄姆是我的下属。我想看看珍妮特情况怎样了。”

“噢，我明白了，”她说，松了一口气，“其实，恐怕我们一时也不太确定。她腹部剧痛，今天早些时候有些出血，所以我们留她住院观察。”

“她会失去孩子吗？”

“我们希望不会。”她说，但她的表情出卖了她。以珍妮特的年龄来看，情况可能不太好。“我们还不知道。我们目前能做的不多，只能让她保持舒适，看上天的安排吧。你现在想见吉林厄姆先生吗？毕竟你花了那么多工夫来了。”

我犹豫了。自从杰克出生后，我还没有进过产科病房。我们有杰克出生时的录像，他绷着小脸叫喊着，呼吸第一口空气，小拳头打开又合拢，头上还有一缕后来没有掉过的黑色头发，虽然人们都说那会褪掉的。我把录像带藏在了阁楼里。我受不了这种幸福感。这幸福里饱含着生命不能承受的脆弱。

护士在看我，满脸关心：“你还好吗？”

“对不起。我只是累了。我真的不想打扰他们。”

“我上次查房时，你的同事在椅子上睡觉。我们快速地看一眼吧。他可能很高兴见到朋友来了。”

我跟着她走到走廊深处，尽量不去看婴儿床和茫然的新爸爸们。珍妮特住了一个单间。我从门上的玻璃板向里望，窗帘关着，她睡着了，一只手弯曲着放在肚子上，一只手攥着毯子。吉林厄姆在床尾的椅子上，头耷拉下来。他看起来很糟糕，脸色苍白暗沉，一点儿都不舒展。

“我不打扰他了。对他没有什么好处。”

她和蔼地笑了。“好的，督察。”她拍拍我的胳膊，“我会告诉他你来过。”

她选择了一个适合自己的职业。如果你刚有了孩子，或者是刚失去了孩子，她是那种你想让她陪伴的人。

2016年4月16日，上午10时25分
黛西失踪前94天
牛津萨默顿购物广场

阿齐姆·拉希亚正坐在停于银行外的车里。马路对面，周六的星巴克咖啡店异常忙碌。阿齐姆能看到吉米坐在其中一张桌子旁边，面前放着一个杯子，脚下放着帆布包，他的手指敲打着桌子，不住地向门口望去。

阿齐姆点燃一支烟，放下车窗。马路对面，一个男人推开了咖啡店的门，四十多岁的年纪，穿着紧身牛仔裤和皮夹克。他正用手机讲电话，一边讲一边做很多手势。当他路过拐角的时候，一旁桌子的两个女人注意到了他，然后他略微地挺直了胸膛。吉米目不转睛地盯着他，直到他打完电话坐下来，把夹克扔到椅子后背上。

阿齐姆不知道他们在说什么，但明显进行得不顺利。男人不停地摇头。看起来吉米在问他原因，然后两人很长时间没有讲话。男人站起来，指着吉米面前的杯子。吉米摇摇头。男人耸耸肩，然后转身来到柜台，排队买咖啡，沿途还停下来和拐角桌的女人们谈话。

阿齐姆注视着吉米把手伸进男人的夹克里，拿出了手机。吉米抬头看了一眼，确保男人没有在看他。男人正忙着跟拐角桌的女人们调情。吉米轻敲了一会儿手机，然后他笑了，是个坏笑。他把手机放回原处，几分钟后，当男人回来时，吉米站起来。男人敷衍地尝试让吉米再坐下来，但吉米没有理会。他拿起书包，绕过桌子，走向大门。在人行路上，他停下来点了一支烟，然后避开穿行的汽车，来到马路这边。阿齐姆看见星巴克里的男人倚着椅背，深呼吸了一下，然后拿起了咖啡勺。没错，他的脸上充满了轻松。

吉米敲敲窗户，阿齐姆靠过来，打开车门。

“他妈的狗杂种。”吉米说，咬紧了牙齿，把书包扔到后座。

“我告诉过你，兄弟。卑鄙的人都喜欢他。他们只关心他们自己。”

“得了吧，”吉米说，“你不说他妈的‘我告诉过你’，我也能行。”

阿齐姆耸耸肩膀。他很多年没见过自己的父亲了。

吉米深吸一口烟，透过烟雾看着阿齐姆：“我是为了自己这么做的。干得又好又恰当。”

“什么，你是指那部手机？”

吉米咧着嘴笑了，眯起眼睛：“是的，那部手机。连他妈的密码都没有。蠢货。”

两人大笑着，阿齐姆发动引擎，轰鸣着加入了车流。他们前面停着一辆黑色日产纳瓦拉，阿齐姆的汽车贴着它的后保险杠开了过去。后座上的一个小男孩望着他们离开，然后又转身望向星巴克窗户里的那个男人。

他已经移到拐角桌去了。

第二天上午的案件调查室里，没有了玩笑，也没有了调侃，事实上，什么都没有。当我在前面坐下时，沉默的房间里更加寂静无声。他们可能认为我带来了坏消息。

“你们可能已经知道，珍妮特·吉林厄姆昨天住院了。如果我得到消息，任何消息，我会通知大家的。我们确定克里斯未来几天会休班，所以我们需要有人顶他的班。奎恩，你来做好安排。”

一直靠在桌边的奎恩站起来：“头儿，我还需要向大家通报一下昨晚发生的事情。我们接到一个女人的电话，她声称在黛西失踪当天下午看到一个穿荧光安全服的人往废料桶里扔了东西。她认为此事可疑，因为工地上还没有建筑工人。无论如何，我们进行了检查，发现了一个用报纸包起来的包裹。准确地说，是《卫报》[1]，日期是事发前一天，7月18日。”

“包裹里是什么？”

“一副超大防割手套。建筑工人戴的那种。掌心有灰色的塑料材料，手背是荧光橙色。恐怕上面有血迹。手背上还有一些其他污迹，是红色的，但我不认为是血迹。取证官目前正在进行检测。”

我环视房间：“所以，正当我们认为巴里·梅森可能不那么像

[1] 《卫报》（*The Guardian*）是英国的主流大报，与《泰晤士报》《每日电讯报》被合称为英国三大报。

嫌疑人的时候，他又回到我们的视线中了。”

“还有个情况。”这一次是艾弗莱特说话了。

“我刚和大卫·康纳通过电话。你还记得吗，米莉的父亲？他又和米莉谈过了，她说了一些从没有告诉过他们的话。在聚会的前一天，当孩子们去康纳家试穿化妆裙时，很显然，黛西乞求米莉不要告诉任何人。”

“有关黛西的事情吗？”

“不是，头儿，是关于利奥。”

“你好吗？”

男孩抬头看看我，又低下头。他穿着过大的切尔西足球服和一条短裤。两个膝盖都结了血痂，其中一条小腿上也全是瘀青。德里克·罗斯挨着利奥，坐在桌子的另一边，莎伦在相邻的房间里，和律师在一起看着监控。她穿着背心裙、白色的套衫，看起来像是从去划船比赛的路上赶来的。

艾弗莱特递了一罐可乐给利奥，笑着说：“以防你渴了。”

“现在，利奥，”我开始说，“恐怕我要问你一些问题，有些问题会让人有点儿不安。但是如果你的确感到不安，我希望你能告诉我们，好吗？你明白了吗？”

他点点头，手摆弄着易拉罐的拉环。

“你还记得消防员到你家灭火吗？”

又点点头。

“如果有这样的火情，负责的消防员需要做一个报告，找出失火的原因。”

没有反应。

“他们刚给了我一份报告的复印件。我能告诉你它上面写了什么吗？”

他不肯抬头，但易拉罐突然打开，拉环掉下来了。

“它上面写着，他们并不认为从纤道上来的汽油炸弹扔进了房间里。他们一开始是这么认为的，但他们发现自己错了。显然，这和窗户是如何被打破的有关。有点儿像电视上的警察节目。找到玻璃碎片，然后把它们拼起来。”

“《犯罪现场调查》，”利奥说，仍然低着头，“我看过那个。还有《法律与秩序》[1]。”

“是的，这正是我想说的。不管怎样，在做完所有巧妙的检查之后，消防员现在认为火是从房内开始燃烧的，并且他们知道是哪个房间，因为他们在那里找到了汽油。他们没有在别处找到它，仅仅是在一个房间里找到了。”

沉默。

“你知道火是从哪里开始的吗，利奥？”

他耸耸肩，但是脸颊发红。

“是在你的房间里，对不对？”

一片沉默。德里克·罗斯扫视了他一眼，随后向我点头。我们可以继续。

“你是否记得，”我最终说，“我们第一次见面的那天呢？黛西

[1] 《法律与秩序》（*Law and Order*），是一部比较真实地反映美国法律制度的电视连续剧。

失踪之后。你告诉我，你喜欢聚会上的烟花。你还记得那个吗？”

他点点头。

“利奥，火是不是看起来像烟花？你被外面的噪音吵醒，望向卧室的窗外，看到汽油炸弹落到花园里，你是不是觉得它们看起来像烟花？”

又是沉默。

“我能告诉你，我认为发生了什么吗？我认为你看到其中一个炸弹没有爆炸，然后你下楼把它捡起来，带回房子里，但忘记了关上后门；我认为你从厨房拿了些火柴，然后回到了楼上；我认为你在那里点燃了炸弹，火就是这样烧起来的。”

他的脸变得通红。德里克·罗斯倚过去，一只手轻轻地放在他的手臂上：“你还好吗，利奥？”

“你是否能告诉我们，”我说，“之后发生了什么？你听到妈妈叫你了吗？”

他的声音非常低，太低了，我只好倾身向前来听清楚。“她在楼下。”

“但是你没有尝试下楼？火太大了吗？”

他摇摇头。

“你不害怕吗？你没意识到自己会受伤吗？”

他肩膀一耸：“他们不会在乎的。他们只在乎黛西，不在乎我。他们想把我送回去。”

我感觉到艾弗莱特在看我。她和我一样清楚接下来我要做什么。虽然我讨厌自己这样做，虽然我无法预料这么做会造成怎样的伤害。

“利奥，”我温柔地说，“你知道‘收养’这个词的意思吗？”

他点点头："黛西告诉过我。她说我并非她的亲哥哥。她说这就是没人爱我的原因。"

他的眼睛里含着两颗大大的泪珠，泪珠缓缓流下脸庞。

"她这么说是很不友好的。你们争吵了吗？"

他点点头。

"她是在失踪的那天说的吗？"

"不是，是在很久以前，期中的时候。"

所以是大约两个月前，也就是利奥的行为开始不正常的时候，大约是他开始攻击别人的时候。难怪如此。可怜的小家伙。

"你知道她是怎么发现的吗？"

"她偷听来的。他们不知道她在那里。她总是这样做。她知道很多秘密。"

我对着艾弗莱特做了个手势。现在该她上场了。

"跟我们说说黛西失踪的那一天。"她温柔地说。

他哭得更凶了，泪水安静地奔涌出来："她把我留给那些男孩，自己跑开的时候，我对她很生气。我冲她大喊。"

"所以你们又争吵了？她说了什么？"

"她说她有另外一个哥哥，一个亲哥哥。她说爸爸要去看他真正的儿子，他不再需要收养的儿子了。"

"这令你感到不安了吗？"

他的视线垂下来："我早就知道他们不在乎。"

现在，我能看到艾弗莱特眼中的悲伤。这个房间里的痛苦超出了这个小男孩所能承担的极限。

"那么你回家后发生了什么？"艾弗莱特最终说，"你看到黛西了吗？"

他的眼睛看着她的脸，闪烁着：“就像我说过的，我当时不想见到她。我不知道发生了什么。我播放着音乐。”

“利奥，”我说，努力让自己的声音保持平静，“你刚才告诉我们，你对她感到非常生气。你确定回家之后没有去她的房间吗？如果你当时仍然生气，我们完全理解，因为她对你说过很多不友好的话。如果别人对我说那些话，我也会难过的。有时，当人们生气时，其他人会受到伤害。你确定这种事情没有发生在黛西身上吗？”

“没有，”他说，“就像我说过的。”

“在学校里，你生气了，是不是？对着其中一个欺负你的男孩。你试图把一支铅笔戳进他的眼睛里。”

利奥耸耸肩：“他在伤害我。”

“黛西失踪前一天，没有发生别的事情吗？当你在康纳家，试穿别人的化妆服时？”

利奥的脸红了：“我不是故意的。”

“康纳先生告诉我们，你打了黛西，说你拿着男巫的魔杖打了她。”

“是个魔术师。小孩子才喜欢男巫。”

“但这不是重点，对不对，利奥？你为什么想打她？”

“她一直说关于我的坏话。女孩们都在笑。”

“所以，聚会那天也是如此？她又说了不好的话，你又感到生气，然后你打了她？有没有可能她摔倒，磕到了脑袋？如果是这样的话，我会理解的，艾弗莱特警探也会的，还有德里克。”

他摇摇头。

“如果这种事确实发生在你妹妹身上，”我继续说，“我相信你真的会感到很抱歉。抱歉并且难过。你最自然的做法应该是去找妈妈，并且告诉她。我确信她会帮你解决问题。当时是这样吗，利奥？”

我只靠想象就能猜出隔壁房间里目前的情形，但我不在乎。

利奥又摇了摇头："她不是我妈妈。黛西不是我妹妹。"

"但是她帮你了吗？在你和黛西争吵之后，你妈妈帮你解决问题了吗？"

"我告诉过你了。我看不到她。她在自己的房间里。"

艾弗莱特和我交换了一个眼神。

"所以就像你一开始所说的，"我说，"你回到家，黛西的音乐打开着，你再没有见过她。"

他点点头。

"你在自己的房间里，你的音乐也开着。"

他点点头。

"你当时戴着耳机？"

他犹豫了。

"我也放着音乐。"

"你听着耳机里的音乐？"

他耸耸肩："无所谓。我讨厌他们。我讨厌他们所有人。"

他可能只是想从询问中脱身。谁忍心责备他呢？现在的他哭得很厉害，简直是号啕大哭。

我向前伸出手，轻轻地，非常轻地，拉起他的双手，把那过长的袖子向后推。即使是在这么热的天气里，他还经常穿着这种衣服，过长的袖子覆盖着胳膊。他没有试图阻止我。

我低头看着他皮肤上的字。我猜测他在发现自己没有家之后不久，就开始这样文身了。医生早就知道，我想学校也怀疑过，而理应关心爱护他的双亲却没有人注意到他出问题了。可怜的小利奥。可怜的吉米。可怜的被遗弃的孤独的男孩们。

“我知道这是什么，利奥，”我温和地说，“我曾经有一个儿子，他也这么做。”

我感到身边的艾弗莱特僵住了。她并不知情。没有人知情。我们没有告诉任何人。

“这使我非常伤心，我花了很长时间来理解这件事，因为我那么爱他，我以为他知道。但我现在确实理解了，我想我知道他为什么这样做了。这种疼比其他疼痛要轻，对不对？它能让你好受些。即使只是一小会儿。”

德里克·罗斯伸出手臂，抱着抽泣的小男孩：“没关系，利奥。没关系。我们会解决好的。我们会把所有问题都解决好的。”

在走廊里，莎伦已经在等待了，等待着，暴怒着。

“你竟敢如此，”她说，她红色的长指甲近在咫尺地指着我，这指甲也是新做的，“你他妈的竟敢把我牵扯进来。如果这个傻孩子确实对黛西做了什么，我可什么都不知道。你们一开始就含沙射影地说我是个坏母亲，现在你竟然暗示这个孩子杀了我的女儿，并且是我帮他解决了问题？我帮他掩盖了罪行？谁给了你这样的权利，谁给了你这该死的权利！”

“梅森夫人，”律师惊慌地说，“我真的不认为——”

“如果我是你，”她低沉地说，没有理会律师的话，脸凑得离我更近了，“在指控别人如何抚养孩子之前，我会三思而后行。毕竟，我的女儿只是失踪了。而你的孩子，死了。”

二

2016年4月4日，下午10时9分
黛西失踪前106天
巴治克洛兹街区5号，客厅

巴里正在看一档美国警察秀，身旁的桌上有一罐啤酒。突然间，门猛然打开，莎伦冲进来。她一手拿着他的皮夹克，另一只手拿着一张纸。

“这他妈的是什么？”

巴里抬头瞥了一眼她手上的东西，伸手去拿易拉罐：“哦，那个啊。”

“是的。那个。”

巴里耸耸肩。这种冷漠可能是装出来的。“她只是个从杂志上剪图片的小孩。这个年龄的孩子都这样做。她不知道这是什么。”

“她不小了，她八岁了。”

“我说过了，这没什么。”

莎伦的脸因气愤而变得通红：“这真令人恶心，就是这样。你觉得我很笨，但我脑袋上长了眼睛。我看到你那样抱她，把她放在大腿上……现在又冒出来这东西……”

巴里放下易拉罐：“你不会是在告诉我，我不能抱自己的女儿吧？”

“不能这样抱。”

“你他妈的什么意思？”

“你非常明白我什么意思。我看到她看你的眼神了……”

“他妈的，她像看爸爸一样看我。”

“她还用你的手遮着说悄悄话，还有瞧不起我的神情。”

“听到你这么说，我真是难以置信。我们还要老生常谈多少次，你才肯罢休？没人瞧不起你，都是你自己想象出来的。”

“你真是年度最佳爸爸。”莎伦讽刺地回复。

巴里站起来：“至少我不嫉妒自己的孩子。”

莎伦惊讶地张大了嘴巴：“你怎么敢？！”

“因为这是有先例的，不是吗？就像和杰西卡相处一样。”

“你竟敢把她扯进来。这是完全不一样的。”

“是完全一样的。你受不了处在第二的位置，对吗？你他妈的永远都要是关注的焦点。有杰西卡的时候是如此，现在也是如此。那可他妈的是你自己的女儿。她不在的时候你会一直夸她，但你从不在她面前说好听的话。你从来不告诉她，她看起来不错或者很漂亮。”

“我小的时候，我妈妈从来不说我漂亮。”

“这他妈的不是重点。不能仅仅因为你妈是个恶婆娘，你就要像她一样。”

“即使没有我，黛西也被宠坏了。她不能总是期待世界围着她转，她要懂得如何生活。她不是什么小公主，虽然你他妈的每时每刻都这样告诉她。”

巴里走向壁炉，又把脸转过来，面对妻子。“你不会是在告诉我，你是故意这么做的？你是为了给她上上课？”他摇摇头，“有时我真想知道你到底爱不爱她。”

莎伦仰起下巴："你给了她太多的爱。我只是在保持平衡。她最后会感谢我的。"

"天哪。你经历了那么多才怀上她，我们俩都经历了很多，但这就是你对待她的方式吗？有时我觉得自己真他妈的一点儿都不了解你。"

莎伦说了些什么，但声音太小，听不清楚。她的脸红了。

"你说什么？"

她转向他，挑衅地再次仰起下巴："我说，爱一个看不起你的人是很难的。"

巴里演戏般地叹了口气："她并没有看不起你。她竭尽全力地取悦你。我们都是这样。在这该死的家里真是如履薄冰。"

"你不知道她说的那些话。都是些肮脏犯贱的话。你没见过，因为她从来不当着你的面这么说。她太聪明了。"

巴里双手叉着腰："比方说？"

"你什么意思？"

"你说她在我面前不这样说话，那么给我举个例子，她说的那些话。"

她张了张嘴，又闭上了，然后说："她说鲍西娅的妈妈在准备一个读书会，他们要从《傲慢与偏见》读起，但是她已经告诉了鲍西娅，我不会感兴趣的。"

"好吧，你的确不感兴趣，对不对？你讨厌那些垃圾。即使他们跪在地上求你，你也不会去的，所以这有什么问题？"

"是她说话的方式。就像我不感兴趣是因为我太笨，看不懂简·奥斯汀似的。"

"你把这件事想得太复杂了。她只有八岁。"

“还有一次，她说南希·陈的妈妈是个道路学者[1]之类的，然后她告诉他们，我曾经是伦敦西区小姐亚军。”

“所以呢？这有问题吗？她为你感到骄傲。南希可能被你深深地折服了，她会把它当作返校节皇后[2]之类的。这在美国可是不得了的。”

莎伦轻蔑地看看他：“你真的没听懂，对吗？黛西会把它说成在可怜的牲畜市场上，一群无用的傻瓜穿着比基尼走来走去。”

巴里举起双手：“我投降。我真的投降。我只是不觉得八岁的孩子会这么想。你是个美丽的妈妈，她在炫耀你，但是你只顾找些肮脏又根本不存在的贬低之词。”

“你怎么知道她怎么做的，你从来都不在场。”

“天哪，你能怪我吗？”

她向他走去：“所以你承认了？这就是你晚回家的原因吗？你在外面鬼混？”

“我在该死的健身房里，或者在工作。”

“如果我给健身房打电话，他们会这么说吗，会吗？说你一周去三四个晚上？”

“如果你真想这么做，尽管去做，不必客气。但在打电话之前，问问你自己会看起来像什么，他们又会怎样看待你？绝望的家庭主妇，不然呢。”

“你受够我了。我变胖了，你想把我换成一个更年轻的模特。某个有着大胸部的瘦婊子。我见过你看她们的眼神。”

---

[1] 道路学者（Road Scholar）是美国的一个非营利性组织，主要面向老年人，为他们提供教育性旅行服务。

[2] 返校节皇后（Homecoming Queen）是美国中学的一项传统，学生们会在每年暑假后的返校节上，投票选出品学兼优、人缘好、长得漂亮的女生，称之为返校节皇后。

“噢，该死，又来了。这就是你为什么搜我的夹克吗？找发票？好吧，你不会找到的。我再说最后一次，记清楚，你不胖。”

“我比结婚时大了三个号。我们有了黛西之后，我就从没瘦下来。”

“你不能因为这个怪她。天哪，莎子——”

“别这么叫我！”

他停顿了一下。

“对不起。”

他吞了吞口水，走近一步说道：“听我说，我知道你不像过去那么瘦了。但是你知道我怎么想的吗？我不认为黛西和这有任何关系。我一直告诉你去看医生。你什么都不吃，却仍然……”

她的眼睛里有了泪水，愤怒的泪水：“我仍然很胖。这就是你想说的，是不是？”

“不，不是胖。只是和之前的你不一样……”

“生黛西之前，”她一边说，一边用拳头攥着纸，“在我生了该死的黛西之前……”

然后，一个声音从房间外传来，巴里转身看看：“我的天哪，不会是黛西吧，是不是？你知道她的，喜欢从钥匙孔偷听。”

他猛地打开门，看到女儿消失在楼梯上。

她在拐角处停下来，向下看着他，小脸上布满了泪水：“我讨厌她，我讨厌死她了！我希望她死了，我就能换个妈妈了，一个爱我的妈妈……”

“黛西，公主，”他一边说，一边跑上楼，伸出手去够她，“我们当然爱你。我们是你的爸爸和妈妈。”

“我不想做你的公主，你是头猪，我恨你！别管我！”

然后，他的女儿跑开了，卧室门砰的一声关上。

“手套查得怎么样了？”

上午11时30分，我们回到了位于圣奥尔代茨的案件调查室，包括艾弗莱特，她让莫林·琼斯替自己去了小旅馆。她说稍后要带父亲去看医生，所以如此安排，但是如果是因为她受够了莎伦，我也不会责怪她。奎恩放下电话：“得到些初步结果。报纸上没有指纹，但手套上的血迹确定是黛西的。”

我深呼吸了一下。所以她真的死了。这一点现在毫无疑问。我早就料想到了，我想我们都想到了。但是想到和找到证据不是一回事，即便你经历过很多次，像我一样。

“上面还有另外一个DNA，”奎恩对着沉默的我们说，“手套正反面都有，与巴里·梅森相匹配。”

这句话让房间里泛起了一丝成功的涟漪。不是胜利，在当下这个情形，怎么可能是胜利？但我们都明白，这个男人的手套出现在他家一英里外一个任意的废料桶里，上面还带着女儿的鲜血，肯定没有好借口。

“还有一事。”奎恩快速说道。非常明显，一定是个突破性事件，看看他的样子就知道了。“手套上满是砂石颗粒和除草剂。鉴于梅森仅仅是个搞扩建工程的，二者看起来真是个奇怪的组合，于是某些人灵光一闪，建议检测其中是否含有铁路道砟里的骨料。结果正是如此。除草剂也是铁路公司使用的那一种。这可是个重磅消息，不是你走进百安居[1]就能打听到的。”人们互相看着，讨论的声音越来越大。他们都在想一件事情：附近只有一个地方符合所有条件，而这地方距离我们发现手套的地点只有不到半英里。

“好吧，”我提高音量说道，“奎恩，去平交路口，让搜寻队在那里跟你碰面。”

“他们搜查过一次那个区域了，头儿。”巴克斯特说。

“嗯，那就再查一遍。因为看起来我们漏掉了什么东西。”

在走廊里，安娜·菲利普斯从我的办公室向我走来，挥舞着一张纸。“我找到她了。”她微笑着说。

“对不起，你说什么？”

她的微笑略微迟疑了：“波琳·波贝尔？还记得吗？杰西卡去世时，报道韦利一家的文章中引用过她的话？”

“噢，是的。她在哪里？”

“精神矍铄着呢，你相信吗，她就住在距离这里不到十英里的一个村子里。我已经安排好了，你们可以明天上午去跟她聊聊。如果你同意的话，我也想去。我知道我是个平民，诸如此类的，但是我都找到她了，我真的很想去，你懂的，亲眼看一看。”

我不忍心告诉她，我们已经在进行下一项日程了。

“做得好，安娜。真的。我很高兴让你去看她。但是，带名警察和你一起去，只是程序问题。”

“加雷斯……奎恩警探会安排好人的。”

“太好了。一定告诉我她说了什么。”

---

[1] 原文为B&Q，是英国一家大型家居建材零售集团，在中国被称为百安居。

她一定是从我精力分散的样子中发现了什么，因为她的眉头闪过一丝怀疑。“好的，”她说，“我会的。”

三

当奎恩到达平交路口旁的停车场时，起风了，空中飘着雨。他突然意识到他们有多么幸运，自从手套被扔到废料桶里，就一直没有下过雨，而一场大雨可能会冲刷掉证据。他下车时，艾丽卡·索梅尔从停在前面的一辆巡逻车里向他走来。她的头发束在后面，但风把它们吹打到了脸上。奎恩记得在警察局见过她。她是捎来光盘的人。虽然这身制服没起多大作用，但她是漂亮的，实际上是非常漂亮。他边走边想，如果她穿上安娜·菲利普斯的高跟鞋会是什么模样。

他跟着她穿过一辆辆停着的汽车，来到一个被金属安全镶板围起来的区域，四周挂满了警示牌，上面写着“建筑工地：注意安全”。

索梅尔推开门，咣当一声把它拉到身后：“警官，我把工地经理叫来了。他在那边，在工程用房里。”

这个男人显然一直在留意他们，因为当他们靠近的时候，他走下了楼梯。他有一双和橄榄球运动员一样的菜花耳，剃了光头。

“奎恩警探？”他说，伸出一只手，“我是马丁·赫斯顿。你的同事刚才问我要一份过去两周我们的施工安排表。”

当赫斯顿递给他一张工作表时，奎恩心想，给索梅尔打个满分。

“如同你所看到的，我们一直在拆除旧人行桥，为其中一条线路铺新轨道。”

“大多是晚上进行的吗？”

“没办法啊，老兄。火车运行的时候可不能施工。”

“那么白天有人在吗？”

赫斯顿在身体周围比画着：“我们彻夜施工之后，没有。我们可不会付钱让人们来休息。白天有时会运输货物，我们那时会安排人在工地，仅此而已。”

“安检呢？”

“不需要，老兄。轨道另一侧，带刺铁丝网后面所有的设备都上锁了。我们是用火车把这些设备运进来的，人们想要把它们运走，也只能用这种方法。”

“如果有老百姓白天来到这里，他们不一定会被看到吗？”

他思索了一下：“我想你可以从另外一边看到他们，但是有很多树挡着。当平交路口还开放着的时候，总是有人穿过这里去菜园。他们过去常把车停在这里，卸下东西，但是现在他们不得不从沃尔顿威尔穿行了。那里在——”

“我知道它在哪里。”

奎恩向四周看看。几码之外有一堆生锈的花园设备，包括独轮手推车、锄头、肥料的空袋子、生锈的铁锹和破损的瓦罐。

奎恩打开安排表：“19号晚上进行了什么工作？”

赫斯顿用拇指指着：“我们拆除完了旧桥，开始建新桥的地基。”

“等会儿，你是说你们在这地方挖了个该死的大坑，任意一个人，不管是汤姆、迪克还是哈利，都能直接走进来？”

赫斯顿怒了：“我向你保证，我们一直按照已通过的《健康和安全规定》施工，这个区域全部被隔离起来了。”

奎恩回头看看他们来时的路。那里有围墙是不错，但只是由松散的镶板组成的，他估计自己都能钻进来，如果他不得不进来的话，如果他有一个好理由的话。

他转身对赫斯顿说："你能带我看看吗？看看你们到底做了什么？"

他们走到新人行桥，桥墩刚刚冒出地表。

"地基有多深？"

"我们原计划是3米，"赫斯顿说，"但是当我们开挖时，地下不断地渗水。梅多港是一个冲积平原，所以我们早就料到这会是一个问题，但是情况比我们预料的还要糟糕。我们最终向下深挖到了大约6米。"

"那个周二晚上，你们是在做这个吗？"

"是的。"

"如果坑的底部有东西，比如孩子那么小的东西，你确定会注意到吗？即便是在黑暗中？"

赫斯顿脸色苍白。他有几个孙女。"天哪……你真的认为有人……但是，我的答案是肯定的，我们肯定会注意到。我们开着弧光灯，一直往外抽水，所以我们能看到下面有什么。我的兄弟们是不会错过那种东西的。"

"好吧，"奎恩说，合上安排表，把它递回去，"看起来是有进展了，其实还在原地踏步。"

但是索梅尔还在看赫斯顿，而他没有跟她有眼神交流。

"还有别的事，对不对？"她说，"和你的兄弟们无关的事。"

赫斯顿脸红了："算不得什么大事……我觉得不会有什么影响……"

"但是？"

他看了她一会儿，然后指着地基远处："放倒旧桥时，我们把废料堆在那里了，你能看见那里有堆过东西的痕迹。凡是你想得到的，水泥、砖块、道砟之类的。不管怎样，承包商那晚把所有东西都收走了，铁路公司不愿这个工作在白天进行。健康和——"

"安全规定，是的。"奎恩说，"是哪一家承包商？"

"斯温登的一家公司，叫作美世斯。"

"那么我就直说吧，"奎恩说，"那天下午，也就是19号，那边有一堆废料。但是当天晚上你的公司——"

"跟我一点儿关系都没有，老兄。雇谁不是我决定的。"

"好的，我知道了。不管怎样，他们当晚来把废料收走了。"

"是的，但如果你在暗示有人可能被埋在那里，挖掘机的操作员没有看到它，那你就大错特错了。这可不是什么电影，那种事情是不会发生的。"

"先生，他们究竟如何处理这些废料？"索梅尔轻轻地问。

他的肩膀稍稍下垂："他们用卡车把它们运回他们的回收仓库。他们把废料碾成碎石，然后做垃圾填埋。"

奎恩瞪着他，然后摇摇头，试图打消头脑中形成的画面："天哪。"

"就像我说过的，"赫斯顿快速说，"你们找错方向了。这种事是不会发生的。"

"即使是在黑暗中，即使我猜测做这么简单的装载工作，你们可能不会使用弧光灯？"

"我告诉过你了，不是我的兄弟们干的。你应该去找美世斯的人谈谈。"

"噢，我们会的，赫斯顿先生。我们会的。"

当奎恩转身打算离开时，索梅尔走近了一步："那是幸运使然吗？还是他早知道了？"

"对不起，你说什么？"

"不管是谁做的，杀害黛西的人来的那天刚好也是收废料的那天，这仅仅是幸运使然吗？或者他有某种途径，已经知情了？"

奎恩回头看着赫斯顿。赫斯顿耸耸肩："只要有可能产生更响的噪音，我们都会在整个区域内派发传单。这虽然无法平息居民的抱怨，但至少他们无法声称自己没接到通知。"

"包括拆除工作吗？"

"当然了。这是最吵的施工之一。我们上周末发了传单。工地周边半径一英里的所有地方都发了。"

"包括运河区庄园？"

"你在开玩笑吗？我们收到那里的抱怨最多了。"

下午1点，奎恩从工地打来电话，向我汇报最新情况："在离开之前，我们更加细致地查看了安全围墙。我是对的，在远处的一侧，承包商把镶板和停车场围墙连接了起来，但是用绳子连接的。绳子全被切断了，有人一定从这里进去过。这没有引起任何人的注意，因为整个区域长满了荆棘，不管是谁干的，他只是把镶板推回了原处。我用自己的房产打赌，手套上的红污点就是从这里来的，因为我那该死的套装上沾满了黑莓汁。"

我笑了。我不该笑的，可是我的确笑了。

“我现在就开车去斯温登，”他说，“听起来不太乐观，但我需要亲自去看看。”

“你需要取证官跟你在那里碰面吗？”

“还不需要，头儿。我们少安毋躁，先看看那里都有些什么。”

“好的，我会派艾弗莱特去平交路口顶替你。”

一列火车经过，发出热辣的尖厉噪音，我听不到他的声音了。然后，他说：“有吉林厄姆的新消息吗？”

我叹了口气：“我留言了。但是没有，没有新消息。”

“可怜的家伙。希望没有消息，就是好消息。”

我也希望如此，但是我的内心害怕事实会恰好相反。

———

与巴里·梅森的谈话，地点位于牛津圣奥尔代茨的警察局
2016年7月25日，下午1时6分

参加人员：督察A. 福莱，警探A. 巴克斯特，E. 卡伍德小姐（律师）

福莱：以下所说用于录音。因涉嫌谋杀其女儿黛西·伊丽莎白·梅森，梅森先生刚刚被捕。梅森先生已被告知自己的权利。那么，梅森先生，从事你这种职业的人会有各种个人防护设备，我这么说正确吗？

梅森：是的，这样不行吗？

福莱：我们在你的卡车中发现了一件夹克、一顶安全帽和一双黑色安全靴，你家中也有许多相似的物品。

梅森：就像我说的，这样不行吗？

福莱：你是否也有同类型的手套？

梅森：有几副。

福莱：你能描述一下它们吗？

梅森：什么？你现在是保险评估师吗？

福莱：哈哈，这真是好笑，梅森先生。

梅森：我有一副黑色的，还有一副橙色夹杂着灰色的。满意了吗？

福莱：我不得不告诉你，橙色夹杂着灰色的那副昨天在劳顿路的一个废料桶里被发现了。

梅森：所以呢？

福莱：对该手套的检测结果证实你戴过它。梅森先生，你知道它怎么去了那里吗？

梅森：毫不知情。我都记不清最后一次看到它是什么时候了。

福莱：所以在7月19号周二下午，你没有把它放到废料桶里吗？

梅森：我当然没有。这是要做什么？

福莱：你曾经设法掩盖过自己的身份吗，像你做过的那样，穿上一些防护服装？

梅森：这太疯狂了。那是开聚会的那天，我根本没有时间，更别提其他事了。我他妈的为什么要为一副该死的手套费那么多功夫？

福莱：因为你戴着它处理掉了你女儿的尸体，这就是它上面为什么有她的血迹。

梅森：等一下。你什么意思？她的血迹？你是在告诉我，你们找到她了？他妈的为什么没人告诉我？！

卡伍德：（插话）这是真的吗，督察？你们找到黛西了？

福莱：还没有。但是我们现在确实相信你的委托人处理掉了她的尸体，因为他扔在劳顿路上的手套带有一种特殊骨料的痕迹。它非常特殊，事实上，他早就知道这会直接把我们带到他埋掉她的地方。

梅森：（冲着卡伍德小姐）这是来真的?

卡伍德：我能花几分钟时间和我的委托人确认一下吗?

福莱：请便。谈话于13时14分结束。

在平交路口，毛毛细雨突然变成了倾盆大雨。艾弗莱特在大门外停了车，斜倚在靠背上躲雨。虽然北方的天空仍是明亮的蓝色，头顶上的乌云却和十一月的云一样黑暗，狂风肆虐着夏日的树木。看起来搜寻队刚刚展开工作：一组人正在搜查破旧的独轮手推车和花园废弃物；其他人形成了长条状的队伍，正从大门到废料堆一路寻找指纹。他们的运气一定不太好，大雨让马路变成了橙色的泥路。

艾弗莱特下了车，把衣领竖起来遮挡雨水。一列火车从牛津火车站向他们行驶过来，乘客透过雾蒙蒙的车窗盯着一辆辆警车、穿着塑料雨衣的取证队和这整个见鬼的热闹景象。车厢内，一个少年正用他的手机拍照。艾弗莱特只希望福莱记得通知新闻办公室。

然后，从火车的嘈杂声中传来一声呼喊。艾弗莱特赶过去时，一名取证官正轻轻地从一辆独轮手推车生锈的轮子下面移出一个袋子。它太脏了，看不出来是什么。随着取证官将它展开，人们都能看清了——两条脏兮兮的衣袖，亮亮的纽扣，脖子周围有一些绒球装饰物。

“那是件女童开襟羊毛衫，”艾弗莱特慢慢地说，“黛西有一件这样的衣服。在监控录像上，她披着这件衣服。那是人们最后一次看到她。”

———

英国广播公司《今日中部地区》

2016年7月25日，星期一，上一次更新于15：28

突发新闻：黛西·梅森的父亲因失踪案被捕

泰晤士河谷区刑事调查局刚刚证实，巴里·梅森因与女儿失踪案有牵连而被捕。八岁的黛西于上周失踪，警方近期越来越怀疑某一位家人与此案有关。参与调查的知情人士表示，梅森，现年四十六岁，将因涉嫌谋杀和另外一项罪名被起诉，另外一项罪名与失踪案无关，属于某种性犯罪。更多消息将于明天上午发布，起诉细节将会公开。尚不确定是否找到了黛西的尸体。

上周发生针对梅森住宅的纵火案后，梅森一家已经躲藏起来，这与社交媒体上反对他们的憎恨运动有关。

理查德 · 罗伯逊@达世 · 诺斯传博 15：46

所以说，终究还是父亲干的。他一定一直在虐待她，可怜的小孩。#黛西 · 梅森

安妮 · 梅里韦尔@安妮 · 梅里韦尔 15：56

整个黛西 · 梅森案件太可怕了。我希望他们把她父亲关起来，把钥匙扔掉。#为黛西争取正义❀❀

卡罗琳 · 托利斯@谁的托利斯 15：57

@安妮 · 梅里韦尔 警察说他们找到尸体了吗？我在网上找不到任何相关消息。#黛西 · 梅森

安妮 · 梅里韦尔@安妮 · 梅里韦尔 15：59

@谁的托利斯 我也没看到任何消息。我丈夫说，如果能够通过检测得出已经死亡的推论，他们不一定非要找到尸体。

卡罗琳 · 托利斯@谁的托利斯 16：05

@安妮 · 梅里韦尔 那说明他们一定有某样证据了，是这位父亲无法辩驳的有力证据。#黛西 · 梅森

安妮 · 梅里韦尔@安妮 · 梅里韦尔 16：06

@谁的托利斯 我仍然在想是否有人曾让她搭便车回家，她早就认识这个人，但是后来发现不能信任他了。

卡罗琳 · 托利斯@谁的托利斯 16：07

@安妮 · 梅里韦尔 但是一定得是黛西愿意跟他走的人，现在还没有符合条件的人。

卡罗琳 · 托利斯@谁的托利斯 16：08

不过现在想想，如果警方有针对父亲的证据，事情就不会是你想的那样了，是不是？@安妮 · 梅里韦尔

安妮 · 梅里韦尔 @ 安妮 · 梅里韦尔 16：09

@ 谁的托利斯 应该不是了。也不像是有人能够栽赃陷害他。没有人有作案动机。

盖瑞 · G@ **剑和凉鞋** 16：11

黛西 · 梅森 我早就说过了，父亲是凶手。该死的恋童癖。

斯科特 · 沙利文 @ 敏捷的快乐勇士 16：13

我听过一个传言，父亲是因持有儿童色情片而被起诉的。都是些露骨的东西。天知道他对那个孩子做了什么。# 黛西 · 梅森

安吉拉 · 贝特顿 @ 安吉拉 · G. **贝特顿** 16：17

黛西学校的每一个人都为这条新闻而感到伤心。曾经，大家是那么喜爱她，她是那么开心的一个孩子。下学期初会举办纪念仪式。# 黛西 · 梅森

埃尔斯佩斯 · 摩根 @ 埃尔斯佩斯 · 摩根 959 16：17

我多么希望这期间有人在照顾利奥，谁知道呢，他可能也遭受过虐待。# 黛西 · 梅森❀

莉莲 · 张伯伦 @ 莉莲 · 张伯伦 16：18

@ 埃尔斯佩斯 · 摩根 959 整个悲伤的故事令人心碎。# 为黛西争取正义❀❀

詹尼弗 · T@**56565656 詹尼弗** 16：20

@ 埃尔斯佩斯 · 摩根 959@ 莉莲 · 张伯伦 我还是觉得照片中的黛西不像是遭受虐待的人。她看起来那么开心，像是在期待着什么事情。

莉莲 · 张伯伦 @ 莉莲 · 张伯伦 16：22

@56565656 詹尼弗 我懂你的意思，但可能仅仅是在期待聚会？那让她暂时忘了痛苦？ # 为黛西争取正义❀❀ @ 埃尔斯佩斯 · 摩根 959

詹尼弗 · T@**56565656 詹尼弗** 16：24

@ 埃尔斯佩斯 · 摩根 959 也许吧。这个想法一直困扰着我，仅此而已。@ 莉莲 · 张伯伦 # 黛西 · 梅森❀❀

“头儿？我在美世斯。”

奎恩听起来像是在风洞里。一阵强风袭过，话语消失在风中，但我仍然能听出他声音中的挫败感，还有背景中重型机械的撞击声和研磨声。

“我猜是有坏消息了。”

“我用彩信发了一张照片给你。发过去了吗？”

我伸手拿出手机，打开照片。一个如同露天煤矿的开阔空间被巨大的垃圾堆包围了起来。三辆卡车在厚厚的白色灰尘中倾倒它们运载的废料。场地中央，一台巨大的黄色机器正把废料粉碎成一股股类似沙子的东西。

我重新拿起听筒：“妈的。我知道你什么意思了。”

“他们甚至不确定从牛津运来的东西堆在哪里了。即使他们知道，天晓得那堆东西上面又堆了多少来自其他地方的垃圾。这真是大海捞针啊。他妈的完全不知道从何下手。”

他不是个喜欢咒骂的人。起码对着我不是。

“除此之外，他们明确否认可能遗漏掉了一具尸体，无论尸体有多么小，也无论凶手多么仔细地包裹了尸体。他们不肯改变主意。”

“但是他们不能证明这一点。”

他叹了口气：“不能，他们当然不能。但我们也无法证明。所以问题是，你觉得我们有足够的证据了吗？即便我们没有找到尸体，皇家检控署也能准备起诉他了吗？”

“艾弗莱特刚刚来电，看起来他们在路口找到了切实的证据，也可能是别的东西。我正在等铁路公司的回复。”

他提高了一点儿声音：“我马上回去。”

二十分钟后，电子邮件发过来了。我下载并看了附件里的录像，然后打电话把队员们集合在案件调查室里，我们一起看了一遍。这过程中，有人欣慰，有人认同，有人甚至还掉了一两滴眼泪。没有击掌，没有放肆的举动，只是都为警队的工作出色而感到骄傲。他们的确做得不错。巴克斯特提议给吉林厄姆留一条语音信息（“追踪那辆福特护卫者的工作干得太棒了”）。这期间，助理警察局长打来电话，询问我们何时能向媒体说明情况。

下午3点刚过，艾玛·卡伍德来了，我们将梅森从牢房里带出来。自第一眼看到这个男人起，我就对他没有好感，但狱警带他进来时，我内心的一小部分竟为他感到遗憾。他看起来从里到外都被掏空了，像是没有了骨头，只有一副空皮囊支撑着他。再也没有公鸡的走姿了。他像个老年人一样坐了下来。

“梅森先生，本次谈话是暂停于13时14分的谈话的后续。现在是15时14分，我重新开始录音。在场人员包括督察亚当·福莱、代理侦缉警长加雷斯·奎恩、巴里·梅森先生和艾玛·卡伍德小姐。”

我把笔记本电脑放到桌上，把屏幕转向梅森。然后我打开录像，开始播放。他盯着录像，揉揉眼睛，然后又盯着它看。

“我不明白。你为什么给我看这个？”

“梅森先生，这是一列火车的行车记录仪拍到的录像。这一列火车在7月19日周二16时36分离开班伯里，于16时58分抵达牛津。你会看到，16时56分，火车慢慢驶入车站，你也会大致看到平交路口周边的区域。”

梅森把脸埋到手中，用指甲拼命地挠着头皮。然后他抬头看着我：“你把我弄糊涂了。这他妈的完全是个可怕的噩梦。我他妈的一点儿都不知道现在是个什么情况。”

我把播放器变换到慢速播放，我们看到菜园从画面右侧出现，还有停在一侧的重型机械。然后我按下暂停键，指着屏幕。

“那里。”我说。

在轨道的左边，有一个戴着安全帽、穿着荧光安全夹克和裤子的人。他背对着我们，但是很明显，他正推着一辆独轮车穿过停车场，走向新地基和外面的一堆碎石。有一瞬间，我们能看到橙色手套一闪而过，然后火车开过去，画面就消失了。

巴里·梅森看起来一脸迷茫：“我还是不懂。”

“那是你，是不是，梅森先生？”

他惊讶地瞪着我：“你在开玩笑吧……不是，那他妈的当然不是我。”

“你有那样的荧光安全服，不是吗？”

“是的，但是有这种衣服的人成千上万。这证明不了什么。”

艾玛·卡伍德插话进来：“你当真是在指控我的委托人开车去了平交路口，卸下他女儿的尸体，把她装在随便一辆独轮手推车上，然后扔在了那一堆东西里，随便它是什么吧，还都是在大白天做的，没有一个人注意到他？”

“我想你会惊讶于这一切有多么容易办到，卡伍德小姐。本地人对那片工地上的承包商太习以为常了，他们可能都不会多看他一眼。”

“那辆有问题的独轮手推车，你们找到它了吗？你们检查过它了吗？”

“我们的取证官从现场收集了多辆独轮手推车，正在进行分析。并且，我们相信还有两件物品与本案相关。当然，我们会及时详尽地通知你。我可以继续吗？”

她犹豫了一下，然后点点头。

我转向梅森：“那么，梅森先生。我们告诉过你了，我们找到了一副手套，上面带有你的DNA和你女儿的血迹。手套明显和录像中这个男人戴着的那副是一样的。我们还在手套上找到了铁路道砟的颗粒。你还坚持说这个男人不是你吗？”

“是的，我他妈的就是坚持。那个时候我离这个地方远得很。我告诉过你一千次了，我开车转了转，然后就回家了。就是这样。”

“我们没有找到任何证据来证实你的故事，梅森先生。”

“我他妈的不关心，事实如此。”

“好吧，”我说，“为了继续争论，我们姑且接受你的故事。向我解释一下，为什么带有你的DNA的手套会被丢弃在劳顿路上的废料桶里？”

“我可能把它落在某处了，任何人都可能捡到它。”

“你最后一次看见它是什么时候？”奎恩问。

“我告诉过你了，我不知道，我不记得。”

“很好，”我回答，“我们也先接受这一点，仅仅是为了继续争论。下一个问题：手套上面怎么会有你女儿的血迹？”

他噎住了：“我不知道。”

“不做一丝解释？得了吧，梅森先生，像你这样技艺超群的骗子，一定能表现得比现在好。”

“没有讽刺的必要，督察。”艾玛·卡伍德说。

“听着，”梅森说，他的声音在颤抖，“你们俩中间，有人有孩子吗？”

我张开嘴，但发不出声音。“没有，”奎恩快速说，“这问题与审问丝毫不相关。”

“好吧，如果你有孩子，”他说，“你会知道他们常常受伤，摔倒、擦伤膝盖，之类的。黛西总是流鼻血，血迹弄得到处都是。那些手套在家里也到处都是，会有很多种方式让它们沾上血迹。”

“我相信你们检查了我的委托人的车，督察？”艾玛·卡伍德说，“还有他放在后座的荧光安全服？据我所知，你们没有发现任何证明他有罪的证据。没有液体，没有DNA，什么都没有。”

奎恩和我交换了一个眼神。他没有在卡车中留下痕迹，这一点仍然困扰着我。他看起来不是个一丝不苟的人。虽然奎恩很快指出，如果处境足够危险，所有人都能那么一丝不苟。

我改变了策略：“梅森先生，你的女儿曾经去过平交路口旁的停车场吗？也许是去梅多港散散步？”

他把两条胳膊放在桌子上，把头埋进去。“没有，”他说，声音低沉，“没有，没有，没有，没有，没有。”

艾玛·卡伍德倾身过去，摸摸他的肩膀：“巴里？”

然后，他突然坐直了。他的眼睛周围有泪水的痕迹，但是他用袖子擦干了脸，向前坐了一下。

“再给我看看那个该死的录像，”他指着屏幕，快速说道，“再给我看一次。”

“好。”我一边说，一边把光标往前拉了三分钟，按下播放键。

“慢速播放，”过了一会儿，他又说，“就是那里，慢速播放。”

我们都瞪大了眼睛，注视着屏幕。整组镜头只有两三秒钟。我们看到那个人推着手推车走了几步路，头低垂着。仅此而已。

巴里·梅森坐直了，像是从死亡线上回来的人：“那不是我，督察。我能证明。你听到我的话了吗？你看到那该死的录像了吗？我能证明那不是我。”

下午5时45分，奎恩和我站在安娜·菲利普斯身后，她正在敲键盘。

“你确定我们得不到更好的特写镜头来看清他的脸了吗？”

她摇摇头，眼睛仍然盯着屏幕：“恐怕得不到。我试了，但是他一直背对着我们。”

“见鬼，”奎恩低声说，“我们就他妈的只需要这个。”

“那么关于梅森说的话，你认为他是正确的吗？”

“给我一点儿时间，”她说，皱着眉头，紧盯屏幕，“我下载了一个图像测量软件，我以前没用过，希望能给我们点儿头绪。”

“这个图像什么软件是个什么鬼东西？”

“它能为普通照片创造3D模型。实际效果非常令人震撼。看！”

她敲了三下键盘，火车监控画面就转换成了3D模式。一个仿现实场景的可塑性很强的物体悬浮在明亮的蓝色宇宙中，仿佛你过去在地理书中看到的横截面图。我能看到推着手推车的人、铁路轨道、树木、远处的停车场，甚至轨道沿线的灌木丛。安娜左右移动光标，图像旋转起来，向左，向右，上倾斜，下倾斜。

“这软件足够准确，能给你提供合理的尺寸，”她说，“高度、物体之间的距离，诸如此类。如果你给我充足的时间，我大概还能告诉你火车运行的速度。”

“我只需要知道梅森所说是不是真的。”

她敲了一会儿键盘，图片上布满了网格点。又点击一次，3D图片消失了，只剩下网格点之间的横线，以及每一个交叉点上的数字。安娜坐直了。

“恐怕是真的。虽然没有精确到毫米，但答案是肯定的，他所说是真的。”

第二天上午11时15分，安娜·菲利普斯在波琳·波贝尔的家外面停下车。这是一栋维多利亚风格的建筑，两层楼，每层各有两个房间。房前的花园里种了蜀葵和琉璃苣，引来了成群的蜜蜂。安德鲁·巴克斯特警探松了松领带，从车窗向外看。昨夜的雨已经消散，阳光已然炙热。

“这充满了徒劳无功的感觉，”他烦躁地说，“我们已经逮捕了梅森，还来这里做什么？”

安娜关掉汽车发动机：“根据我昨天所见来判断，梅森被捕并不像我们所想的那样已成定局。无论如何，我已经告诉波贝尔女士我们要来访，不现身总是不礼貌的。”

巴克斯特嘟囔着老女人和猫之类的话，安娜选择不理会他。他们走下车，她锁上车门。当他们沿着路向前走时，隔壁房子的窗帘一阵晃动。安娜小时候生活在这样的村子里，她明白这些居民有多敏感。

波贝尔女士却没有密切关注他们的到来，她花了足足三分钟才来开门。她的一侧脸颊上有一条深色污痕，散发着非常难闻、非常特殊的气味。

“太抱歉了，”她说，满脸笑容，双手在脏裤子上抹了抹，“该死的下水道又堵了，我只好用上了长竿。到后面来吧。那里的空气好一些，如果你明白我的意思的话。”

安娜看看巴克斯特脸上的表情，挤出了一个微笑。两人跟着她穿过房子，来到一个小巧却令人眼花缭乱的花园。一方草坪的四周，鲜花们正在抢夺各自的地盘，有薰衣草、铁线莲、钓钟柳、康乃馨和蓝色的天竺葵。

“雷吉去世前，我们的花园是现在的三倍大，”她说，“我自己只能对付这么大的了。”

“它看起来很温馨，波贝尔女士。”安娜说着，坐在了一把椅子上。

“噢，叫我波琳就可以了。”她一边说，一边拍走了一只黄蜂，“你们想喝点儿什么？我冰箱里有些凉的时代啤酒。”

“呃，不用了，谢谢。我们在执勤。”巴克斯特故作可怜地说。

“那么，我能帮上什么忙，警官们？你在电话里说是关于很多年前兰萨罗特岛那个可怕的意外？”

“是的，”安娜说，“我们想知道你能告诉我们些什么，任何没有见报的事情都行。”

波琳坐回去，一只手擦擦她的眉毛：“这个嘛，实在过去很久了。我不确定自己能帮多少忙。”

安娜看看巴克斯特，他非常明确地表现出盘问这个野蛮老女人是她的责任，不是他的。

噢，好吧，她想，就赌上一便士[1]。

“波琳，你在意外发生之前和韦利一家有任何联系吗？”

“我记得他们和我们乘坐同一航班。雷吉和我当时乘坐过几次飞机了，但你能看得出来，他们完全是新手。他们买了非常大的袋装三明治在飞机上吃，还带了一个热水瓶，简直难以置信！当然，这是在“9·11”恐怖袭击之前很久了。韦利太太对乘坐飞机显然非常忧虑。他们坐在我们后面，隔了几排，我能听到她一路都在说话。我觉得她不是说给某一个人听的，只是自言自语来缓解紧张情绪。”

“女孩们怎么样，莎伦和杰西卡？”

波琳笑了：“杰西卡是个小可爱。安全带警示标志一解除，她就一直在走廊上走来走去，身后拽着一只硕大的泰迪熊。她不停地走到人们面前，询问他们的名字。太可人了。你能看得出来，父母很溺爱她。”

“那么莎伦呢？”

波琳深吸一口气：“好吧，十四岁是个艰难的年纪，对吧？各种考试开始了，还有生理期，等等。”

巴克斯特的表情绝对值得一看。

“你们也住在同一家酒店？”

[1] 原词为penny，英国小额货币单位，类似于中国的“分”。也泛指少量的钱。

"是的，我们偶尔会看到他们。但说实话，我们是去看鸟的，不是想去沙滩。雷吉永远都不能坐在那里无所事事。我过去总说他的屁股上有只蜜蜂。"

安娜露齿一笑："我认识几个这样的家伙，包括我自己。所以你没有经常见到韦利一家？"

"他们绝对是不善交际的一家人。他们给我留下的印象是，他们以前也从来没住过酒店。都是些细微的事情，比如，不知道早餐是自助餐，不知道怎么给小费。一整周的时间里，我也没见过父母两人穿上泳衣，甚至是在沙滩上也没有。那位父亲总是穿着休闲裤和衬衫，母亲总是穿着背心裙。现在想到这些，真让人伤感，真的。仿佛他们知道自己应该好好享受，但并不知道怎么来享受似的。"

"那天发生了些什么，意外发生那天？"

"这个我的确记得，有些事情你是忘不掉的，对吗？酒店举行了一场沙滩聚会，他们每周五都这样做，组织孩子们做游戏，提供冰激凌，晚上大人们可以吃烧烤。一切都非常完美。有些孩子在玩充气艇，我记得看见莎伦和杰西卡一起在一只侧面形同章鱼的充气艇上玩。我觉得这是聚会的主题之一。不管怎样，过了一会儿，一名年轻的服务员开始询问她们去哪儿了，结果发现人们至少半小时没看见过她们了。接下来，天哪，情况变得一团糟。韦利夫人不停尖叫，韦利先生则冲着工作人员大吵大闹，然后有人说他们好像看到游泳区域外有一只小艇。韦利先生脱掉衬衫，在有人阻止他之前就冲进了大海。"

她摇摇头，沉浸在回忆中。

"许多年轻的父亲跟随他下了水，这也正好，因为韦利先生只游了几码就喘不上气了。有人把他救上了岸。最终是两名服务员去到了小艇那里。但那个时候，女孩们已经在水里了。”她叹了口气，“我猜你知道余下的故事了。”

“韦利一家后来怎么样了？”

“人们把那些死不掉的东西叫作什么来着？僵尸。就是它。僵尸。他们看起来整个世界都坍塌了。那个时候，人们得不到旅游公司现在提供的这种服务，所以这些可怜的人要在酒店里挨时间直到飞回家。每餐饭都出现，但又什么都不吃。坐在大厅里，望着空气发呆。真是可怜。”

“莎伦呢？”

“噢，她吓坏了。她被带上岸的时候，我正在那里。她一定呛了不少海水，因为她呕吐得很厉害。但她从医院回来之后，我记得没有看到她的父母对她说过一句话。只有一次例外。酒店里正举行某个活动之类的，具体我记不清了。莎伦一定是想参加，因为，在早餐期间，她的父亲突然站起来，对她大吼，要求她表现出一定的尊重，还说一切全是她的错，他希望她替杰西卡去死。然后他扔了餐巾，走出去了。这是我最后一次见到他们。”

她摇摇头：“可怜的女孩。可怜的可怜的女孩。我常常想她后来变得怎么样了。”

一片沉默。然后波琳突然向前一坐，明显带有怀疑地看着他们二人：“这就是你们为什么来这里，是不是？我竟然没有意识到，莎伦就是女儿失踪了的那个女人。黛西，就是她，对不对？这就是你们为什么来这里。”

“这个——”安娜刚要说话，波琳又开始说了。

“你们根本不觉得那是个意外，对吗？你们认为她杀了自己的妹妹，然后现在她杀了自己的女儿。”

“我们什么都不确定，波贝尔女士，”巴克斯特说，“调查还在进行之中。”

“年轻人，我知道你说这话的意思。它意味着你觉得她这么做了，但你又无法证明。现在你想利用我打破平衡，帮你反对她。”

“我们只是想力所能及地得到所有信息。”安娜温和地说。

波琳站起身，明显在颤抖：“我觉得你们现在最好离开。”

这个逐客令让三人都感到不舒服。在前门的楼梯上，安娜转过身来感谢她，但门已经关了。

“波贝尔女士？我能再问一件事吗？不是关于莎伦的，我保证。”

门打开了一点儿，只是一点点。

“你提到海滩聚会有个主题，与充气艇上的装饰有关？”

波琳点点头，充满防备：“是‘章鱼的花园’。”

“来自披头士的歌曲[1]？所以那里有鱼、贝壳、海马之类的装饰品？”

“诸如此类，是的。年幼的孩子愿意的话，可以装扮起来。”

“真的吗？”安娜边说边走近了一步，“是穿上化妆裙，对吗？杰西卡那时穿着什么？”

[1] 《章鱼的花园》（*Octopus's Garden*）是披头士乐队（The Beatles）于1969年发行的一首歌。

一一一

1991年7月27日
兰萨罗特岛，拉玛莉娜酒店

度假的第一天早上，女孩早早地醒来。其他人还在睡觉。她从和妹妹分享的小折叠床上滑下来，快速穿上衣服，小心翼翼地不吵醒她的父母。她的父亲平躺着，打着鼾；母亲的脸看起来很烦躁，哪怕是在睡梦中。她穿上自己的黄色夹趾拖鞋，轻轻地开门出去。她犹豫了一会儿，极力回想哪边是通往楼梯的路。旁边也有电梯，但她从来没用过，她怕自己会一个人困在里面。昨天晚上到达宾馆的时候，她的父亲让她们爬了三层楼，每到拐角处都停下来大喘粗气。

当她走下楼时，前台没有人。桌子上有一个提示牌，还有用于紧急情况的按铃。很远的某个地方，有摆放早餐桌的声音。但那不是她想找的东西。

她试过的前两扇门都是锁着的，但第三扇门开着，她走了出去。她终于自由了。到达海滩的时候，她脱下拖鞋，光着脚丫走路，一开始小心翼翼，后来越来越快，向着大海跑了起来。太阳还是崭新的，空气还是新鲜的，她一人独享这完整美丽的一天。天空广阔而蔚蓝，闪亮的波浪拍打着平坦潮湿的沙滩，海水泛起泡沫。她很多年没有如此开心了，自从妹妹出生就没有过了，自从一切都改变就没有过了。

她闭上眼睛，仰起脸庞对着太阳，眼睑里映出红色的光，肌肤感受着温暖。当她睁开眼时，一个女人正沿着水边慢慢散步。她身旁有一个小女孩，小女孩戴着软质的太阳帽，穿着碎花裙子。女人小心地握着小女孩的手，小女孩跳过波浪，尖叫着拍打水面。当她们走到她听力所及范围之内时，女人笑着对她说："你起得真早。"

"我太激动了，睡不着。我从来没有出过国。"

"一人享受整个沙滩的感觉太美好了，是不是？我们就住在海边。我们喜欢清晨。"

女人对着小女孩弯下腰，弄正她的帽子。小女孩对着她的母亲伸出双臂，女人举起她，高高地、高高地对着太阳举起她，然后亲吻了高兴得大笑的孩子，又抱着她在闪烁的光线中旋转、旋转、旋转。

女孩望着她们，几乎不能呼吸，像是瞥见了天堂的景象一样。

最后，女人轻轻地把孩子放在沙滩上，她们继续散步。当她们几乎走出她听力所及范围的时候，女孩发现自己在冲她大喊："你的女儿叫什么名字？"

女人转过身，再次笑了。风大了一些，抚弄着她的头发、长长的耳环，还有白色的棉裙。

"黛西，"她说，"她叫黛西。"

———

"梅森夫人，所以你的观点是，你的丈夫为女儿的死负责？"

莎伦的双手在膝盖上一开一合。她没有带手提包，今天没有。

“他的手套在废料桶里被找到了。上面有她的血迹，还有他的DNA。”

2017年1月9日，牛津刑事法庭二号庭。外面的天空阴沉着，雨击打在窗户上，碎裂成小水滴。虽然房间内很冷，但旁听席上挤满了人，因为这是莎伦·梅森第一次出庭。她穿着一条朴素的海军连衣裙，裙子带有白色的衣领和袖口。这可能不是她自己选的衣服。

控方律师阿格纽从笔记中抬起头来：“事实上，随后的检测也发现了你的DNA痕迹，不是吗？”

“只是在手套外面，”她匆忙说，“他总把它们放得到处都是。我只好不停把它们收拾起来。我从来没戴过。”

“但是，就算你戴了，也不一定会在里面留下DNA，对吗，梅森夫人？如果你还戴了塑料手套，或者是橡胶手套的话。这些东西非常容易得到。”

她抬起下巴：“我对此一无所知。”

“我们从福莱督察那里获知，在审问你期间，你主张是你的丈夫杀害了黛西，并且处理了她的尸体。你说他一直在猥亵她，他一定是出于一时气愤，或者阻止她泄露虐待的事实，而杀了她。这么说是正确的吗？”

她一言不发。旁听席上有低低的议论声，人们互相扫视。

控方律师停下来浏览笔记，然后抬起头。“好吧，让我们来审查一下证据，好吗？法官女士，请求出示第18号证据。”他一边说，一边对法官点点头，然后转向陪审团。

“警方使用了特殊模拟软件来分析火车所携摄像机拍摄到的监控录像，这列火车在黛西失踪当天下午约5点钟经过牛津平交路口。我相信我们能在大屏幕上向陪审团展示一下？”

一名庭警打开电脑显示屏，录像的截图呈现出来了。

控方律师拿起演示笔，把红色的小点对准屏幕："我请大家注意这里。该刑事案件涉及的这辆手推车装过黛西·梅森的尸体，丢弃在现场的独轮手推车上带有黛西的血迹，这一点已得到专业取证检测的证实。让我表述得明确一点儿：你们正看着的人是杀害黛西·梅森的凶手。"

他向四周看看。气氛紧张极了。

"不幸的是，视频质量受限，无法展示更详细的特写镜头。但是，我很欣慰地告诉大家，数码技术并没有完全抛弃我们。"

他按了按遥控器，屏幕上出现一张经过图像测量的图片。模型上添加了多种标记，包括铁路轨道线、菜园、废料堆。控方律师停下来，让每个人都看清这幅图像。

"该技术成功使用于刑事调查和法律诉讼中，被证明是可靠的。第三方机构独立在事发现场进行过场景重建，证实了我将要展示给你们的调查结果。你们可以在你们的文件夹中看到相关细节。"

他又点击了一下遥控器，模型上布满了数字和网格。

"正如你们看到的，"他继续说，"该软件能够将二维摄影图像重建为三维图像。如果你喜欢的话，可以称之为虚拟现实。因为许多物体的大小是已知的，比如围墙，所以你能使用该模型来推测其他未知体积物体的宽度或高度。通过使用该软件，警方最终得出结论，画面中显示的人身高不高于1.7米。"他扫视了一眼陪审团，"大约5英尺6英寸。"

法庭爆发出一阵喧哗。法官要求人们保持安静。

控方律师转向莎伦："梅森夫人，你的丈夫有多高？"

莎伦在座位上挪动了一下："6英尺2英寸。"

“6英尺2英寸，或者是1.88米。大约如此。那么我坦白告诉你，这里显示的人绝不可能是你的丈夫。”

“我可不知道。你们要问问他。”

他笑了，像只猫一样：“或许你能告诉我们你的身高，梅森夫人？”

莎伦瞥了一眼法官：“5英尺6英寸。”

“抱歉，”控方律师说，“我没听清。”

“5英尺6英寸。”

“那么，这和图像中人物的身高一模一样。”

“那只是巧合。”

“是吗？”他晃动演示笔，“你能向我描述一下你在这里看到了什么吗？这个人穿着什么鞋子？”

莎伦眯起眼睛：“看起来像是运动鞋。”

“我同意。蓝色的运动鞋。建筑工人穿这种鞋是非常奇怪的，你不觉得吗？他们应该穿安全靴之类的鞋子吧？”

“我不知道。”

阿格纽扬起一只眉毛，然后说道：“我听说你喜欢赛跑，对吗，梅森夫人？”

“我不赛跑，我喜欢慢跑。”

“恰好相反，有人告诉我们，你过去每天早上都跑步，一次跑几英里。”

“大多数时候。”她耸耸肩。

“穿着运动鞋吗？”

她恶狠狠地看着他：“我还能穿什么？”

“你有几双运动鞋？”

她慌了："我有一双冬天穿的旧鞋子，在地面泥泞的时候穿。还有一双新一点儿的。"

"是什么颜色的，新一点儿的那双？"

她犹豫了一下："蓝色。"

"和这里显示的是同一个颜色？"

"我想是的。"

"那么我们应该认为这……这也只是巧合？"

莎伦给了他一个恶毒的眼神，但什么都没说。

"专家证人告诉我们，从你家找到的运动鞋鞋底上带有铁路道砟的细微痕迹，对不对？"

辩护律师站起来："法官女士，在平交路口关闭之前，我的委托人常途经那里去梅多港跑步，这一点已获确定，并得到目击证人证实。因此这非常合理地解释了运动鞋上为何带有道砟。"

她看着陪审团，讲出重点，然后返回了自己的座位。

控方律师摘掉眼镜："尽管柯比小姐干预了我们的询问，梅森夫人，我还是要对你直言不讳，屏幕上展示的图像里的人就是你。你穿着丈夫的荧光安全服，遮盖了头发和脸，推着装有女儿尸体的手推车。你穿着他的衣服，戴着他的手套，后来你把这副手套丢弃在了劳顿路。但是他的脚是11码[1]，你的脚是5码[2]，所以你根本穿不了他的靴子，所以你穿了那双运动鞋。"

"那不是我……我告诉过你了……我那时不在那里……"

"那么你在哪里？那天5点钟的时候？这是屏幕上显示的时间。"

"在家，"她说，双手交叠，"我在家。"

---

[1] 等于中国常用鞋码的45.5码。

[2] 等于中国常用鞋码的37.5码。

“但这并不完全是真的，对吗？你告诉过警察当天下午你把孩子们留在家里，开车外出了至少四十分钟。而这，”他猛戳一下演示笔，“正包含了监控录像显示的时间。”

“我去了商店，”她阴沉着脸说，“去买蛋黄酱。聚会上要用的。”

“但你声称自己没能买到，所以电脑上没有购买记录。你提到的商店里并没有人看见过你。”

“这不能证明我没去过。”

“也无法证明你去过，梅森夫人。相反，我相信你用这四十分钟时间开车去了平交路口旁的停车场，把女儿的尸体埋在了旧桥墩的废料里。你收到过塞进门里的传单，知道废料将在那天夜里被收走。”

他按下遥控器，黛西的照片出现在屏幕上。她穿着聚会服装，微笑着，可爱的咧着嘴的笑。这是失踪前三天的她。然后他举起了一个塑料袋。

旁听席上传来倒吸气的声音，一两名陪审员用手捂住了嘴巴。

“法官女士，请出示第19号证据。DNA检测证实这颗牙齿属于黛西·梅森。泰晤士河谷区警方的搜查队在废料堆旁边的碎石里发现了它。”他再次拿起演示笔，指着屏幕。上面出现了一个红色的符号，标记着找到物证的地点。然后他转向陪审团。“女士们，先生们，我相信黛西曾希望把这颗牙齿放在她的枕头下面，就像其他小女孩一样。也许你们自己也有孩子，他们也做过类似的事情。但是没有仙女来收集这颗牙齿了，对吗，梅森夫人？”

辩护律师站起身：“法官女士，这样有必要吗？”

法官从眼镜上方看着控方律师：“阿格纽先生，请继续。”

他鞠了一躬：“那么，梅森夫人，我们来回顾一下。如果杀害女儿的人是你的丈夫，那么只有两种可能。要么他下午5时30分回到家之后杀了她，要么他当天下午提前回家，在你徒劳地寻找蛋黄酱的时候，杀了她。我们能排除第一种可能，因为时间与监控录像时间不符。无论如何，就算是第一种可能，就算是他杀的她，也肯定是发生在你在家期间。而你没有向警方报案，从本质上来讲，你帮助他掩盖了犯罪事实。我想你不会愿意同流合污的，梅森夫人。"

"不。"

"如此说来，我们就又要面对你离开家的四十分钟。大约在下午4时35分至5时15分之间。在此期间，你的丈夫回到家，发现你竟然不在，抓住时机杀了他的女儿，非常小心地包裹了尸体，甚至在他的卡车上没有留下痕迹，然后离开。全在四十分钟内完成。他得开车去停车场，把黛西放在独轮手推车上。在那里，不知怎么的，他却留下了法庭证据。然后他把她的尸体藏在了废料堆里，把手套扔进了废料桶里，脱掉他的荧光安全服，在下午5时30分回到家。真是做了不少事情。他有想过参加《超市大扫荡》节目吗？"

旁听席上有人低声地笑了，法官却未被取悦。阿格纽继续说。

"故事里只有一个漏洞，对不对，梅森夫人？在那个时间、那个地点埋掉尸体的人，也就是我们在录像中看到的人，根本不可能是你的丈夫。"

莎伦拒绝看着他的眼睛。她的脸颊上有两个乌青的斑点，脸色苍白。

"那么，梅森夫人，那是谁？"

"我不知道。我告诉过你了。"

"我认为你非常清楚那是谁。那是你，对吗？"

她抬起下巴："不，不是我。我还要说多少遍。那不是我。"

2016年7月19日下午5时18分

黛西失踪当天

牛津劳顿路

女人把车停到路边，关闭发动机。目前还不错。16时58分，正准时，即使火车上没有人注意到她，她很确信现在所有司机的驾驶室里都携带了摄像机。再加上独轮手推车，还有她穿的衣服，警察肯定会有足够的证据。

只需要处理掉手套就可以了。她需要另外一名目击证人。最好是中年妇女。一个爱管闲事的人。她们这类人喜欢注意周围的事情。令人惊讶的是，想要获得关注太难了，哪怕是你尽力了。人们太忙了，都完全沉浸在自己的世界里。

她在大腿上打开一张报纸，检查了一下手套。她本可以把它和其他东西放到一起，但在谋杀案里，你总要给警察留点儿事情做。留点儿需要解决的事情，就像一块块拼图一样，这样他们能把拼图都拼起来，然后认为自己找到了答案。因为事情发展到这一步，已经没有别的选择。

这必须是谋杀。

黛西必须死。

三

“梅森夫人，”阿格纽说，“你坚持说录像中的人不是你，即便此人的身高和你的一模一样，即便此人穿的运动鞋和你的一模一样，即便此人穿的荧光安全服和你丈夫放在家中的一模一样。梅森夫人，这根本不会是巧合。”

“任何人都能买到那样的衣服。”

阿格纽后退了一步，带着夸张的惊讶：“我是不是要这样理解，你在改变自己的故事吗，梅森夫人？你在暗示杀害黛西的另有他人，而不是你丈夫干的？”

“是的，肯定是的，不是吗？”她的语气变得几近讽刺，“如果不是他，肯定是别人。但肯定不是我。我没有错。”

“我明白了。我同意你的说法，买到荧光防护服装并不难。在保持匿名的状态下，现在的人能够在网络上买到任何东西。但是依据本案的时间轴，你怎么协调这件事呢？你的女儿在7月19日下午某个时间失踪，这一点我们很清楚。这个监控录像是当天下午5点前录制的，这一点我们也很清楚。因此，事发之前，屏幕上显示的此人手边一定已经有这种防护服了。除了在建筑行业工作的人，很少有人买这种服装。当然，除了你。”

辩护律师站了起来，法官向她点点头：“我预料到你要反对了，柯比小姐。”

“我收回最后一句话，法官女士。”阿格纽说，“但我还有一个问题要问梅森夫人。如果你现在告诉法庭带走你女儿的是未知的绑架者，那么你之前为什么要竭尽全力控告你的丈夫？”

莎伦拒绝看他。

“你给了警察两件物品，是不是，并且话语暗示你丈夫猥亵女儿，甚至于有动机杀她？第7号证据——涉案生日卡片，你丈夫试图扔掉它，而你从垃圾箱里把它捡回来了。第8号证据——美人鱼化妆裙，你声称丈夫把它藏在了他的衣柜里。”

“他确实藏了，就是藏在衣柜里，我从那里找出来的。”

“你还告诉警察，直到那时你才知道自己的女儿可能被虐待了？”

一片沉默。

阿格纽戴上眼镜，快速翻阅着笔记：“这个说法与你丈夫的证词完全相悖。他说早在2016年4月，你就指责他与黛西有某种乱伦关系，当你质问他生日卡片的事情时。但你没有向任何相关机构报告此事。”

还是沉默。莎伦的双手紧紧地握在一起，指节变成了白色。

“这是报复，是不是？”阿格纽继续说道，“纯粹是报复。你发现你的丈夫在约会网站上约会年轻的女性，并和她们发生性关系。然后你诬陷他与女儿的死有关，把这视为报复他的机会。你给了警察暗指他有罪的物品，你处理黛西尸体的时候穿上了他的荧光安全服，这样如果有人看到你，他们会以为自己看到的不是一个女人，而是一个男人。不是你，而是你的丈夫。”

“他不仅对我不忠，还看色情片，儿童色情片。”她向前倾着身子，指着阿格纽，声音刺穿了空气，“他正在为此坐牢。”

阿格纽眉头一扬：“啊，但那时你并不知道他在做这种事情，对吗？黛西失踪后你才发现。至少你是这样告诉警察的。”

“我也不知道他在上约会网站，”她厉声说道，“如果我不知情，这怎么会是报复？我不会心灵感应术，我甚至不知道他有那部手机。”

“但你的确知道他经常很晚下班回家。你的确知道他为了解释这些晚归，给了你越来越蹩脚的理由。然后你连续数月单调而重复地指责他有外遇。你否认这一点吗？”

莎伦张了张嘴巴，又闭上了。她的脸变得非常红。

“让我们再从头至尾梳理一次，好吗？”阿格纽说，“仅仅是为了让我们都熟悉你讲的新故事。根据你的说法，你在家准备聚会的时候，儿子和女儿放学回家了。黛西4时15分到的，利奥4时30分到的。黛西打开自己房间的音乐。你听利奥说孩子们发生了某种争论，但你没有上楼去查看黛西。4时30分刚过，你出门买蛋黄酱，把孩子们留在家里。5时15分，你回到家，没有买到蛋黄酱。你还是没有上楼查看黛西，或者是利奥。你的丈夫于5时30分回到家，像你一样，也没有上楼看孩子们。聚会的客人于7点钟开始陆续到达，整个晚上，你看见邻居的小女孩穿着雏菊化妆裙，没有意识到——用你的原话来讲——她不是你的女儿。”

有人在旁听席上大声咒骂，法官严厉地说：“保持安静，否则我会清场！”

阿格纽深吸一口气：“听完整个故事，梅森夫人，你可否告诉我们，你的女儿究竟是几点失踪的？”

莎伦耸耸肩膀，避开他的眼睛：“一定是我外出的时候。”

“所以我们又回到了那著名的四十分钟？你想让我们相信某个恋童癖，或者任意一个侵入者，恰巧选择了这个时间段闯入你家里？”

“她可能早就认识他们。她可能见过他们，放他们进去的。你不认识她。她喜欢保守秘密。她喜欢在我背后做事情。”

旁听席上又传出细微的声响，辩护律师们焦急地互相对视。

“确实是的，”阿格纽说，转向陪审团，“陪审团成员可能会想，一位母亲怎么会如此谈论自己的孩子，自己已经死去的孩子……”

柯比小姐又准备站起来，但阿格纽很快阻止了她：“我收回刚才的话，法官女士。但我想，如果可以的话，被告人可否举一个例子，任何一个例子来说明她女儿的表里不一？”

“好吧，”她激烈地说，“首先，她和她那个烦人的同父异母的哥哥见面，我以前对此一无所知。”

“你觉得陪审团会相信你说的吗？”阿格纽说。

“你是说我是骗子？我们以前不知道。我以前不知道。如果我知道，我早他妈的制止了。”

这是个陷阱，而她走进去了。

“我明白了，”阿格纽重重一顿，“梅森夫人，你是否有对任何不喜欢的事物都加以‘他妈的制止’的习惯？”

这次是法官打断了他：“陪审团将忽略上一句话。阿格纽先生，请继续。”

阿格纽看看自己的笔记：“不管你是否知道黛西与同父异母的哥哥见面这件事，那天到家里来的人并不是吉米·诺瑟姆，对吗，梅森夫人？因为我们确定他在二十英里外的戈林参加婚礼彩排。你是说黛西也和其他人见面吗？她还有第二个秘密约会？一个八岁的孩子，没有手机，也没有使用电脑的权限，这真的可能吗？即使这个人确实存在，利奥会不知道他当天下午敲了门，或者破门而入？”

莎伦瞪着他，她的愤怒已经非常危险地浮于表面：“他戴着耳机。”

但阿格纽不会轻易放过她，他可是做了功课的："即便如此，他也一定会注意到，也一定会等你一回家就告诉你。毕竟，"他凝视着她，一字一句地说，"你是他的妈妈，他是你的儿子。"

这是压死骆驼的最后一根稻草。

"那个该死的孩子不是我儿子！"她还来不及思考，话就蹦出来了，"让他听见或者做任何事情，你他妈的一定是在开玩笑。他有毛病。一直都有。他把房子烧了，我的天哪。如果要怪谁，就怪他那愚蠢的妈妈。不要怪我。"

柯比又站起来表示反对，旁听席上的人指着莎伦大喊大叫。五分钟之后，秩序才得以恢复。在此期间，莎伦坐在那里，双肩一起一伏。

"所以你坚持自己的故事，"阿格纽说，"黛西回家之后，你再也没有见过她。你再没和她讲过话，也没有见过她。"

她的脸红了，但没有说话。

"这样的话，你对此又如何解释？"他从面前的桌子上举起了另外一个塑料袋："法官女士，这是第9号证据——在停车场的一辆手推车下面发现的一件棉质小开衫。这被证实是黛西·梅森失踪当天穿的衣服。"他再次按下遥控器，屏幕上显示出学校外面的监控录像。法庭上传出更多的倒抽气声。警方没有公开过这个。没有人看过这个录像。阿格纽让人们看了录像，让他们看到黛西活着的样子，黛西笑的样子，黛西在阳光下的样子。然后他定格了画面。

"这是黛西·梅森生前最后的影像。开衫披在她的肩膀上，你能看到，它是非常干净的。可以看到两条袖子，上面没有污点。"

他又举起了证据袋："我承认陪审团很难从泥巴和污物中看出什么，但分析已证实这件开衫的左袖上带有血迹。这个血迹不是黛西的。是其他人的。而这个人，是你，梅森夫人。”

他停顿下来，确保每个人都能领会到其中的含义：“梅森夫人，或许你能告诉我们，3时49分，你的女儿离开学校后，你的血是怎么跑到开衫上面去的呢？你还声称黛西当天回家后，你没有见过她吗？”

她一定预料到了这一步会来的，但她还是无从应对。她没有能经得起推敲的故事了。

“我割伤了自己，”她最后说，“厨房地板上有玻璃。”

“啊，著名的蛋黄酱碎罐子。但那还是不能解释血是怎么跑到开衫上去的。你能解释一下吗，梅森夫人？”

“我听到她回家之后，在楼梯上发现了开衫，当我上去叫她的时候。我把它捡起来，挂在大厅的衣钩上。我在为聚会打扫卫生。我没注意到自己的手还在流血，否则我就会把它放进洗衣机里了。”

“那么你什么时候注意到开衫不见了？”

她看着他，下巴抬起来：“当利奥回家的时候。我只是以为她下楼拿了它。”

“你从未向警察提过这一点？他们逮捕你之前和你谈了那么多个小时的话，你一次都没有提到？”

“我那时不认为这很重要。”

法庭里鸦雀无声。没人相信她的话。但是她能说的只有这些。

漫长的漫长的停顿。

2016年7月19日下午4时9分

黛西失踪当天

巴治克洛兹街区5号，厨房

她知道他在说谎。他的声音有些异样，线路上也有噪音。回声都是错的。他不是在露天环境下，不是在工地上，他在一个房间里。房间里还有其他人。她现在的嗅觉很灵敏。都是他的谎言造成的。

她小心地放下电话，盯着厨房的地板。蛋黄酱凝固成黏稠的胶状物，苍蝇嗡嗡作响。到处都是玻璃碴，微小的碎片在脚下嘎吱嘎吱地响。五分钟后，当前门打开的时候，莎伦正趴在地上，把碎玻璃捡到一张厨房纸巾上。

“黛西？是你吗？”

莎伦站起来，伸手去拿擦杯盘用的抹布。她的手流血了。

“黛西！你听到我说话了吗？马上到这里来！”

黛西终于出现了，把身后的书包拖在地板上。莎伦双唇紧抿，脸颊上有两个乌青的斑点。

“这是你做的，是不是？”她说，指着地板上的一团糟，“今天早上你是最后一个在厨房的人。一定是你。”

黛西耸耸肩膀：“只是蛋黄酱而已。”

莎伦向她走近一步："我一整天都在外出购物，为聚会准备东西。现在我得再出去，因为你懒得告诉我你做了些什么。你拿蛋黄酱干什么？没人早餐吃蛋黄酱。或者这是你那些高贵的朋友喜欢做的又一件事？我们太笨而理解不了的事？"

黛西张开嘴巴，但又改了主意。她盯着蛋黄酱，然后盯着妈妈，下巴轻蔑地抬起来。她们两人从未像现在这样如此相像。

"你认为自己太好了，我们配不上你，对不对？"莎伦一边说，一边向着女儿走去，"别以为我不知道该死的鲍西娅和该死的南希·陈今晚为什么不来。你以我们为耻，不是吗？你翘着自己自大的鼻子，看不起自己的家人，就像那些傲慢的小牛。你竟敢这样，你竟敢这样……"

黛西转身离开，但莎伦突然向前扑去，抓住了她的肩膀，撕扯着她的开衫："不准你背对着我，小姐。我是你妈妈，对我尊重一点儿。"

黛西甩开妈妈紧握的手，她们站在那里，僵持了一会儿，怒目相对。

"马迪根老师告诉我们，"黛西慢慢地说，小脸和嘴唇一片惨白，"尊重是需要自己赢取的。你获得尊重，是因为你做了值得尊重的事。你从来没做过任何事。你甚至不再漂亮了。这就是爸爸为什么去找其他人。他会娶一位新妻子，我会有一个新妈妈。"

莎伦还没有弄清自己在做什么，一切就这样发生了。高高举起的手，刺痛的巴掌和刺目的红色痕迹。她晕眩了一会儿，吓坏了。不只是因为她做的事，还因为女儿脸上的表情，冷酷的胜利的表情。

"你不是我妈妈，"黛西轻声说，"不再是了。我宁死也不愿意像你一样。"

然后她转身，捡起书包，走开了。

“黛西？黛西！你给我马上回来！”

楼上的房门砰的一声关上，音乐响了起来，咚咚咚地穿透薄薄的木板。

莎伦走到水槽边，用颤抖的手给自己接了一杯水。当她再转身的时候，利奥站在那里注视着她。

“你身上有血。”他说。

阿格纽重新开始提问的时候，他的声音变得很温柔，几乎是和蔼的：“梅森夫人，我可否告诉你，我认为那天发生了什么？”

莎伦把脸转向一边。

“我想，在你女儿去世前的这几个月里，你已经认定你的丈夫有外遇了。这种嫉妒，这种怀疑日积月累，让你变得自我封闭，让你偏执到了危险的程度，以至于失去了理性思考的能力。你丈夫看着的每一个女人，每一个对着你丈夫微笑的女人，都助长了这种可怕的信念。你甚至把自己的女儿视为潜在的对手，她偷走了你认为属于自己的爱和关注。”

莎伦低下头。她在流泪，干瘪、悲惨、自怜的眼泪。

“然后，那天下午，一切都到了非解决不可的地步。你丈夫打电话说他要比承诺的时间晚一些回家，把聚会所有的工作都留给了你。不仅如此，虽然他声称和客户在一起，但你确信他并没有，而是和另外一个女人在一起。谁知道呢，可能你听到了女性的声音，或者背景中有酒吧的声音。无论如何，这足够把你逼到边缘。你只是再也忍受不了了。在这种痛苦、气愤和憎恨的情绪里，你上楼来到女儿的房间。你发现了什么？你发现她仍然穿着校服，肩膀上披着漂亮的粉色开衫，正要穿上一件化妆裙。这完全不是你花很多钱买给她的那条裙子，你意识到她随随便便地就把它给了别人。她对你说了什么，梅森夫人？她有没有告诉你，爸爸会更喜欢她穿人鱼化妆裙的样子？她有没有告诉你，爸爸觉得她比你漂亮？”

莎伦的头猛然一抬。“不，”她做出了口型，“不。不是这样。”

但他还没说完。

“对其他人而言，对其他母亲而言，这种场景会是如此平凡，如此微不足道。但对你而言不是。对你而言，这是愤怒突然爆发的导火索，会导致可怕的不可挽回的后果。因为这件化妆裙唤醒了最可怕的回忆，曾经还有一个天真无邪的小女孩偷走了你认为属于自己的关注。比起爱你，这个小女孩的父亲更爱她。这个小女孩正是黛西的缩影——你的妹妹杰西卡。”

“法官女士，”柯比跳起来大喊，“这是带有极端偏见的观点！”

“杰西卡，”阿格纽提高声音，继续说，“死掉了，在两岁的时候，在一场无人能够解释的意外中。她死掉的时候单独和你在一起。她死掉的时候，你理应正在照顾她。这是不是你的又一个‘巧合’，梅森夫人，还是说两个女孩都死在了你的手中？”

莎伦摇着头，泪水狂涌出来，愤怒的、难以置信的、不可宽恕的泪水。

“你妹妹死的时候穿着什么衣服？”他倾身向前，“她穿着什么，梅森夫人？”

———

寻找黛西·梅森的脸谱网专页

感谢大家对“为黛西寻求正义”运动的支持。我们很难相信她的母亲竟然犯下了如此可怕的罪行，但现在裁决已出，至少存在结案的可能。我们也对可怜的利奥感到同情，他余下的一生将生活在被梅森夫妇虐待的阴影中。我们将在一周之内关闭该页面，但你仍然可以对在线吊唁簿表示支持。

杰·默里、弗兰克·莱斯特、洛琳·尼古拉斯等811人点赞

置顶评论

妮古拉·安德森：我听说利奥已经被收养。即便是在他的父亲被释放后，利奥也不会和他生活在一起。

2月1日10：22

莉斯·金斯敦：裁决结果出来，黛西终于可以安息了，我们也不用再看到人们声称见到了她的愚蠢故事了。我仅上周就在推特上看到三个人这么说。

2月1日10：23

波莉·麦圭尔：我也看到类似的故事了。其中一个人确信他们在利物浦码头见到了黛西，结果只是一个长着红色短发的女孩。有人声称在迪拜和远东的某个地方见过她。说实话，人们不能如此轻率。可怕的流言满天飞对可怜的利奥没有好处。

2月1日10：24

阿比盖尔·沃德：我同意，我只想说，悼念黛西最好的方式应该是向全国防止虐待儿童协会捐款。对儿童的暴力必须停止。点击此处可捐款。

2月1日10：26

威尔·海恩斯：我同意，或者选择帮助患有胎儿酒精综合征儿童的慈善机构，他们也需要大量支持。如果利奥确实患有此症，我只希望他能得到所需的关爱。

2月1日10：34

寻找黛西·梅森：非常棒的建议，向两个天真可爱的孩子致敬。

2月1日10：56

朱迪·布雷：我上周坐火车经过那个平交路口，那里有大堆大堆的鲜花。人们留下了成罐的雏菊。场面非常感人。我所在车厢的很多人都哭了。

2月1日10：59

———

裁决结束两天后，我们突然迎来了阳光明媚的一天。冰雪映射着阳光，一片亮晶晶的世界里，看不清光线的焦点，显现出别样的美丽，这是温和的夏天所不能比的。广阔的天空蓝得不像话，如马尾般的一缕缕白色云朵争先恐后地向前飘动。我买了一个三明治，漫步到游乐场。一群小男孩正在追着球跑，一对年龄很大的夫妇和善地坐在远处的长椅上。人上了年纪，老头看起来像老太太，老太太看起来像老头，真是有趣。就好像生命快走到尽头的时候，性别的差异渐渐消失，甚至于性别本身也不再重要了。我没有听到艾弗莱特走来的声音，直到她站在我身旁。她递过来一杯咖啡。

“介意我一起吗？”

事实上，我介意，但我微笑着说：“当然不，请坐。”

她蜷缩着坐下来抵抗寒冷，戴着手套的双手握着她的杯子。

“我刚接到吉林厄姆的电话，”她说，“他们希望能很快带比利回家。医生对比利的情况很满意。”

“这是个好消息。我会给他留个信息。”

沉默。

“你真的认为是她做的？”她终于说道。

正题来了。

“是的，”我说，“我相信。”

“你不觉得她因为错误的原因而被定罪了吗？我的意思是说，她被定罪是因为人们讨厌他们夫妇，也是因为推特和所有的虐待，而不是因为证据。”

我耸耸肩膀：“我们不得而知。关键是我们得到了正确的答案，不管是如何得到的。我不认为证据有什么错误。我们做得很好，你做得很好。”

她看了我一会儿，然后望向公园。几只海鸥朝游乐场俯冲下来，某个小孩子开始哭泣。

“有一件事情一直困扰着我。”

我喝了一口咖啡，呼出一股香甜的热气：“什么事情？”

“那副手套。她扔在废料桶里的手套，用《卫报》的纸张包裹着。”

“所以呢？那有什么关系？”

“我们审问她的时候，她一直一直说‘我们不读《卫报》，我们读《每日邮报》[1]’。她不肯改变说法。”

我笑了，但不含恶意，这源自道德感，做这份工作培养出来的道德感。“我不认为这意味着什么，艾弗莱特。她可能找到了一份，或者买了一份，甚至报纸可能早就在废料桶里了。这种案子总有未了结的部分，你要是太过执着，它们会把你逼疯的。真的，别再让它困扰你了。我们找到了对的人。不管怎样，还能是谁呢？”

她看了我一会儿，然后垂下了眼睛：“我想你是对的。”

我们安静地坐了一会儿，然后她站起来，微笑着对我说：“谢谢，头儿。”然后走上回警察局的路。我看到她一开始走得很慢，但步伐越来越快。上台阶的时候，她已经恢复了活力，又变成了那个沉着、冷静、客观的艾弗莱特。

至于我，我僵硬地站起来，走向汽车，向环路开去。行驶五英里之后，我向右拐进基德灵顿主干道，在一栋黄色石子装饰的小平房前停下车。门两侧有盛有雪水的木桶，颜色鲜艳的狗玩具散落在前面的花园里。我按下门铃，开门的女人有四十多岁。她穿着大大的毛衣和宽松的运动裤，一只手拿着抹布。我能听到屋里的收音机放着八十年代的流行歌曲。她看到我的时候，满面笑容：“督察，太好了，我不知道你要来。”

“对不起，珍，我只是路过这里，我想——”

但她已经招手让我进去：“别站在外面的冷天里了。你是来看加里的吗？”

“不是因为公务，我只是想看看他好不好。还有，请叫我亚当。”

她又笑了：“亚当，你仍挂念着他，这样真好。他和狗狗菲尔

---

[1] 《每日邮报》（*Daily Mail*），英国现代新闻创始人北岩勋爵1896年创办的报纸，特点是精编、易读，适合穷人和忙人阅读。

去公园玩球了。不过我觉得狗会认为是去遛它的。”

她用抹布擦擦手。“等我一分钟，我把水烧上。他们随时会回来，菲尔会气喘吁吁的。”她又笑了，“你上次来之后，我们布置了加里的房间，你愿意的话，可以看看。”

她走进厨房。我在原地站了一会儿，然后向前走了几步，推开门。墙上贴着足球运动员的海报，床下卷着几只袜子。一床切尔西羽绒被罩，一台游戏机和一堆游戏光盘。一片混乱。快乐、平凡、日常的混乱。

门砰的一声开了，是珍踢开的。她手上端着两杯茶。

“你觉得怎么样？”她一边说，一边递给我一杯。

“我觉得你做得很出色，”我说，“我不是指这些装饰，而是所有这些，正是他需要的。正常而又稳定。”

她坐在床上，用手抚平被罩：“这并不难，亚当。他只是需要爱。”

“新学校怎么样？”

“很好。在他开始上学前，唐纳利医生和我花了很长时间和他的班主任谈妥了一切。他还在适应，但愿一切都会好起来。”

“用回原来的名字，他高兴吗？”

她露齿一笑：“我想切尔西队有名队员叫加里，这是一个加分项。不过是的，我想丢掉‘利奥’可能是发生在他身上最好的事情了。从各个层面上来讲，都是新的开始。”

她吹着自己的茶，我走到窗前，望向后面的花园。远处有一个球门，泥泞的草坪上有几个足球。窗台上有一个小小的蓝色瓷盘，人们用来放钥匙或零钱的那种。瓷盘里面有个银色的物品泛着光，像是某种人们戴在项链或手镯上的护身符。男孩一般没有这种东西。我把它拿起来，疑惑地看着珍。

“哦，这是他妹妹给的，”她说，“这提醒了我。加里想给你们那位和善的警探发一封电子邮件，是叫艾弗莱特，对吧？他想对在小旅馆引起的麻烦说声抱歉。他当时就是在找你拿的这个东西。他以为自己弄丢了。”

“真的吗？”我又看了它一眼，把它在手中翻过来。它的形状像是一束花，或者树叶，但是倒挂着的，像圣诞节的槲寄生一样。“它一定对他很有意义。”

她点点头：“它是某种驱魔符，能赶走坏的事情。黛西的老师送给她的，然后她给了加里，尽管这很奇怪。”

“你为什么这样说？”

她喝了一口茶：“加里并不想谈论此事，我没有逼过他。但给我留下的印象是，黛西是在自己失踪那天把它送给加里的。我每次想到这个都会脊背一颤。我知道大声说出来听着很疯狂，但是好像她知道自己会失踪似的。可她怎么会知道呢，可怜的小羔羊。”

门上传来钥匙的声音，狭小的房子突然被喧闹声和脏兮兮的狗造成的混乱填满了。

“珍，珍，我得了三个点球！”他一边大声说，一边拍手走进卧室，脚边还有一只跳跃着的金毛猎犬，“一个接一个，砰！砰！砰！”

然后他停下了，因为他意识到珍不是一个人在那里。他的脸颊因寒冷而透着粉色，头发比我们最后一次见到他时要短一些。他没有刘海儿来隐藏自己了，也不需要隐藏了。他直视着我的眼睛。我能看出他很惊讶，因为他并没有想到会看见我，仅此而已。他没有害怕，再也不会害怕了。

“你好，加里，”我说，“我只是想来看看你怎么样。珍说你做得很棒。我真的很高兴听到这些。”

他弯下腰，抚摸咧着嘴巴的狗的耳朵。“我很好。”他说，再次抬头看着我。我再也想不出他还能说哪三个字了。不仅仅是过去，还有未来。

“三个点球？”我继续说，“真不错。继续努力，你会像你喜欢的球员一样出色。他叫什么来着，他也罚过点球，对不对？”

然后他笑了，我自责地意识到，这是我第一次看见他这样笑。

“阿扎尔。”他说。

回到车里，我静静地坐了一会儿，思考着获得了第二次机会的加里，和没有获得第二次机会的黛西。还有我从来没有得到的第二次机会，我愿意用尽所有来交换这个机会。

到了明天，就是一整年了。距离那一天。那一天。

几周以来好像一直在下雨，乌云永远都不消散。我很早就回家了，因为我们想跟杰克谈谈，而我不想仓促行事。我不希望他上床睡觉的时候，脑袋中还想着这件事。我们第二天和儿童心理专家有个预约。亚历克斯强烈反对，坚持认为我们的家庭医生知道她在做什么，而且杰克几周来都没有伤害自己了。她说我们的儿子不是我靠自己的头脑就能解决的“案件”，现在让事件升级可能只会变得更糟。但我强迫它发生了。

我强迫它发生了。

我记得自己把垃圾桶拿进屋里，咒骂清洁工让它们散落在车道上。我记得自己把钥匙扔在厨房的桌子上，拿起邮件，询问杰克在哪里。

“在楼上，”亚历克斯说，堆放着洗碗机的碗，“在听音乐。告诉他半小时后吃晚饭。”

“然后我们会跟他谈谈？”

“然后我们会跟他谈谈。”

在无数个做噩梦的夜里，我会手脚并用地爬上楼梯，知道那里有可怕的灾难，只有速度才能拯救自己，却无法行动得更快，仿佛水中的吊锤一样。门，半开着。逐渐变黑的天空。电脑屏幕的光。空空的椅子。可怕又强烈的几秒钟里，我站在那里，不知道发生了什么。最后一次，不知道。然后我转身，以为他一定在厕所里，或者在我的书房里……

悬吊着……

在那里……

晨衣拧成的绳子半勒进他的肉里……

皮肤上有红色的伤痕……

那双眼睛……

我救不了他。无法把他抱下来。无法让他重新呼吸。无法五分钟前来看他。因为就是这么久。五分钟。他们是这么说的。

那些该死的垃圾桶。

我的儿子。

我珍爱的，珍爱的，死去的儿子。

后　记

2016年8月17日上午10时12分
黛西失踪后29天

渡船吹响汽笛，渐渐加速，离开利物浦码头，驶入爱尔兰海。海鸥在船周围俯冲又高飞，尖叫着转圈。虽然有阳光，但甲板上的风还是很凉，凯特·马迪根站在栏杆旁，看看云彩，看看其他船只，看看码头上的人们。随着船驶远，他们变得越来越小。有些人在挥手。不是向着她，她知道的，人们总是向着船挥手。但这仍然加深了结束的感觉，仿佛所有的一切都随着一码又一码闪闪发光的水逐渐远离了。

现在回不去了，再也回不去了。她振奋又如释重负地深呼吸，感觉到清爽的空气充满了肺部，像是清洗了灵魂一样。她仍然不相信她们逃脱了。数周的谎言和隐瞒，夜晚躺在床上，心脏怦怦作响，等待着有人来捶门。甚至在今天，她开车来码头时，双手仍在颤抖，以为警察会在这里等她，最终与她们见面，挡住她们逃跑的路，拒绝给予她们珍贵的新生活。但码头上什么都没有。没有那个结实快活的小警探，没有头发干枯、眼神机敏的女警官，也没有和失踪相关的问题。什么都没有。只有一个乐呵呵的工作人员检查了她们的票，然后笑着挥手，让她们通过。

然后她们一路通行。她冒着风险，精心策划，步步为营，对可能使她暴露的致命细节提心吊胆，现在都值了。是的，其他人付出了代价，但在她看来，他们只是罪有应得。一个拒绝爱的母亲和一个扭曲爱的父亲，谁造成了更大的伤害？谁应该得到更重的惩罚？她的祖母过去常说，上帝会确保你的罪行揭发你。可能这一次，这话是真的。手机里的视频和开衫上的血迹，她并没有预见到这两件事情，但它们的杀伤力是巨大的。所以不管是因为神的干预，还是她自己所为，正义确实已经降临。那位父亲陷入了自己制造的泥潭中，母亲则陷在了罗网里，这就像她的女儿获得了自由一样板上钉钉。当结局到来时，重要的不是谁犯了罪，而是人们相信什么样的故事。只靠这一点，所有的搜寻都会停止。至于那个男孩，她也查了，谨慎地查了，为了不引起注意。但是她转念一想，以她的身份，作为他妹妹的老师，她想知道他的情况是很自然的一件事。她确实想知道，她想确定。他们告诉她，他很好，事实上是非常好。所有人都认为这是对他最好的一件事，因为他得到了自己应得的东西——第二次机会，和她现在所拥有的同样神奇、违反常理、颠覆命运的第二次机会。

“妈妈，妈妈！”

她转过身，看到一个小女孩正向她跑来，脸上挂着开心的笑容。凯特蹲下来，伸出双臂，温柔地摇摆孩子，感受她温暖的呼吸。

“妈妈，你爱我吗？”孩子轻声说。凯特放开手，看着她。

“当然爱你，亲爱的。非常爱。非常非常爱。”

“和爱你另外一个女儿一样多吗？”她的声音因焦急而微微颤动。

“是的，亲爱的，”凯特轻轻地说，“我爱你们两个一样多。她死后，我的心破碎了一阵子，因为她病得太厉害，我无法救她，无论我做什么，无论我多么尽力。但我能救你。没有人会伤害你了，”她说，伸手抚摸孩子软软的红色卷发，那与她自己的头发如出一辙，“因为现在我是你的妈妈了。”

“没有人相信我，”小女孩低声说，“没有人，除了你。”

凯特的眼睛里充满了泪水：“我知道，亲爱的。你没有人可以倾诉，没有人像你应得的那样爱你，这让我很伤心。但那一切都结束了。你是如此勇敢，如此聪明。拿走那副手套，保存那颗掉落的牙齿，我都没有想到这些。”

她再一次把孩子拥入怀中，更紧地抱着她：“我向你保证，他们永远不会找到你的。我永远不会离开你。你会忘记这一点吗？”

她感觉到小女孩摇了摇头。“那么，”她说，擦擦眼睛，拉起小女孩的手，“我们要和英国做最后的告别吗？”

她们走到栏杆旁，站在阳光下。小女孩的眼睛因为兴奋而睁得圆圆的，用手指着，大笑着，向经过她们去往别处的渡船挥手。

甲板上几步远的地方，一位老妇人坐在轮椅上，膝盖上盖着毯子。她和蔼地看着小女孩：“你很开心，真开心啊。”

孩子看着老妇人，用力地点点头。凯特笑了。“我们在去戈尔韦的路上，”她欢快地说，“我在那里找到了新工作。塞布丽娜盼望坐渡船盼了好几个月了。”

“塞布丽娜？”老妇人说，“这真是个好听的名字，真好听。一定也有个好的寓意。我总说有个好寓意的名字是很好的。你的妈妈告诉过你，它意味着什么吗？”

小女孩又点点头：“我很喜欢它。它像个秘密一样。我喜欢秘密。”

然后她笑了，可爱地咧着嘴笑了。

图书在版编目（CIP）数据

失踪的女儿 /（英）卡拉·亨特著；王璇译. — 北京：北京联合出版公司，2018.3 (2018.5重印)

ISBN 978-7-5596-1542-8

Ⅰ. ①失… Ⅱ. ①卡… ②王… Ⅲ. ①长篇小说－英国－现代 Ⅳ. ①I561.45

中国版本图书馆CIP数据核字（2018）第007837号

失踪的女儿

作　　者：(英）卡拉·亨特　　译　　者：王　璇

责任编辑：徐　鹏　　特约编辑：王周林

产品经理：周乔蒙　　版权支持：蔡　苗

北京联合出版公司出版

(北京市西城区德外大街83号楼9层　100088)

北京联合天畅发行公司发行

北京旭丰源印刷技术有限公司印刷　新华书店经销

字数 220千字　880mm×1230mm　1/32　印张 10

2018年3月第1版　2018年5月第2次印刷

ISBN 978-7-5596-1542-8

定价：48.00元